Liebe Karola

Alles Gut[...] zum Geburtstag wün[...]

Elke u. Peter

BLT
Mit der Welt auf Buchfühlung

Helen Dunmore, 1952 in Yorkshire geboren,
wurde 1996 mit dem begehrten
Orange Prize for Fiction ausgezeichnet.
Für ihren literarischen Thriller *Im ersten Licht des Tages*
wurde die Autorin
für den Booker-Prize nominiert.

Helen Dunmore

Im ersten Licht des Tages

Aus dem Englischen von
Claudia Geng

BLT

BLT
Band 92 057

1. Auflage: Oktober 2000

Vollständige Taschenbuchausgabe
der in der editionLübbe erschienenen Hardcoverausgabe

BLT und editionLübbe sind Imprints
der Verlagsgruppe Lübbe

Titel der englischen Originalausgabe:
TALKING TO THE DEAD
Erschienen bei Viking Penguin Books Ltd., London

Umschlaggestaltung: Gisela Kullowatz
unter Verwendung einer Fotografie von © ZEFA-Boddenberg
Autorenfoto: © Jerry Bauer
Satz: Kremerdruck GmbH, Lindlar
Druck und Verarbeitung: Elsnerdruck, Berlin
Printed in Germany
ISBN: 3-404-92057-0

Sie finden uns im Internet unter
http://www.luebbe.de

Der Preis dieses Bandes versteht sich einschließlich
der gesetzlichen Mehrwertsteuer.

Im ersten Licht des Tages

Kapitel 1

Jenseits der großen Eibe und des Schattens, den die Kapelle wirft, liegen die neuen Gräber in der prallen Sonne. Unter ihnen zwei frische Grabhügel, die mit folienverpackten Blumen bedeckt sind. Da die Erde erst absacken muß, wird es noch eine Weile dauern, bis dort die Grabsteine gesetzt werden können.

Bei einem Todesfall müssen eine Menge Dinge erledigt werden, und man lernt in kurzer Zeit sehr viel von fremden Menschen, die dafür bezahlt werden, daß sie sich um diese Dinge kümmern. Mit trostspendenden, ernsten Mienen treten sie uns gegenüber, stellen Fragen und helfen notfalls ein wenig nach, damit man die richtigen Antworten findet. Schweigen nützt überhaupt nichts, sie warten, bis man etwas sagt. Das ist ihr Job. *Haben sie den dreiundzwanzigsten Psalm in Erwägung gezogen? Gibt es ein Kirchenlied, das die Verstorbene besonders mochte? Spielte die Kirche eine Rolle in ihrem Leben?* Mir war klar, worauf ihre Fragen abzielten. Mußten sie den Pfarrer unverzüglich verständigen und die brauchbaren, frommen Fakten für ihn auf ein extra Notizblatt schreiben?

Und mit wie vielen Personen ist hinterher zu rechnen? Selbstverständlich wird für die engste Familie eine Limousine bereitstehen, aber aufgrund des sehr abgelegenen Friedhofs benötigt man unter Umständen weitere Fahrzeuge. Es waren gleich zwei, die dort standen und sich die Wünsche notierten. Der eine warf dem anderen einen kurzen Blick zu, und sie strahlten vor Zufriedenheit über ihr Formulierungsgeschick. Sie strahlten, aber sie lächelten nicht. Das wäre nicht professionell gewesen. Sie hörten sich an wie Makler, die uns gerade unser eigenes Leben zum Kauf anboten.

Und dann das Essen. Nach einer Beerdigung dient das Essen als Beweis, daß man selbst noch am Leben ist. Manche Speisen sind dafür geeignet, andere wiederum nicht. Für angemessen hält man offenbar Schinken oder kaltes Huhn. Auch die Quiche ist sehr beliebt sowie australische Weine. Gerichte, deren aufwendiger Verzehr den alkoholisierten oder weinenden Hinterbliebenen nicht zugemutet werden kann, sind hingegen völlig unangebracht. Auch ich war hungrig. Ich aß von den mit Hühnchen belegten Sandwiches und trank dazu Wein.

Mir ist noch jedes einzelne Wort in Erinnerung geblieben. Ich weiß auch noch, wie ich einen großen Schinken in Aspik anstarrte, in dessen Schwarte Quadrate eingeritzt waren und der vor Saft glänzte. Ich malte mir aus, wie man ihn uns, in Scheiben geschnitten, nach deinem Begräbnis servieren würde. Irgend jemand fragte mich, ob man den Schinken mit frischer oder mit Dosen-Ananas garnieren solle.

»Wünschen Sie, daß der Sarg geöffnet ist, oder soll er geschlossen bleiben?«

»Manche Leute«, flüsterte mir einer der beiden zu, »manche Leute empfinden es als großen Trost, den Verstorbenen nochmals sehen zu können. Um sich ein letztes Bild zu machen. Es kann wirklich ein großer Trost sein.«

»Ein großer Trost«, wiederhole ich jetzt laut, wobei ich die Worte wie Steine aus meiner Tasche hole und sie in die Stille schleudere.

Es ist wunderschön hier. Der Friedhof wird von hohen Ziegel- und Flintsteinmauern umsäumt, aber dein Grab liegt auf einer Anhöhe, so daß ich am Horizont den blauen Umriß des Weald erkennen kann. Wohin man auch blickt, eine grenzenlose Weite. Es ist trocken und heiß, und die Erde riecht wie jemand, der gerade ein Sonnenbad nimmt. Ich folge einem Bienenschwarm, der auf die andere Seite der Kapelle geflogen ist, und beobachte, wie die Tierchen in einer dunklen Traube unter dem Dach hängen. Durch die Luft jagen einzelne Bienen auf den Schwarm zu, ihr Summen klingt gefährlich – wie kochendes Wasser in einem Kessel kurz vor dem Verdampfen. So leise wie möglich ziehe ich mich zurück.

Du liegst hier in der Sonne, weit weg von der Eibe. Mir fällt ein, daß wir uns einmal darüber unterhalten haben, warum gerade Eiben auf Friedhöfen gepflanzt werden, und ich habe dir damals erklärt, daß sie angeblich magische Kräfte besitzen, um böse Geister zu vertreiben. Daraufhin hast du gemeint, daß sie zudem den Vorteil hätten, die Gräber zu schützen, da Bauern ihr Vieh nicht auf Wiesen weiden lassen, auf denen Eiben stehen.

Wir haben uns für einen massiven Grabstein entschieden. Ich weiß genau, wieviel er gekostet hat und wie viele Buchstaben die Inschrift enthält. Lediglich dein Name steht darauf, der Name, den du seit deiner Kindheit trägst. Selbst als du geheiratet hast, wolltest du ihn nicht aufgeben. Unter deinem Namen sind das Geburts- und Todesdatum eingemeißelt. Kein Spruch, nichts, was auf dein Leben hindeutet. Keine einzige Erklärung. Allein die kurze Zeitspanne zwischen den beiden Daten könnte jemanden stutzig machen. Vielleicht rechnet ja jemand nach, wie alt du geworden bist, wundert sich und stellt aus dem Nichts seine eigenen Theorien auf.

Leute, die über einen Friedhof schlendern, bleiben immer vor den Gräbern von Jungverstorbenen stehen. Einige hundert Meilen von hier steht ein Grabstein, der denselben Familiennamen wie deiner trägt; ein winziges Grab auf einem Friedhof hoch über dem Meer. Häufig wird der Weg über diesen Friedhof von Touristen als Abkürzung zum Strand benutzt. Sie halten inne, lesen die Inschrift, den Namen und die Daten und den zweizeiligen Grabspruch. Nicht selten steht ein Marmeladenglas mit Blumen auf dem Grab. Haben die Urlauber ihre Kinder dabei, nehmen sie sie beim Weitergehen fest an die Hand. Schon einige Jahre bin ich nicht mehr dort gewesen. Von uns hat keiner dieses Glas mit Gänseblümchen hingestellt. Oder du etwa? Hast du diese Blumen dort gelassen und dann mit gesenktem Blick lange Zeit davorgestanden, in Gedanken vertieft, die uns auf immer verborgen bleiben werden?
Ich habe das Gefühl, daß du hier bist. Wenn ich jetzt ganz schnell den Kopf hin zu der dunklen Stelle drehe, wo die Eibe ihren Schatten wirft, stehst du da. Es ist Mittag, die weiße Stunde, in der Geister keinen Schatten haben. Aber ich drehe mich nicht um.

Hier oben weht immer eine leichte Brise. Ich komme mir vor wie an Deck eines Schiffes, von dem aus man schaukelnd auf das Land hinuntersieht. Wenn ich die Augen schließe, kann ich sogar das Schwanken unter meinen Füßen spüren. Die Grabsteine halten dem Wind auf Dauer nicht stand, viele stehen schief, bis sie einer nach dem anderen irgendwann umfallen, und die Inschriften sind kaum noch zu entziffern. Aber deiner ist noch ganz neu, und es wird noch etwas dauern, bis der Wind auch ihn beugt. Ich kann es immer noch nicht begreifen, daß du hier liegst, nahe genug, daß ich dich berühren könnte, wenn die Erde

nicht zwischen uns wäre. Unvorstellbar, daß ich beim Graben zuerst auf das Erdreich, dann den Sarg und schließlich auf dich selbst stoßen würde.
Ich lege mich auf die Erde. Meine Augen sind geschlossen. Ich liege neben dir im Bett, es ist mollig warm, und die Nacht ist mild. Mit deinen langen, schlanken Beinen hast du dich so zusammengerollt, daß ich deine Knie im Rücken spüre.
»Schlaf jetzt.«
»Ich schlafe doch schon.«
»Wie kannst du gleichzeitig schlafen und reden?«
Danach Stille. Wir sind beide eingeschlafen, eingekuschelt in die Mulde des großen Doppelbettes. Die Laken sind sorgfältig um meine Beine gewickelt, weil ich die Berührung mit dem dunkelblau-weiß gestreiften Drillich nicht ertrage, durch den die harte Federung zu spüren ist. Jede Nacht sorgst du dafür, daß meine Beine richtig zugedeckt sind.
»Guckt auch sicher nirgendwo mehr was raus?«
»Alles dicht.«
Wir schlummern tief und fest. Noch ist von all diesem hier nichts passiert.

Ich liege auf deinem Grab, und der warme Erdhügel schmiegt sich an mich wie ein Körper. Aber obwohl ich lausche und lausche, kann ich keinen Herzschlag hören. Allmählich beruhigt mich dein Schweigen. Ich könnte jetzt zu dir sprechen, und meine Worte würden sich im hohen Gras verlieren, aber es scheint nicht mehr wichtig. All die Fragen, die mir auf der Seele brennen, schweben davon, so wie die Welt kurz vor dem Einschlafen verschwimmt.

Kapitel 2

Ich hätte dem Taxifahrer sagen sollen, daß er mich den ganzen Weg hoch bis zum Haus bringen soll. Da ich nicht weiß, wie lange ich bleiben werde, und das Wetter eventuell umschlagen könnte, habe ich ziemlich viel Gepäck dabei. Auch einen Teil meiner Arbeitsutensilien habe ich mitgebracht – mehrere Skizzenblöcke, Bleistifte, Kohlestifte, Tusche. Aber nur eine Kamera. Irgendwie ist es seltsam, ohne meine Fototasche zu reisen, die ich normalerweise wie meinen Augapfel hüte. Zu Hause in London schleppe ich sie vom staubigen Dreck der U-Bahn in die drückende Schwüle der Wohnungen, Geschäfte und Büros. Seit Wochen dauert nun die Hitze an, und wir haben den heißesten Sommer seit langem.

Ich mag den frühen Morgen und den Geruch, wenn der Gehsteig vor den Cafés mit dem Schlauch abgespritzt wird. Ich trinke um sechs meinen Kaffee, eine Stunde später gehe ich aus dem Haus, wenn die Sonne noch angenehm auf meine Arme scheint, das Wasser von den Petunien in den hängenden Blumenschalen tropft und die Lieferwagen vollbeladen mit frischem Brot und Zeitungen, von denen die Druckerschwärze noch abfärbt, durch die Gegend sausen. Dann weiß ich, warum ich in London lebe. Ich bin zum Frühstück verabredet und hoffe, daß sich daraus ein neuer, interessanter Auftrag ergibt. Doch um elf ist die Stadt abgenutzt und klebrig vor Hitze, und das neue Projekt entpuppt sich als ein Fotobeitrag für das Sommerfreizeitprogramm einer Lokalzeitung. Ständig stoße ich auf unsichtbare Barrieren und bekomme nie die Aufträge, die mich wirklich reizen. Warum kann ich mit meinen Bildern nicht mehr erreichen?

Zeitverschwendung, sich jetzt darüber den Kopf zu zerbrechen. Ich nehme meine Tasche in die andere Hand und marschiere weiter Richtung Haus. Es wird bereits dunkel, und alles Weiße schimmert jetzt noch heller: die langen, steifen Heckenblumen, die Nachtfalter und auch mein Rock. Ein unnatürlich süßer Geruch hängt in der Luft. Es soll hier auch Eulen geben, aber ich habe noch keine gesehen. Isabel kennt sich damit aus. *Dieses Jahr hat sich hier ein Schleiereulen-Pärchen eingenistet.*

Irgendwie hat es auch etwas Gutes, daß ich so schwer bepackt bin, sonst würde ich den ganzen Weg hochrennen und bei meiner Ankunft ein Bild abgeben, das ich nicht abgeben möchte: völlig aufgelöst, verschwitzt, außer Atem. Und Richard wäre sauer. *Isabel hat im Moment genug mit sich selbst zu tun,* meinte er zu mir. Sie darf nicht erfahren, daß er mich hergebeten hat. Mit Sicherheit wird es ihr gegen den Strich gehen, und sie wird mir vorhalten, daß es mich zu einer unnötigen Pause zwingt und ich dadurch Aufträge verliere, wo ich doch so hart an meiner Karriere arbeite. Als ob ich mich im Moment auf meinen Beruf konzentrieren könnte.

Ich lag gerade in der Badewanne, als das Telefon klingelte. Kaum war die Ansage des Anrufbeantworters zu Ende, vernahm ich auch schon seine Stimme: »Nina, wenn du da bist, nimm den Hörer ab. Hier ist Richard, es ist wichtig.« Er kennt meine Angewohnheit, während der Arbeit den Anrufbeantworter anzulassen. Ich sprang aus der Wanne, schnappte mir das schnurlose Telefon und ein Handtuch,

das ich mir schnell umwarf, obwohl er mich nicht sehen konnte.
»Was ist los? Ist mit Izzy alles in Ordnung?«
»Um Himmels willen, Nina, beruhige dich.«
»Ist das Baby schon da?«
»Ja, das Baby ist da.«
»Wie geht's ihr, was ist es, ich meine . . .«
»Ein Junge. Es ist ein Junge.«
»Ein Junge.«
Fest umklammerte ich das Telefon, an dem die Wassertropfen herunterrannen. Isabel hat einen Sohn. Allein der Gedanke machte sie irgendwie reifer, entrückte sie mir, als ginge sie durch eine Tür, die vor meiner Nase zuschlägt.
»Ja. Aber ich muß dir leider sagen, daß nicht alles ganz glatt verlaufen ist.« Ich hörte die Anspannung in seiner sonst so eigentümlich gleichmütigen Stimme. Ich hatte mir diese Szene so oft ausgemalt. Aber in meiner Vorstellung war es immer Isabel gewesen, die mir die Neuigkeit am Telefon mitteilte, Isabel mit dem zusammengerollten Baby im Arm, beide erschöpft, aber unheimlich stolz, daß sie sich endlich gefunden hatten.
Ich war froh darüber, daß es kein Mädchen war, sondern ein Junge. Bislang hatte ich mir nicht eingestehen wollen, wie sehr ich mir wünschte, daß es ein Junge wird.
»Was ist passiert?«
»Das kann ich dir jetzt nicht alles auf einmal erklären. Ich bin gerade im Krankenhaus. Sie lassen mich gleich zu ihr.«
»Richard, warum ist sie im Krankenhaus? Sie wollte es doch zu Hause zur Welt bringen.« Lächerlich, meine Stimme klang irgendwie vorwurfsvoll.
»Es ist eben anders gelaufen. Sie hatte einen Gebärmutterdurchbruch. Sie haben das Baby gerade noch rechtzeitig herausgeholt«, schnauzte er zurück, als wäre es meine Schuld.

Ich war still und versuchte den Sinn dieser Worte zu erfassen. *Gebärmutter. Durchbruch.*
»Heißt das, es war ein Kaiserschnitt?«
»Das heißt, es war eine Totaloperation.«
»O Gott.«
Wir schwiegen. Ich mußte an die handgearbeitete Schaukelwiege aus Holz denken, welch blöder Luxus für ein einzelnes Kind.
»Es verlief eigentlich alles nach Plan«, erzählte er weiter, »so, wie sie es sich vorgestellt hatte. Sie hat sich nicht einmal hingelegt. Die Hebamme war schon da und hat mit uns Tee getrunken, während Isabel ihr ein paar Babykleider gezeigt hat. Sie konnte nicht stillsitzen, sie war die ganze Zeit in Bewegung.« Er machte eine Pause. »Diese Auffahrt«, schimpfte er plötzlich. »Wilkinson soll gefälligst diesen verdammten Weg teeren, und wenn es das letzte ist, worum ich mich kümmere.«
Wilkinson ist der Bauer, dem das Haus gehört. »Ist der Krankenwagen die Auffahrt nicht hochgekommen?« fragte ich.
»Wir hatten keine Zeit, um auf den Krankenwagen zu warten. Ich habe sie selbst ins Krankenhaus gefahren, die Hebamme saß neben ihr auf dem Rücksitz.«
»Aber es geht ihr doch gut?« hakte ich nach. Die Tropfen an meinem Telefon stammten jetzt nicht mehr von dem Badewasser, sondern von dem Schweiß meiner Hände.
»Sie packt das schon«, antwortete Richard. Er schleuderte mir die einsilbigen Wörter entgegen, als wären sie Bälle, die er viel zu schnell schlägt. Richard hält allerdings nichts vom Cricket. In ihm fließt dreiviertel irisches Blut. Man kann es an seinen leuchtend blauen Augen erkennen, zusammen mit den schwarzen Haaren und der dunklen Haut. Dagegen sind Engländer eher hellhäutig und haben blaßblaue Augen.

Oder man sieht es an seinen ausgeprägten Gesichtszügen, die ihm ein bißchen das Aussehen einer Bulldogge verleihen. Er ist recht groß, über einsachtzig, und von massiver Statur. Es ist schon ein paarmal vorgekommen, daß seine bloße Erscheinung mich zu Tode erschreckt hat.
Ich wußte nicht, was ich noch fragen sollte. Mit Geburten und Babys kenne ich mich herzlich wenig aus. Ich horchte auf das Rauschen in der Leitung und versuchte mich mit dem Gedanken zu beruhigen, daß Isabel im Krankenhaus gut versorgt war. Heutzutage stirbt man nicht mehr an einer Geburt, auch nicht, wenn Komplikationen auftreten. Wahrscheinlich durfte sie schon in wenigen Tagen nach Hause.
Mir stieg der Geruch des Krankenhauses in die Nase, als wäre ich selbst dort. Vor meinem geistigen Auge sah ich, wie Isabel auf einer dieser Krankenliegen herausgerollt wurde. Sie lag da, erschöpft, mit schmerzverzerrtem Gesicht und geschlossenen Augen. In ihrem Bauch war ein Loch, aus dem sie das Baby geholt hatten. Auch ihre Gebärmutter war herausoperiert, dieses vollentwickelte Ding, das drei Jahre eher blutete als bei mir. Mit quietschenden Rädern schoben zwei Männer sie im Eiltempo durch den Gang zu einem Aufzug. Hinten am Eingang stand Richard, der ihr nachschaute und immer kleiner wurde. Ich wußte, wie wütend und zugleich hilflos er in diesem Moment aussah.
»Ich komme«, sagte ich. »In knapp drei Stunden bin ich da.«
»Es hat keinen Sinn, überstürzt aufzubrechen. Ich hatte eh vor, mir diese Woche freizunehmen. Aber nächste Woche, wenn sie entlassen wird, muß ich nach Korea, und da wäre es gut, wenn jemand bei ihr wäre.«
Beinahe hätte ich ihn gefragt, ob er die Reise nach Korea nicht absagen könne, aber ich hielt den Mund. Als Betriebswirt hat sich Richard auf die Entwicklung von Computerprogrammen für rasch expandierende Unternehmen spe-

zialisiert. In Europa gibt es kaum etwas für ihn zu tun. Offenbar ist er hochqualifiziert, zielstrebig und auf seinem Gebiet unschlagbar. Das habe ich aus einem Bericht in der »Financial Times« – Isabel redet ja nie über Richards Arbeit –, in dem es hieß, Richard sei die Reinkarnation von Maynard Keynes.

»Selbstverständlich komme ich. Ich werde da sein, wann immer Isabel mich braucht.«

»Gut.«

Als ich die Antenne des Telefons wieder hineindrückte und es in die Ladestation steckte, zitterten meine Hände. Mein Hals schmerzte, als hätte das Gespräch mit Richard mich überanstrengt. Ich bemerkte, daß ich das Handtuch fest um mich gekrallt hielt. Langsam öffnete ich die Finger und ließ es fallen. Ich starrte auf meinen blassen, unversehrten Bauch und mußte plötzlich an Isabels sonnengebräunten Bauch, ihren eingesunkenen Nabel denken. Ich befühlte meine Haut und ließ meine Hand darüber gleiten, sie war makellos. Dann ging ich in die Küche, schnitt mir eine dicke Scheibe von dem frischen Weißbrot ab, bestrich sie mit Butter und Aprikosenmarmelade, stopfte mir alles in den Mund und schlang es hinunter. Auf meiner Stirn stand Schweiß. Ich wischte ihn ab und kaute weiter. Ich wollte nicht über Richards Worte nachdenken, noch nicht.

Von der Straße aus ist es fast eine Meile bis zu Isabels Haus. Inzwischen habe ich das Tempo verlangsamt, um den Zeitpunkt meiner Ankunft hinauszuzögern. Das habe ich mir angewöhnt, weil meiner Meinung nach die Freude hinterher um so größer ist, wenn ich mich bei etwas zurückhalte, das ich kaum erwarten kann. Aber dieses Mal hat mein Zögern einen anderen Grund. Ich habe Angst davor, einen Fehler zu machen. Das Falsche zu sagen, sie im falschen Mo-

ment zu berühren, das Baby zu bewundern, obwohl sie doch nicht darüber hinwegkommt, daß sie kein weiteres bekommen kann. Manchmal kann ich sehr ungeschickt sein. Allerdings gibt Richard mir das Gefühl, ständig im Weg zu stehen. Ich gehe ihm auf die Nerven.
Auf einmal sehe ich sie: eine Eule mit ausgebreiteten Flügeln, die vor mir auf dem Weg landet. So schwerelos erinnert sie mich an den Satz:
»Wenn man manchen Vögeln beim Fliegen zuschaut, könnte man meinen, sie treiben es mit der Luft.«
Wer hatte das noch gesagt? Es ist mir entfallen. Jedenfalls war ich damals überrascht, einen solchen Satz aus dem Mund dieser Person zu hören.
Die Eule wird vor mir da sein. Ich nehme meinen Koffer wieder in die andere Hand und stapfe weiter.

Kapitel 3

Aber als ich ankomme, schläft Isabel gerade. Draußen auf der Veranda sitzt Richard auf einem Küchenstuhl mit einem Glas Bier in der Hand. Zuerst nehme ich nur eine massige Gestalt wahr, die den Eingang zum Haus versperrt, bevor ich ihn erkenne. Beim Näherkommen entpuppt sich der riesige Schatten nach und nach als Richard, wie bei einem Puzzle. Neben dem Stuhl liegt seine Zeitung, achtlos fallengelassen, aufgetürmt zu einem Dach.

»Sie schläft« sind seine Begrüßungsworte. »Besser, du wartest bis morgen früh. Ich habe nicht damit gerechnet, daß du so spät kommst.«

»Ich hatte noch einen Termin. Es hat länger gedauert als geplant.«

Da ist es wieder, dieses Gefühl, ihm hoffnungslos unterlegen zu sein. Seiner Meinung nach ist jedes Gespräch, das länger als eine Stunde dauert, reine Zeitverschwendung.

»Ich habe dein Foto gesehen«, meint er plötzlich, »es war, glaube ich, im ›Telegraph‹, nicht?«

»Im Magazin«, verbessere ich schnell. Zu schnell.

»Interessantes Thema.«

Es ging um die Hochzeit eines Touristenpärchens drüben in Irland, und ich war mit jemandem dort, der den Bräutigam kannte. Inmitten der allgemeinen feuchtfröhlichen Ausgelassenheit hatte ich mich zuerst fehl am Platz gefühlt. Bei der Arbeit trinke ich nie, und Tanzen ist auch nicht gerade mein Fall, oder zumindest selten, und dann mehr schlecht als recht. Ich kannte dort niemanden, im Grunde nicht einmal meinen Begleiter, aber schließlich kam ich mit ein paar Kindern ins Gespräch, die zusammen auf den Stufen eines Wohnwagens hockten. Sie wollten sich meine Kamera genauer anschauen, wie Kinder eben so sind. Ich hatte auch eine Polaroid dabei, was die Sache ungemein erleichterte. Auch heute noch gibt es Menschen, die sich nicht gerne fotografieren lassen oder sogar etwas dafür verlangen, sei es Geld oder andere Dinge. Die Hochzeit gefiel mir, man sieht es an den Bildern. Es gefiel mir, wie die Leute ihr Geld vertranken, das sie nicht hatten, und wie sie sich anschließend prügelten, in Gegenwart der Kinder, doch auch diese amüsierten sich auf ihre unschuldige und zugleich pfiffige Art, mit jener für Kinder typischen Doppelsinnigkeit. Obwohl ich jedem schon einen Abzug geschenkt hatte, streckte mir dennoch ein kleines Mädchen die Hand entgegen und wollte Geld, aber eines der anderen Mädchen schlug ihre Hand weg. Es war kein harter Schlag, nur ein Klaps, um zu zeigen, daß sie wußte, was sich gehört. Trotzdem holte ich eine Zehnpfundnote hervor, faltete sie zusammen und drückte sie der Kleinen in die Hand, wobei das ältere Mädchen mir versprach, dafür zu sorgen, daß ihre Mami den Schein für sie aufbewahren würde.

»Nicht schlecht«, lobt Richard. »Gute Komposition.«

In der Dunkelheit lächle ich. Normalerweise kann ich es nicht leiden, wenn Leute, die keine Ahnung von der Materie haben, mit Fachausdrücken um sich werfen, aber heute abend rührt es mich, daß ihm das Foto überhaupt aufgefallen ist und er mir dafür sogar seine Anerkennung zollt. Das scheint ein gutes Omen zu sein.

Hinter uns im Haus herrscht Stille. »Wo ist der Kleine?«

»Bei Susan. Oh, ich vergaß, du weißt ja noch gar nicht über

Susan Bescheid. Susan Wilkinson. Sie hat gerade ihren Abschluß als Erzieherin gemacht und wird Isabel in den nächsten paar Monaten zur Hand gehen. Vorläufig schläft sie bei uns, aber wenn es Isabel wieder bessergeht, wird sie abends nach Hause gehen. Das ist auch gut so. Sie geht mir jetzt schon auf den Geist.«

»Kommt sie gut mit dem Kleinen zurecht?«

»O ja, wunderbar.«

Wir nennen ihn immer noch »der Kleine«, wie vor seiner Geburt. Zwar hat er einen Namen, aber ich finde, er paßt nicht zu einem Baby. Er heißt Antony. Irgendwann einmal, wenn der Zeitpunkt günstig ist, werde ich Isabel fragen, weshalb sie gerade diesen Namen ausgewählt haben.

»Ich geh dann mal rein«, sage ich. Er sieht auf, rückt aber gerade einmal ein paar Zentimeter zur Seite, so daß ich mich an ihm vorbeiquetschen muß. In der Küche ist es kühl, es riecht ein wenig abgestanden und leicht muffig, als ob hier drinnen schon lange keiner mehr gekocht hätte. Ich ziehe an der Schnur, und das Licht geht an. Es ist ein großer Raum mit einem Steinfußboden und ein paar schmutzigen, abgetretenen Läufern, die schon vor Isabels Einzug hier lagen. Neben einem elektrischen Herd, der viel zu klein für eine solche Küche wirkt, gibt es Schränke, ganz viele Schränke, in denen manchmal Mäusekot liegt. Auf dem viereckigen, von Messern verkratzten Tisch steht ein hölzernes Sieb, das mit Stachelbeeren gefüllt ist. An der einen Wand vergammelt ein Gasherd, der nie benutzt wird. Früher lebten auf diesem Bauernhof die Wilkinsons, bevor sie sich zu einer Zeit, als die Grundstückspreise günstig waren, durch den Verkauf von hundert Hektar Land ihr Traumhaus zwei Felder weiter leisten konnten. Ich hatte mir einmal vorgenommen, von den beiden Häusern eine Foto-Collage zu machen, nach dem Motto: Vorher – Nachher, aber dann wurde

mir klar, daß es zu simpel gewesen wäre und auch zu offensichtlich. Mrs. Wilkinson besitzt eine Einbauküche aus heller, polierter Eiche. Sie hat einen guten Geschmack.
Ich liebe diesen Raum. Für mich entspricht er einem Bild vollkommener Schönheit, genau wie meine Schwester, aber gleichzeitig macht er mich wütend. Wenn ich dies hier als schön empfinde, so schön, daß es mir kleine, beinahe lustvolle Schauer über den Rücken jagt, was ist dann mit meiner weiß gestrichenen Dachwohnung mit den modernen schrägen Fenstern, die auf die Schornsteinköpfe und Dachziegel gegenüber zeigen? Selbst wenn ich mich auf den Kopf stellte, könnte ich mir nie so eine Küche wie Isabel einrichten.
Das Haus gehört nicht Isabel. Sie hat mit den Wilkinsons einen Pachtvertrag abgeschlossen. Schon mehrmals haben sie erwähnt, daß sie es einmal für ihre Söhne herrichten wollen, sobald diese verheiratet sind. Ich habe Margery Wilkinson hier drinnen sitzen sehen, wie sie eine Tasse Tee trank und dabei im Geiste das neue Doppelglas für das Fenster abmaß oder eine Regalreihe abriß. Aber Isabel lebt hier, als wäre es für immer. Aus diesem Grund wollte sie das Kind auch hier zur Welt bringen, oben in ihrem eigenen Bett, wo es das Licht der Welt erblicken sollte. Ich vermute, Richard würde gerne ein anderes Haus kaufen, aber ohne triftigen Grund ist Isabel hier nicht wegzukriegen.
Richard kommt herein und gähnt. Die Zeitung landet in hohem Bogen auf dem Tisch, und er holt eine Flasche Whiskey und zwei kleine Gläser aus dem Schrank. Ich schüttele den Kopf. Whiskey gehört zu den wenigen Getränken, die ich nicht mag.
»Solltest du aber«, sagt er. »Wenigstens kann man danach besser durchschlafen.«
»Wieso, schreit er so oft?«
»Ich weiß nicht, wie das bei anderen so ist, aber er schreit

tatsächlich fast die ganze Nacht durch. Und dann trampelt Susan im Schlafanzug durchs Haus, so daß man nicht mehr einschlafen kann. Offenbar sieht sie nicht ein, warum ich schlafen sollte, wenn sie und Isabel wach sein müssen.«

Ich nehme das mir angebotene Glas. Er schenkt Whiskey ein, nicht zuviel, und wieder wird mir warm ums Herz. Der Whiskey schmeckt wie immer abscheulich.

»Dazu kommt noch, daß diese blöde Ziege religiös ist«, brummt er und leert sein Glas in einem Zug.

»Wer, Susan?«

»Mhm. Diesen Sommer war sie in einem von der Kirche organisierten Ferienlager, und seitdem quasselt sie von nichts anderem mehr. Gott stehe den Kindern bei, die sie einmal betreuen wird. Sie wird nämlich Kindermädchen.«

»Jedenfalls mußt du dir so um den Kleinen keine Sorgen machen.«

»Nein, wahrscheinlich nicht. Aber für Isabel ist es totlangweilig...« Er runzelt die Stirn. »Wo sie schon das Baby hat und den ganzen Streß.«

Ich betrachte ihn. In diesem Augenblick wird mir klar, daß ich die ganze Zeit auf dem falschen Dampfer gewesen bin, seit Isabel mir erzählt hatte, daß sie schwanger sei. Es war ein Unfall, erklärte sie mir sanft lächelnd, mit halb geschlossenen Augen. Es klang unbekümmert, aber auch kaltblütig, und natürlich glaubte ich ihr. Ich habe die Angewohnheit, Isabel immer alles abzukaufen. Sie hatte mir genauso absichtlich etwas vorgemacht wie ein Fotograf, der ein bettelndes Kind aufnimmt, das allein auf der einsamen Straße steht, während die Mutter nur drei Meter entfernt ist, aber bewußt aus dem Bild gehalten wird. Nicht Richard wollte das Kind, sondern Isabel. Wäre es nach ihm gegangen, würden sie ihr gemeinsames Leben wie früher weiterführen, ohne es mit jemandem teilen zu müssen. Zuerst Susan Wilkinson, und jetzt auch noch ich. Und der Kleine. Natürlich wird er alles für das Kind tun, jetzt, wo es einmal da ist, aber er wäre doch lieber mit Isabel alleine geblieben. Zumindest ihm machte es nichts aus, daß sie keine Kinder mehr haben konnte.

Ich weiß, wie er sich fühlt, mir geht es genauso.

Während ich ihm mein Glas entgegenhalte, gießt er mir etwas nach. Der Whiskey brennt mir ein Loch in den Magen, ähnlich einer Lupe, die an einem heißen Tag das Gras entzündet. Ich lehne mich an die Wand zurück, und der Alkohol schießt mir ins Blut.

»Du siehst sie ja morgen früh«, fährt Richard fort, während er die Zeitung auseinanderfaltet und wieder ordentlich zusammenlegt. »Ich muß schon um sechs weg, also werden wir uns wohl nicht mehr sehen.«

»Oh.«

»Richte Susan von mir aus, daß ich Freitag zurück bin. Ich komme eher zurück als geplant. Kann sein, daß sie es bereits wieder vergessen hat, das würde ihr ähnlich sehen. Sie soll dir auch die Liste mit den Telefonnummern von mir geben. Falls es Probleme gibt, ruf mich an.«

»Mach ich«, erwidere ich schnell und etwas zu lässig, woraufhin er mich sofort zurechtweist. »Das war ernst gemeint. Bevor du nicht mehr weiter weißt, wenn es ihr wieder schlecht geht, gib mir sofort Bescheid.«

Er ist riesig, reifer und erfahrener, als ich es jemals sein werde. Aber er schwankt etwas und läßt den Kopf hängen, wie ein Tier, das gerade seinen Verfolger nach einer Hetzjagd abgeschüttelt hat. Auf der anderen Seite dieser kühlen Wand liegt ein Gang mit einer Treppe, die zu sieben Türen führt. Hinter einer davon liegt Isabel und schläft. In ihrem gemeinsamen Schlafzimmer, dessen Ehegeruch verschwindet, sobald Richard den Raum verläßt, und das dann wieder nach Isabel riecht. Nach ihrer Haut, ihrem Haar, nach ihrer Weizenkleieseife auf dem Waschbecken und den abgelegten Kleidern, die innen an der Tür hängen. Stets trägt sie dasselbe Parfüm, und obwohl es mir gefällt, würde ich es mir nie kaufen. Einige Male schon habe ich es mir in Kaufhäusern aufgesprüht, und für ein paar Sekunden schlüpfte ich in eine andere Haut. Ein bißchen wie Isabel und doch weit davon entfernt. Ich kann mit Düften und Make-up nicht umgehen und habe kein Gespür für Mode. Ich brauchte Jahre, um einen Sinn darin zu erkennen, mir die Beine zu rasieren oder zu einem ordentlichen Friseur zu gehen. Was für eine komplizierte Angelegenheit, eine Frau zu sein. Ich höre anderen Frauen zu, die über »meine Größe« und »was mir steht« reden und Geschichten über Themen wie Abstrich, Vorsorgeuntersuchung und Urinproben austauschen. So selbstbewußt wäre ich auch gerne mal. Es wäre schön, sich vorstellen zu können, daß diese Dinge zu meinem Leben gehörten. Vielleicht liegt mir deshalb das Fotografieren. Niemand achtet auf die Person hinter der Linse.

Aber einmal habe ich eine Reihe Selbstporträts geschossen. Am Anfang tat ich mich schwer, doch mit der Zeit ging es besser. Auf einem war ich nackt. Nicht nackt in der Art, daß es für fremde Augen bestimmt war, kein Posieren, nichts Anzügliches. Einfach nur nackt. Es war ein komisches Gefühl, und ich wußte damals nicht genau, warum ich es tat. Aber es hat funktioniert. Alles, was mir sonst Unbehagen bereitete, löste sich in schwarz-weiße Punkte auf. Ich mußte mich nur noch um einige technische Einzelheiten kümmern. Am Schluß machte es mir sogar Spaß, die Konturen, die unterschiedlichen Blickwinkel und Schattierungen zu betrachten. Ich habe mein eigenes Fleisch und Blut ganz gut getroffen.

Ich frage mich, ob Isabel tatsächlich schläft.

Kapitel 4

Um fünf bin ich schon wach. Ich muß mal, aber ich höre, wie Richard umhergeht, Wasser rauscht, Türen auf- und zuklappen, und schließlich einen schwachen, erschrockenen Ton, den ich zunächst nicht einordnen kann. Natürlich, das Baby. Das hektische Weinen hört plötzlich wieder auf. Draußen herrscht noch graues Dämmerlicht. Ich habe die Vorhänge offen gelassen. Von dieser Seite aus kann man zwar nicht Isabels Garten sehen, aber dafür den Teich und die Scheunen. Im Moment schwimmt gerade eine Entenfamilie hinaus, wobei die Küken vertrauensvoll im Kielwasser der Mutter paddeln. Auf der Wiese, auf der die Enten beim Darüberwatscheln ihre Spuren hinterlassen haben, liegt silbriger Tau.

Unten schlägt eine Tür zu. Richard ist gegangen. Ich höre seine Schritte auf dem mit Kies bestreuten Platz, wo das Auto immer steht. Während ich mich strecke, spüre ich die kühle Morgenluft auf meinen Armen. Ich muß immer noch auf die Toilette. Mit einem dumpfen Geräusch fällt die Autotür zu, der Motor startet, der Kies wird unter den Rädern weggeschleudert, und schon ist er weg. Langsam rollt er im zweiten Gang die Auffahrt hinunter, und noch lange lausche ich dem Brummen des Motors.

Ich verlasse das Zimmer. Im Gang keine Spur von Susan, auch der Kleine verhält sich jetzt still. Isabels Schlafzimmertür ist geschlossen. Ich gehe ins Badezimmer, in dem eine riesige, in Mahagoni eingefaßte Toilette dicht neben der Badewanne steht. Nachdem ich möglichst leise gepinkelt habe, ziehe ich an der langen Kette. Das Wasser rauscht über die brüchige Keramik mit dem eingravierten Markennamen »Victrix«. Nachdem der Spülkasten sich erneut mit Wasser gefüllt hat, breitet sich wieder Stille aus. Die anderen schlafen wohl alle noch. Auf meiner Armbanduhr ist es fünf nach sechs.

Mit dem kalten, kalkhaltigen Wasser wasche ich mir Gesicht und Hände, schleiche in mein Zimmer zurück, schlüpfe in meine Jeans und ziehe mir das rote Top über, das ich ausgewaschen und über Nacht habe trocknen lassen. Es ist noch ein wenig feucht, aber das ist ganz angenehm. Auch heute wird es wieder ein heißer Tag. Der Hitze, die sich über Nacht wie eine Decke aufgerollt hat, kann man in diesem Sommer nicht entkommen. Ich könnte nach draußen gehen. Zum Beispiel im Garten begutachten, was sich alles seit meinem letzten Aufenthalt verändert hat. Oder durch den Hof zu dem schmalen Pfad hinüberschlendern, der zu den Downs hochführt. Aber eigentlich bin ich hier, um mich um Isabel zu kümmern, die vermutlich schläft oder flach auf dem Rücken liegt und aus dem Fenster starrt, im Gesicht eine einzelne Falte, die sich steil zwischen ihren Augenbrauen eingegraben hat. Die Falte, die man sieht, wenn sie Schmerzen hat. Wieder im Flur, spüre ich die kühlen, glatten Dielen unter meinen nackten Füßen.

»Nina? Nina, bist du das?«

Unsere Mutter hätte uns verboten, von Zimmer zu Zimmer zu rufen. »Wenn du Isabel etwas zu sagen hast, dann geh gefälligst zu ihr.« Ich weiß noch, wie ich eine meiner Schulfreundinnen verwundert angestarrt hatte, als diese beim Hereinkommen »Ma-ma! Bin wieder da!« brüllte. Zwar konnten wir zu meiner Mutter in das Atelier gehen, wenn wir etwas auf dem Herzen hatten, doch geschah dies selten. Sie arbeitete grundsätzlich bei geschlossener Tür. Gingen wir hinein, sah sie zwar kurz auf, fuhr dann aber fort, dem feuchten Lehm mit ihren glitschigen Händen die richtige Form zu geben, und meistens kamen uns unsere Fragen dann völlig unwichtig vor.

»Nina?«

Ich öffne die Tür. Ja, da sitzt sie aufrecht im Bett. »Isabel!«

»Komm schon rein, Süße. Mach die Tür zu, sonst rückt Susan mir wieder auf die Pelle.«

Lächelnd legt sie das Schreibpapier zur Seite, behält den Stift aber in der Hand. Sie trägt ihre Lesebrille mit dem Drahtgestell, die sie in einem Secondhandladen erstanden hat. Sie behauptet immer, daß sie damit wunderbar sieht. Während ich auf das Bett zugehe, wird mir das große, stumme Lächeln in meinem Gesicht bewußt, das immer breiter und breiter wird, bis ich nicht mehr weiß, was ich damit tun soll. Isabel streckt mir ihre Hand entgegen und hält mir die Wange zum Kuß hin, wobei sie die Augen schließt.

Zaghaft küsse ich sie. Obwohl sie wie immer warm und weich ist, habe ich Angst, daß ich sie versehentlich stoße und daß dann der Schmerz, der, wie ich weiß, irgendwo unter der Bettdecke lauert, wieder zu brennen beginnt. Sie öffnet die Augen und rümpft die Nase.

»Das war ja gerade mal ein Küßchen. Schönes Top, Nina. Du solltest öfter so etwas tragen, statt dauernd dieses schwarze Zeug.«

Ich werfe einen kurzen Blick auf ihre Schreibbögen. Drei oder vier eng beschriebene, volle Seiten. Sie bemerkt meinen Blick und erklärt: »Ich schreibe gerade an Edward. Er kommt uns übermorgen besuchen. Er und Alex hatten schon wieder Krach.«

Entgeistert sehe ich Isabel an. »Fällt ihm nichts Besseres ein, als gerade jetzt herzukommen, wo du doch immer noch krank bist? Wer soll sich denn bitteschön um ihn kümmern?«
Schmunzelnd zuckt sie mit den Achseln. »Du kennst doch Edward. Er macht keine großen Umstände. Er braucht nur etwas Luftveränderung und Zeit zum Nachdenken. Ich habe gestern einen langen Brief von ihm erhalten.«
»Weiß Richard Bescheid?«
»Natürlich.«
Auf den ersten Blick schien sie mir ganz die alte zu sein, doch jetzt merke ich, wie blaß sie unter der gewohnten Sommerbräune ist. Überanstrengung oder Krankheit läßt sich Isabel nicht gerne anmerken. Sie bewegt ihre Beine unter der Baumwolldecke.
»Ich soll regelmäßig diese Übungen machen«, erklärt sie, »gegen Krampfadern. Wie gut, daß man so etwas vorher nicht weiß. Aber dir sollte ich das erst recht nicht erzählen.«
Sie glaubt immer noch fest daran, daß auch ich eines Tages Kinder haben möchte.
»Verheilt die Wunde gut?« frage ich vorsichtig. Isabel lacht.
»Mach dir keine Sorgen, Nin, ich erspare dir den Anblick. Es ist nicht so schlimm, wie du denkst. Die Hebamme meint, ich hätte eine Roßnatur.«
Während der Schwangerschaft sprach Isabel recht häufig von der Hebamme. *Hebamme* – das klang nach tiefstem Mittelalter, aber dem ist nicht so. Ich stellte sie mir derb vor, überaus weise, mit freundlichen Augen, kühlen Händen und grauen Strähnen im Haar: Vielleicht entsprach dies ja auch Isabels Wunschbild. Als ich sie einmal traf, entpuppte sie sich jedoch als ein zierliches, blondes Mädchen, das einen Ford Fiesta fuhr. Isabel und ich hatten die Angewohnheit, sowohl den eigenen wie auch den Lebensstil der ande-

ren überspitzt darzustellen. Demnach war ich jemand, der in kleinen Wohnungen in London heimisch war, wo die Nachbarn Lautsprecher aus dem Fenster hängten und »Do you really love me« abspielten und bei der das Telefon um Mitternacht klingelte. Ich stand für Karriere und Safer-Sex, letzterer dafür häufiger, für das Durch-die-Straßen-Kurven auf der Suche nach einer Nacht-Apotheke und für Lebenskrisen. Ich gab zuviel Geld aus und war permanent unzufrieden. Bei Isabel lag der Fall etwas komplizierter. Am Anfang war es ein Spiel, jenes Spiel, das Schwestern spielen, um herauszufinden, wie unterschiedlich sie sind. Aber irgendwann verselbständigte sich die ganze Sache, und wir wurden zu den Spielfiguren.

»Du kannst es mir ruhig zeigen«, fordere ich sie auf.
Fragend sieht Isabel mich an. Dann schlägt sie die Decke zurück und zieht ihr Nachthemd hoch. »Sie haben mir gerade erst den Verband und die Klammern abgenommen«, sagt sie. In der Tat, es sieht wirklich nicht so schlimm aus, wie ich es mir vorgestellt hatte. Ober- und unterhalb der Narbe, die in einer rötlich-violetten Linie verläuft, sieht es so aus, als hätten sich Zähne in das Fleisch gedrückt. »Das stammt von den Klammern«, erklärt Isabel, »und hier haben sie den Schlauch eingeführt.« Versonnen betrachtet sie die Narbe. »Sie halten sich dran damit, daß ich ohne weiteres wieder einen Bikini tragen kann.«
Ihre Schamhaare sind wegrasiert worden, und ihr Bauch ist mit blauen Flecken übersät. »Die denken wohl, das wäre für uns das wichtigste«, meint sie spöttisch.
»Wie sieht er aus?«
Über ihr Gesicht huscht ein geheimnisvolles Lächeln. Ich kenne es nur zu gut. Es tauchte früher immer dann auf, wenn sie sich mit jemandem angefreundet hatte, den sie

mir vorenthalten wollte. »Ganz anders, als ich ihn mir vorgestellt habe«, antwortet sie. »Du wirst sehen.«
»Ich kann es kaum erwarten.«
»Es ist wundervoll, wenn er schläft. Susan hat ihn zu sich rüber genommen, weil es hier drinnen zu hell ist. Sonst denkt er nämlich, es ist Zeit zum Wachwerden. Aber um sieben muß ich ihn wieder stillen.« Sie runzelt die Stirn und schiebt ihre Brille auf der Nase hoch.
»Du mußt mir einfach sagen, was zu tun ist. Ich bin da, um zu helfen.« Isabels Gesicht hellt sich auf. »Oh, Nin, darüber habe ich mir die halbe Nacht den Kopf zerbrochen. Ich habe nämlich drei neue Apfelbäume in dem Beet an der Südmauer gepflanzt. Richard hat sie sicherlich nicht gegossen, und bei dieser Hitze brauchen sie literweise Wasser. Könntest du runtergehen und sie mit dem Schlauch ordentlich wässern?«
»Mach ich«, erwidere ich. Und füge hinzu: »Schade, daß Richard den Wagen mitgenommen hat. Ich hätte ihn ohne weiteres zum Flughafen fahren können, dann wären wir mobil gewesen, solange er weg ist.«
»Daran habe ich überhaupt nicht gedacht«, sagt Isabel. »Ich vergesse immer, daß du einen Führerschein hast.« Im Gegensatz zu Isabel kann ich Auto fahren. Vor fünf Jahren nahm ich Fahrstunden, weil es für meine Aufträge außerhalb von London erforderlich war.
»Die anderthalb Meilen bis zum Dorf kann man aber recht schnell zu Fuß zurücklegen«, sagt Isabel.
»Aber nicht mit dem Kinderwagen«, werfe ich ein.
»Brauchen wir nicht. Ich habe ein Tragetuch.«
»Aber du besitzt doch einen Kinderwagen, oder?« Für mich war es bis jetzt gar kein Thema, daß ich mit dem Kleinen im Kinderwagen lange Spaziergänge mache, während Isabel sich ausruht. Obwohl ich zuvor noch nie einen Kinder-

wagen vor mir her geschoben habe, fand ich dennoch Gefallen an der Vorstellung.

»Wozu? Damit Susan ihn den Weg rauf- und runterschiebt? Laß uns das doch klären, wenn Richard wieder da ist.«

Dafür liegen aber überall Berge von Babykleidung herum, schlichte weiße Strampler und selbstgestrickte Überziehjäckchen. Sie hat sie sogar mit winzigen Enten und Äpfeln bestickt. Beim letzten Mal, als ich hier war, habe ich ihr dabei zugesehen, eine neue Geschicklichkeitsübung für ihre langen, schnellen Finger.

Plötzlich sinkt Isabel zurück. »Ich bin so müde«, klagt sie unvermittelt in einem Ton, den ich gar nicht an ihr kenne.

»Dann verzieh ich mich und laß dich schlafen.«

»Bleib noch.« Sie schließt die Augen. Fest wie ein Siegel bedecken ihre Lider die Augäpfel. Zwar ist ihr Gesicht schmaler geworden, aber dafür wölben sich ihre Brüste fest und rund unter dem dünnen Stoff ihres Nachthemds. Auf der Bettdecke ist ein Tintenfleck, sie hat den Füller fallen gelassen. Ohne ein Wort hebe ich ihn zusammen mit den Papierbögen auf. *Richard glaubt* lese ich. Ich lege die Bögen auf den Nachttisch.

»Brauchst du irgendwas?«

Langsam bewegt sie den Kopf auf dem Kissen hin und her. Nein. Ihre offene Hand schiebt sich einige Zentimeter in meine Richtung. Ich ergreife ihre Hand und halte sie fest.

»Gut, dann bleibe ich noch etwas«, sage ich flüsternd und bilde mir ein, ein Lächeln zu ernten. So sitze ich einfach nur da und halte Isabels Hand. Von ihrem Bett aus kann man direkt auf den Garten schauen, bis hin zu den Weiden hinter der Gartenmauer und den Downs am Horizont. Die roten Früchte eines Baumes kommen mir wie Tropfen vor, die jeden Moment auf das Mauerwerk fallen. Auf einem der Felder weidet eine große Rinderherde. Aus dieser Entfernung scheint es, als sei sie sich selbst überlassen. Aber plötzlich dringt ein schwacher Ruf durch das Fenster, eine Männerstimme, die die Herde zusammentreibt. Aus dem Innern des Hauses kommt prompt die Antwort, allerdings weniger leise. Das Baby. Nicht nur mir geht das Schreien durch Mark und Bein. Auch Isabel verspannt sich. Ich schaue zu ihr hinunter und sehe, daß sich ihre Brustwarzen wie fliegende Fische aufstellen. Ihre Milch. Sie dreht sich zur Seite, öffnet die Augen und stützt sich unbeholfen auf dem Ellbogen auf. »Sag Susan, sie soll ihn reinbringen. Ich will nicht, daß er schreit.«

Neben Isabel sieht Susan geradezu unverschämt gesund aus. Ihre kurzen, hellen Locken streifen über Isabels Wange, als sie sich mit dem Kleinen zu ihr hinunterbeugt und ihn ihr mit scheinbar übertriebener Fürsorge in die Arme legt. Er ist ganz rot angelaufen, strampelt schwach mit den Beinen und bewegt die Arme, als er spürt, wie er durch die Luft nach unten gereicht wird. Jetzt liegt er auf Isabels Bauch und brüllt.

»Er riecht die Milch«, sagt Susan mit lauter Stimme. Zwischen dem Kleinen und Isabels Brust beginnt ein Kampf. Offensichtlich weiß er nichts damit anzufangen. »Er kommt nicht dran! Er kommt nicht dran!« schreit Susan.

»Ist ja gut«, erwidert Isabel mit einem leisen, gefährlichen Unterton in der Stimme. Mit wackelndem Kopf strebt der Kleine in Richtung Nabel. Und wieder beginnt der Kampf, er schreit lauter als zuvor, während Susan seinen Kopf hochhält und auf Isabels Stirn Schweißperlen stehen. Auf einmal ist Ruhe.

»O Mann«, stöhnt Isabel. Der Kleine saugt geräuschvoll, und seine Hautfarbe wechselt von rot zu rosa. Während Susan zurücktritt, greift Isabel mit der freien Hand langsam um

das Baby und klopft ihm sanft mit Mittel- und Ringfinger auf seinen Rücken.
»Oh, jetzt merke ich erst, daß wir ihn auf der falschen Seite angelegt haben«, sagt Susan.
»Das fällt dir aber verdammt früh ein, er ist nicht mehr loszukriegen«, entgegnet Isabel mit geschlossenen Augen.
»Soll ich dir eine Tasse Tee machen?« biete ich ihr an. Sie blinzelt mir kurz zu. »Susan macht das schon. Sie kennt sich ja aus«, sagt sie entschieden, woraufhin Susan mit festen, beschwingten Schritten davongeht, die trotzdem irgendwie beleidigt klingen.
»Wenn sie weg ist, führt er sich nicht so auf«, sagt Isabel.
»Vorhin war er« – ich suche nach den passenden Worten – »ziemlich extrem.«
Isabel lacht. »So, jetzt, wo sie weg ist, schau ihn dir noch mal genauer an. Gefällt er dir?«
Ich betrachte ihn. Nun, da er nicht mehr zappelt, sehe ich, daß er sogar schon einen zarten, hellen Haarflaum hat. Seine Augen sind fest geschlossen.
»Er ist schon ein ziemlicher Brocken. Ich dachte, er wäre viel kleiner und dunkelhaarig«, sagt Isabel.
Klein und dunkelhaarig, so wie ich damals. Isabel weiß es noch.
»Er sieht Richard nicht besonders ähnlich«, stelle ich fest.
»Stimmt«, bekräftigt Isabel, aber sie hört mir nur noch halb zu. Mit einem Finger berührt sie die rosafarbene Haut unter seinem Fuß, der herunterbaumelt und krampfartig zuckt. Sie scheint völlig in sich gekehrt und weit weg zu sein. Mir fällt plötzlich ein, daß sie damals meine Puppe aus unserem gemeinsamen Puppenwagen geworfen hat, um die ihre hineinzulegen.
»Ich möchte, daß du ein paar Aufnahmen von ihm machst«, sagt sie.

Kapitel 5

Ich sitze unter dem Feigenbaum, dessen große Blätter mich wie Hände vor der Sonne schützen. Dieses Jahr gibt es zahlreiche Feigen, und ausnahmsweise werden sie sogar einmal richtig reif sein. Hier im Schatten ist die Luft von ihrem warmen, würzigen Duft erfüllt. Es ist halb zwei, und der Himmel ist weiß. In diesem Sommer kann man die grelle Sonne nur ertragen, indem man im Schatten auf die lauen Abende wartet. Aber hier, meilenweit weg von London, wo der einzige Verkehrslärm das entfernte Pfeifen eines Zuges ist, der gerade den Bahnübergang erreicht, und wo mir kein Mensch über den Weg läuft, macht mir die Hitze nichts aus. Der Schatten der Feigenblätter zeichnet sich gestochen scharf ab, beinahe deutlicher als die Blätter selbst. Ich strecke meinen Fuß halb über den Rand des Schattens und ziehe ihn wieder zurück.

Von hier aus kann man das Haus nicht sehen und umgekehrt. Das heißt, daß auch ich vom Haus aus nicht zu sehen bin. Im Geiste zähle ich sie auf. Susan, die heute nachmittag voller Stolz die medizinische Nachsorge erwartet, die um drei kommen soll. Isabel, die mit Sicherheit auch drinnen hockt. Edward, der fast den ganzen Vormittag im Bett verbracht hat, um sich zu erholen, und sich wahrscheinlich nach einem guten Mittagessen direkt wieder dorthin verzogen hat. Sich erholen, wovon? Von zuviel Sex mit den falschen Leuten, das ist es doch im Grunde, auch wenn er und Isabel es anders sehen und eine Riesenaffäre daraus machen. Jedesmal, wenn ich einen Raum betrete, sitzt da mit aufgestütztem Kinn ein schlechtgelaunter Edward auf einem Hocker, und erklärt Isabel gerade das Mysterium seines Selbst. Bei meinem Anblick verstummt er sofort. Als Schauspieler weiß Edward, gute von schlechten Zuhörern zu unterscheiden.

Susan hat Gefahr gewittert. Edward bedeutet eine ernstzunehmende Konkurrenz für den Kleinen, der jetzt häufig zu kurz kommt. Um ihn loszuwerden, beauftragte sie ihn gestern damit, eine bestimmte Sorte Wundsalbe zu besorgen, und bürdete ihm zusätzlich eine kleine Einkaufsliste auf, die speziell für ihn geschrieben war und um die er sich während seines Aufenthalts ebenfalls kümmern sollte. Da auch Edward nicht Auto fahren kann, ist er auf den Bus angewiesen, mit dem er zweimal umsteigen muß. Er wußte, daß ihn das bestimmt einige Stunden auf Trab halten würde. Aber weil er nichts abschlagen kann, erklärte Edward sich bereit. Lächelnd sah er Susan an und redete weiter, sobald sie außer Sicht war.

Der Kleine schläft. Nichts auf der Welt kann seinen Schlummer stören. Inzwischen habe ich Gefallen daran gefunden, ihn dabei zu beobachten, wie er sich von dem Sog des Schlafs mitreißen läßt, und ich betrachte das Muster, das sich dabei auf der weißen Biberbettwäsche abzeichnet, seinen Schmollmund, sein zartes Gesicht, das scheinbar noch völlig unausgeprägt ist. Oder ich studiere einfach nur sein vollendetes Stupsnäschen aus verschiedenen Blickwinkeln. Obwohl ich damit endlos viel Zeit verbringe, habe ich noch nicht versucht, ihn auf Film oder Papier zu bannen. Es ist schwer, ihn für sich alleine zu haben. Er gehört Isabel. Ich habe keine Lust, ihre Armbeuge mitzumalen oder ihren Kopf, der sich über ihn beugt, oder wie er O-bei-

nig an ihren Brüsten liegt. Wegen der Hitze ist er beim Stillen häufig nackt. In solchen Situationen fordert Isabel mich dann immer auf, aber ich sträube mich. Es hat keinen Reiz.
Und natürlich steckt noch mehr dahinter. Ich bin eifersüchtig, ganz klar. Aber auf wen?
Ich habe einen Skizzenblock mit nach draußen genommen. Keinen besonders großen, nur Postkartenformat. Aber so stelle ich mir das Zeichnen vor, aus der Schlüssellochperspektive, so daß der Art der Darstellung die gleiche Bedeutung zukommt wie dem Bild an sich. Leider bin ich aus der Übung. Ich zeichne viel zu selten. Man muß sich ständig damit beschäftigen, tagein, tagaus, wenn man nicht den Blick dafür verlieren will. Und die Fingerfertigkeit und was sonst noch dazu gehört. Die ersten Lektionen im Zeichnen hat mir meine Mutter gegeben. Jedesmal, wenn ich aus lauter Wut über mich selbst das Papier zerknüllte, tröstete sie mich mit den Worten: »Macht nichts. Eine einzige Zeichnung ist besser als gar keine, auch wenn sie nichts taugt. Weil du es morgen dann besser machen wirst.« Perfektionismus war ihr ein Greuel. Ja, jetzt fällt mir wieder ein, wie wir in ihrem Atelier saßen, von dem aus man auf das Durcheinander der Dächer über dem Meer sah. Bei näherer Betrachtung war es jedoch gar kein Durcheinander. Jedes Dach stand in einem unverwechselbaren Winkel zu Raum und Landschaft. Immer noch höre ich ihre Stimme sagen: »Benutze deine Augen, Nina.« Und dann griff sie über meine Schulter nach einem Blatt Papier und machte eine schnelle Skizze.
»Das ist nur eine Möglichkeit, es darzustellen, nämlich meine«, erklärte sie. Sie hatte dieselben schlanken Hände wie Isabel, aber ihre waren viel rauher. Man konnte sehen, daß sie mit den Händen arbeitete. »Ehrlich, ich denke, daß

du mich irgendwann im Zeichnen übertreffen wirst, wenn du es nicht aufgibst.«
Ich werde mich an diesem Kohlkopf dort versuchen, diesem einzelnen dicken, der sich zwischen dem prächtigen Mohn eingenistet hat. Ich schlage eine neue Seite auf, halte meinen Bleistift wie ein scharfkantiges Werkzeug und lege los.

Die Überraschung ist ihm nicht geglückt. Wenn man die Augen derart konzentriert auf etwas richtet, bemerkt man jede Veränderung des Lichts, und sein Schatten ist riesig, genau wie er. Er trägt immer noch einen Anzug.
»Ich habe gehofft, hier ein schattiges Plätzchen zu finden«, sagt er zur Begrüßung. »Was dagegen, wenn ich mich zu dir setze?«
Ich rücke auf der Holzbank etwas zur Seite und klappe mein Skizzenbuch zu. »Nein, nur zu.«
»Jetzt habe ich dich bei der Arbeit gestört«, sagt er bedauernd. »Das war nicht meine Absicht.« Ich schaue hoch, erfreut und überrascht zugleich. »Ich mache später weiter«, entgegne ich. »Ist die Pflegerin noch da?«
»Ich war noch nicht drinnen«, antwortet Richard.
Die Blässe seiner sonst so dunklen Gesichtshaut zeugt von seiner Müdigkeit. »Da war eine ganze Meute im Schlafzimmer«, erklärt er. »Sobald die alle weg sind, werde ich Isabel begrüßen. Ich habe schon vom Flughafen aus angerufen.«
»Edward ist hier.«
»Ja, damit habe ich gerechnet.«
»Und Alex will vielleicht auch am Wochenende kommen.«
Richard gibt keine Antwort. Sein Blick schweift über den Garten, wobei er wegen des grellen Sonnenlichts die Augen zusammenkneift.
»Und du sitzt also hier und malst einen Kohlkopf«, stellt er spitzfindig fest.

»Mir geht's wunderbar«, entgegne ich wahrheitsgemäß.

Er dreht sich zu mir und sagt: »Schätze, du siehst deiner Mutter ziemlich ähnlich, nicht? Eben hast du mich stark an ein Foto von ihr erinnert, auf dem sie ebenfalls gerade zeichnet.«

»Meinen Vater hast du auch nie kennengelernt, oder?«

»Nein. Leider nicht. Isabel hat sehr an ihm gehangen.«

»Er war ein großer Egoist«, entfährt es mir plötzlich. »Das habe ich erst nach seinem Tod begriffen. Uns gegenüber war er ganz anders.«

»Isabel behauptet, daß eure Mutter der Egoist war. Bevor das Baby kam, hat sie gesagt, daß sie ständig daran denken muß, wie eure Mutter euch erzogen hat, und daß sie es ganz anders machen wird.«

Er sieht mich durchdringend an. Ich frage mich, ob wir immer noch über meine Eltern reden oder über Isabel und mich. »Ich weiß, daß sie so denkt«, erwidere ich, »aber dem wäre nicht so, wenn sie auch nur einen Funken Interesse für das gezeigt hätte, was meine Mutter gemacht hat.«

»Du nennst sie ›meine Mutter‹, wie Isabel, nicht ›unsere Mutter‹.«

»Weil wir beide ein völlig unterschiedliches Bild von ihr haben.«

Etwas in mir drängt darauf, ihn loszuwerden, damit ich wieder meinen Bleistift in die Hand nehmen kann. Mir ist nämlich eine neue, bessere Möglichkeit eingefallen, den Kohl zu zeichnen. Aber andererseits habe ich mich noch nie zuvor so gut mit Richard unterhalten.

»Der Kleine kommt ein bißchen nach ihm«, sage ich unvermittelt.

»Nach wem?«

»Meinem Vater. Unserem Vater. Seinem Großvater«, erläutere ich, wobei mir diese Tatsache erst jetzt bewußt wird. Es ist nicht allein Isabels Kind. Es ist ein Glied in einer Kette von Verwandtschaften.

»Ich staune immer wieder, wie die Leute es schaffen, irgendwelche Ähnlichkeiten bei Babys zu entdecken«, meint Richard.

»Wahrscheinlich macht man das automatisch.«

Er runzelt die Stirn und macht einen ungeduldigen Eindruck. Anstatt hier zu sitzen, wäre er vermutlich lieber bei Isabel. Er kann es kaum erwarten, bis er den Wagen der Pflegerin endlich davonfahren hört und Isabel dann für sich alleine hat.

»Ich habe Hunger«, sagt er. »Das Essen im Flugzeug war ungenießbar.«

»Im Kühlschrank steht noch etwas Stachelbeerkuchen.«

»Könntest du mir vielleicht ein Stück holen, Nina? Das wäre wirklich nett, ich will nämlich dieser Frau nicht über den Weg laufen.«

»Hm«, antworte ich und greife nach dem Skizzenblock, den ich nicht bei ihm zurücklassen werde, »also gut.«

Er lächelt, so daß sich seine Augen zu Schlitzen verengen. Mit seinen sechsundvierzig Jahren ist er viel älter, schwerer und gewichtiger als wir. »Prima«, entgegnet er. Ich stehe auf, verlasse den Schatten und gehe in der prallen Sonne auf einem von Isabels Pfaden zum Haus hoch. Um der wild wachsenden Natur Herr zu werden, hat sie Zierhecken in Blumenkästen gesät, die sich an Bäumen, Spalieren, der Mauer und Außentüren emporranken. Mir gefällt das satte Dunkelgrün. Auf angenehme Weise erinnern die Hecken an die zu üppige Vegetation. Sie passen zu Isabel, die genügend Schönheit besitzt, um es sich leisten zu können, eine Lesebrille zu tragen, die die meisten Frauen nicht einmal anfassen würden.

Der Kuchen ist mit einem Teller zugedeckt. Nach dem Mittagessen hat sich Edward darüber hergemacht, wobei er die Früchte herausgepickt hat, die er dem knusprigen Boden vorzieht. In einer geraden Linie setze ich das Messer über dem unappetitlichen Rest an und schneide ein großes Stück ab, gerade richtig für Richard. In einer Kanne entdecke ich noch etwas Sahne, steif und gelb. Der Kuchen stammt von Susans Mutter, die ihn mit einem Spritzer Holunderblüte verfeinert hat, um den Geschmack der Stachelbeeren hervorzuheben. Die Oberfläche hat sie mit einem Gittermuster verziert. Jetzt, da der Teig abgekühlt ist, ist der Kuchen innen weiß und klebrig, und bei den Beeren kann man die Kerne sehen, weil die Haut durch das Backen glasig geworden ist. Ich pule mir eine heraus, die zwar beinahe auseinanderfällt, aber doch noch ganz ist, und stecke sie mir in den Mund. Auch ich habe Hunger. Also schneide ich mir ebenfalls etwas ab, verteile auf beiden Stücken die Sahne, streue noch ein wenig Zucker darüber und lege zwei Löffel dazu. Mittlerweile hat der Kleine aufgehört zu schreien, aber ich höre Stimmen, die lauter werden, als eine Tür aufgeht. Wahrscheinlich kommen sie gleich aus dem Zimmer heraus. Ich schnappe mir die Teller und stürze nach draußen in die Sonne, laufe um die Ecke, am Teich vorbei, und in den Garten.

Unverändert sitzt Richard da, abgesehen davon, daß er seine Schuhe und Socken ausgezogen hat. Mit geschlossenen Augen, die Füße in der Sonne, hat er sich zurückgelehnt. Seine Füße sind nackt und weiß, die Füße eines Stadtmenschen.

»Hier, bitte sehr.«

Genüßlich beißen wir in den Kuchen, die Sahne und die Früchte. Bei dieser Hitze läuft die Sahne bereits am Rand herunter. In Richards Gegenwart esse ich eigentlich ganz gerne, weil er genauso gierig ist wie ich. Man sieht es sofort. Die dickste Stachelbeere hebt er sich für den Schluß auf,

um sie in die übriggebliebene Sahne zu tunken. Der Zucker knirscht angenehm zwischen meinen Zähnen.
»Ich hätte alles mitbringen sollen«, sage ich mit Bedauern. »Jetzt wird Edward sich den Rest schnappen.«
Inzwischen krabbeln bereits Wespen auf den leeren Tellern.
»Ich gehe besser mal rein«, meint Richard, während er sich hinunterbeugt und seine Schuhe aufhebt.
»Ich habe sie nicht wegfahren hören.«
»Nein? Ich aber. Du warst ja auch ganz und gar in deinen Kuchen vertieft.«
»Ich komme später nach«, sage ich. Jetzt sieht der Kohl ein wenig anders aus. In der Nachmittagshitze läßt er die Blätter hängen.
»Wenn sie, wie so oft, am Fenster stehen würde, um auf den Garten zu schauen, und ich auf dem Weg direkt neben dem Baum mit den süßen Williamsbirnen wäre, könnte ich sie sehen«, meint Richard unvermittelt.
»Sie war noch gar nicht draußen. Es ist zu heiß für den Kleinen.«
»Er wird sich daran gewöhnen müssen«, sagt Richard, »der Garten ist Isabels zweite Heimat.«
Aber seit ich hier bin, hat sie sich hier unten noch nicht blicken lassen. Auch Edward sitzt nicht gerne in der Sonne, so daß sie ihre langen Gespräche drinnen führen, entweder in Isabels Zimmer oder unten in dem abgedunkelten, stickigen Wohnzimmer. Bis jetzt konnte ich mir den Garten ohne Isabel überhaupt nicht vorstellen. Jeder Grashalm ist ihr vertraut, sie hat ihn bepflanzt, dort war sie immer zu finden und wenn nicht, dann deuteten eine zurückgelassene kleine Gartenharke oder eine Schale mit Ablegern oder ein Schnurknäuel darauf hin, daß sie gleich wieder zurückkäme. Aber der Garten kommt auch ohne sie aus, obwohl ich weiß, daß dieser Eindruck täuscht. Er wird von unten

her verrotten, wie Birnen, die zu lange in einer Schale herumliegen.

Im Moment jedoch gedeiht alles prächtig, und heute nachmittag könnte es genausogut mein oder irgend jemandes Garten sein. Ich ziehe mich weiter in den Schatten des Feigenbaums zurück. Wahrscheinlich zeichne ich als nächstes eine Feige, und zwar nur die Wölbung an ihrem silbernen Ast. Alles um mich herum macht den Eindruck, als sei es von alleine gewachsen, die Farben leuchten oder verblassen wie jener Rittersporn dort, der nur noch ein ausgebleichtes Schemen seiner Selbst ist. Mir fällt das Zeichnen leichter, wenn ich nicht überall Isabels schlanke Hände im Blickfeld habe, die in der Erde graben, zwischen den Blättern Bündel von Blumenstielen auseinanderhalten, abtrennen, Kerben hineinschneiden, sie veredeln und schließlich mitnehmen.

Kapitel 6

»Ihr seht euch nicht besonders ähnlich«, hatte Susan gestern gesagt. »Ich wäre nie darauf gekommen, daß ihr Schwestern seid.«

Sie hatte den Kleinen im Arm. Nachdem er die halbe Nacht geschrien hatte, war er auch heute den ganzen Tag unausstehlich gewesen, und Isabel war fix und fertig. An der Stelle, wo sie den Schlauch eingeführt hatten, wollte die Wunde nicht verheilen, erzählte mir Susan. Später wollte sie noch den Arzt anrufen. Während Isabel sich ausruhte, saß Richard in dem breiten Armsessel bei ihr und ging einige Akten durch. Für das Abendessen hatte ich kaltes Huhn vorbereitet und neue Kartoffeln gejätet. Als ich sie aus der Erde zog, waren sie noch so weiß wie Eier, aber inzwischen hatten sie bereits eine braune Haut. Nachher, kurz vor dem Essen, wollte ich noch einen Kopfsalat aus dem Garten holen.

»Mir gefallen deine Shorts«, sagte Susan. »Ich finde es schön, daß sie gerade in Mode sind.«

Ich schaute an meinen Beinen hinab und lachte. Obwohl sie alles andere als vollkommen waren, war ich mit ihnen zufrieden.

»Sie ist bildhübsch, nicht wahr?« fragte Susan, wobei sie mich so gespannt anblickte, als ob sie nicht selbst die Antwort wüßte.

»Ja, das ist sie«, antwortete ich, und Susan seufzte.

»Was soll's«, fuhr ich fort, »es kann ja nicht jeder so toll aussehen.«
Sie grinste. Zum ersten Mal gab es so etwas wie Sympathie zwischen uns beiden. »Ich habe leider keine Schwester«, plapperte sie weiter, »nur Brüder. Richtige Hohlköpfe, die außer Cricket nichts im Sinn haben. Hier in der Gegend sind sie alle verrückt nach Cricket.«
»Wir waren nur zu zweit«, sagte ich.
»Ja, aber du warst doch immer die künstlerisch Begabte, oder?« bohrte sie weiter, während ihre Gedanken immer noch um Isabels Schönheit kreisten.
»Ich mache Fotos, und ich male. Deswegen würde ich mich nicht als Künstlerin bezeichnen.«
»Deine Zeichnungen sind zauberhaft. Ich habe mir immer gewünscht, malen zu können.« Bei ihren Worten sah ich sie als kleines Mädchen vor mir, das gerade begeistert über der Schulter einer Schulfreundin hing. »Ooh, deins ist spitze! Meins ist Müll.« Aber im Moment hatte ich keine Lust, ihr mit Widerrede entgegenzukommen und mich auf eine Diskussion einzulassen. Mit einem vagen Lächeln wischte ich mir die von der Erde verschmierten Hände an den Shorts ab.

Meine Gedanken kreisten die ganze Zeit um Isabel. Die Tatsache, daß wir jetzt schon so lange unter einem Dach vereint sind, hat seltsame Auswirkungen; anstatt seltener, denke ich nur noch häufiger an sie. Ich denke darüber nach, daß wir Schwestern sind. Sie ist mir ähnlich, ähnlicher als Susan glaubt, und doch auch wieder nicht. Wie bei einem Würfelspiel wurden all diese Gene nach dem Zufallsprinzip in die Luft geworfen und sind jedesmal unterschiedlich gelandet. Früher war ich davon überzeugt, daß Isabel alle Sechsen abbekommen hat, aber heute bin ich mir nicht mehr so sicher. Sie ist drei Jahre älter als ich, und die Familie, in der sie aufgewachsen ist, ist nicht ganz die, die ich kenne. Angeblich kann sie sich noch an die Zeit vor meiner Geburt erinnern – zumindest behauptet sie das –, wie sie zwischen meinen Eltern ging, sie rechts und links bei der Hand nahm, eine Verbindung zwischen den beiden schuf. Jedesmal, wenn sie in meiner Gegenwart mit meinen Eltern über jene Zeit sprach, schien ich zu verschwinden. Mein Nichtvorhandensein war für sie alle genauso real wie meine Existenz. Isabel weiß auch noch, wie unsere Mutter schwanger war. Sie war die Große, die Vernünftige, und ich war das Kleinkind, das brüllen und beißen durfte. Jahrelang hielt sie mir mein Sündenregister vor, das ich nie bezweifelte, und ich kam nicht einmal auf den Gedanken, daß es vielleicht auch noch andere Register mit Ungerechtigkeiten gäbe, die mir angetan wurden. Mit altkluger Nachsicht brachte sie ihre Geschichten gegenüber den Erwachsenen hervor.

»Nina hat Rosina die Wimpern abgeschnitten, weil sie glaubt, daß sie nachwachsen. Sie begreift nicht, daß Rosina nur eine Puppe ist.«

Aber daß sie immer mit ruhiger Bestimmtheit meine Puppe aus dem Puppenwagen genommen und statt dessen ihre hineingelegt hat, obwohl ich dran war, das erzählte sie nicht.

»Schau mal, Nina, Mandy paßt ja gar nicht richtig in den Wagen. Sieh, wie ihre Beine herausgucken. Rosina habe ich mit dem Wagen zusammen bekommen, also gehört er eigentlich zu ihr. Aber du darfst sie auch mal schieben.«

Und so gingen wir mit unserem Puppenwagen auf den Barnoon-Friedhof und schoben ihn entlang der schmalen Wege auf und ab, während wir unsere Lieblingsgräber besuchten. Unter uns glitzerte das Meer, und die Urlauber warfen sich in die Wellen und ließen sich wieder ausspucken, aber davon nahmen wir keine Notiz. Unsere Eltern erlaubten uns, überall hinzugehen. Manchmal liefen wir sogar bis zum Wicca-See und schwammen dort mit den Seehunden. Eines Tages sahen wir ein frisch verheiratetes Pärchen beim Nacktbaden, ihre Schamhaare berührten sich. »Gleich legen sie sich auf den Felsen, und dann schmusen sie«, sagte Isabel selbstsicher, und so geschah es. Manchmal hatte ich das Gefühl, daß bestimmte Sachen nur deswegen passierten, weil sich Isabel so sicher war. Ohne Isabels Vorhersagen wäre ich verloren gewesen, da man in dieser Welt nie wissen konnte, was einen als nächstes erwartete. Sie ahnte sogar im voraus, wann ich heulen würde.

Ein anderes Mal, als wir auf dem Weg über die Klippen zurückrannten, rutschte ich aus. Wir hatten Brombeeren gepflückt, und anstatt auf den Weg zu achten, beobachtete ich die auf- und abhüpfenden Beeren in dem Korb, den ich vor mir her trug. Ich stolperte über einen Stein und fiel seitwärts, nicht auf den sicheren Pfad, sondern rutschte wie auf Glatteis auf den Rand der Klippe zu. Während ich mich bereits abstürzen sah und Isabel noch schreien hörte, flog ich auch schon nach unten. Aber es war nur ein Felsvorsprung, der eigentliche Klippenrand lag immer noch fünfzehn Fuß unter mir. Holternd und polternd rutschte ich zehn Fuß tief und blieb schließlich hängen. Auf dem Rücken liegend, fing ich an zu heulen, wobei ich direkt in den Himmel blickte. Eine Sekunde später schob sich ein Halbkreis des Entsetzens, der auf dem Kopf stand, vor den Himmel. Es dauerte einen Augenblick, bis ich begriff, daß es Isabels Gesicht war. Keine Minute später war sie bei mir und schleifte mich an beiden Armen über die zermantschten Brombeeren hoch. Wieder auf dem Weg, mußte ich mich erst einmal setzen, weil ich am ganzen Körper zitterte. Über meine Beine liefen Blut und Brombeersaft. Auf der Innenseite meiner Arme hatte ich lange, brennende Schürfwunden.

»Mein Korb ist weg«, jammerte ich.
»Ich schau mal nach.« Isabel stand auf und spähte hinunter. »Ich kann ihn nicht sehen. Wahrscheinlich ist er ganz runtergefallen.«
Bei dem Gedanken an meinen neuen Korb, dessen Innenseite silbern war und den ich immer hin- und herschwingen ließ, damit er an die Felsen stieß, brach ich erneut in Tränen aus. Vor Schluchzen bebend, stimmte Isabel mit ein, sie weinte noch lauter als ich, wobei sie das Gesicht in den Händen verbarg. Da sie sonst so gut wie nie weinte, war das schlimmer als der Verlust des Korbes. Ich streichelte ihre Schulter, aber sie schien es gar nicht wahrzunehmen. »Es ist alles in Ordnung, Isabel. Ich bin nicht runtergefallen. Mir ist nichts passiert.« Aber sie schluchzte nur noch lauter, weshalb ich schließlich aufgab und anfing, die verstreuten Brombeeren aufzulesen, um sie zu essen. Sorgfältig wischte ich an jeder einzelnen den Dreck ab und schob mir eine nach der anderen in den Mund. Sie schmeckten köstlich. Irgendwann bemerkte ich, daß mir Isabel, die dabei war, sich aufzurichten, einen bösen Blick zuwarf. Ihr Gesicht war tränenverschmiert, aber sie hatte sich wieder beruhigt.
»Und wehe, du sagst ein Sterbenswörtchen, Nina. Sonst erzähle ich ihnen, daß du weitergerannt bist, obwohl ich dir gesagt habe, daß du anhalten sollst.«

Ich frage mich, wie Isabel wohl die Vergangenheit beurteilt. Im Gegensatz zu anderen Schwestern unterhalten wir uns nie über unsere Kindheit. Täten wir es doch, müßten wir wahrscheinlich feststellen, daß wir viele Dinge anders in Erinnerung haben. Antony dagegen wird nie einen Bruder oder eine Schwester haben. Keiner, dem er Rückendeckung geben muß, und keinen zum Verraten. Dieses Thema hat Isabel nicht angeschnitten. Zwar zeigte sie mir die Narbe, verlor aber kein Wort über die Folgen der Totaloperation. Nun, da alle Babykleider schon bestickt sind, verbringt sie Stunden mit ihrer Kreuzsticharbeit, die eine Landschaft darstellt, während Edward erzählt. Ich kann mir bildlich vorstellen, wie Edward es auskostet: Isabels gesenkten Kopf, ihre Mutterschaft, die er unbehelligt von dem Baby genießen kann, die Nadel, die flugs ein- und aussticht. Ihre Arbeit verrichtet Isabel schnell, und sie hört aufmerksam zu, wobei sie von Zeit zu Zeit kurz zu ihm aufsieht, während er sich ausspricht. Oder sie sitzen einfach nur still beisammen. Mir ist es jedesmal unangenehm, wenn ich in ihr gemeinsames Schweigen hineinplatze.

Während ich das Hühnchen zerteile, kommt Richard in die Küche.
»Wie geht's Isabel?«
»Sie versucht zu schlafen. Sie sagt, sie findet keine Ruhe, solange ich bei ihr bin.«
Er füllt den elektrischen Wasserkocher und steckt ihn ein.
»Ich werde dafür sorgen, daß dieser Arzt kommt. Eigentlich sollte es ihr schon wesentlich bessergehen.«
Ich habe erwartet, daß Richard mit seiner Kaffeetasse direkt wieder verschwindet, aber er nimmt auf einem der Küchenstühle mit den hohen Rückenlehnen Platz.
»Kann ich dir irgendwas abnehmen?«
»Du könntest die Zwiebeln dort kleinschneiden und sie in den Salat geben.«
»Was gibt es eigentlich?«
»Für Isabel koche ich Risotto mit Hühnchen. Nachdem wir jetzt so oft Salat hatten, wird sie etwas Warmes vertragen können.«
»Du bist eine gute Köchin, was?«
»Muß wohl.«

»Wieso?«
»Die, die gerne essen, sind die besten Köche.«
Er lächelt. »Hast du heute wieder gezeichnet?«
»Ja, heute morgen war ich draußen.« Es kommt wie aus der Pistole geschossen, als hätte ich ein geheimes Laster zu verbergen. »Ich habe auch ein paar Fotos gemacht, drüben bei den Wilkinsons. Aber das ist irgendwie nicht mein Ding. Ich kenne mich mit Landwirtschaft zu wenig aus. Es sind einfach nur Schnappschüsse. Aber Susan würde sich eignen. Ich würde gerne ein paar Bilder von ihr machen, wenn sie gerade mit dem Kleinen beschäftigt ist.«
»Ich weiß nicht mal, wie sie genau aussieht«, spottet Richard. Ich lächle und schneide mit einem von Isabels scharfen Messern die Hühnchenbrust in kleine Würfel.
»Wenn sie so weitermacht, kann aus Susan mal was werden«, verteidige ich sie.
»Warum machst du keine Fotos von Isabel? Sie würde sich bestimmt darüber freuen.«
»Oh, das werde ich. Alles zu seiner Zeit.«
»Findest du es nicht müßig, Susan zu fotografieren? Es ist ja nicht so, als ob sie für immer bei uns bleibt. Sobald sie eine Stelle als Kindermädchen hat, sieht der Kleine sie nie wieder.«
»Mich interessiert, was gerade aktuell ist«, entgegne ich. »Und das zeichne ich dann. Oder fotografiere es. Es wäre Unsinn, einen Kohlkopf nur deswegen nicht zu malen, weil er am nächsten Tag gegessen wird.«
Nach einer kleinen Pause herrscht Richard mich plötzlich an: »Es ist mir letztlich auch egal, was du machst. Ich habe nur an Isabel gedacht.«
»Ich weiß.«
Ich wende meinen Blick von der Schüssel mit dem zarten, saftigen Hühnerfleisch und schaue ihm direkt in die Augen.

»Ich bin hergekommen, weil du mich darum gebeten hast«, sage ich, »aber ich bin nicht Isabels Sklavin.«
»So habe ich das auch nicht gemeint«, entgegnet er, indem er meinen Blick erwidert.
Ich stehe auf und gehe zu einem der Schränke hinter mir, aus dem ich mir grünes Olivenöl, Milchreis, ein kleines Päckchen Safran und Pinienkerne nehme.
»Du warst einkaufen.«
»Ja, ich bin heute morgen mit deinem Wagen nach Lewes gefahren. Du hast ja gesagt, daß ich ihn jederzeit haben kann.«
»Aber natürlich. Es wäre ja Schwachsinn, wenn nur ich ihn fahren würde. Aber du hast ziemlich viel Zeug eingekauft – wieviel schulde ich dir?«
»Hör mal, die ganze Zeit schon wohne und esse ich auf eure Kosten. Außerdem habe ich im Moment genügend Geld zur Verfügung.«
»Ja? Laufen die Geschäfte?«
»Ich habe zur Zeit ganz gut zu tun. Es läuft prima.«
Es stimmt. Die Aufträge fließen nur so herein. Allerdings leider nichts, was mich vom Hocker reißt, nur Dokumentararbeiten, nichts wirklich Anspruchsvolles. Einmal, als ich aus dem Taxi stieg, bemerkte ich, daß meine Kameraausrüstung noch im Fußraum lag. Den Kram zu ersetzen, hätte ich mir nie leisten können. Und dennoch mußte ich mich zwingen, nicht einfach davonzugehen und in der anonymen Menschenmenge zu verschwinden, nachdem ich die Fahrt bereits bezahlt hatte.
»Ja, es läuft ganz prima«, wiederhole ich im Stehen, während ich damit beschäftigt bin, einen dünnen Strahl Öl in Isabels schwerste Pfanne zu gießen.
»Es ist wichtig, daß du für deine Aufträge auch genug in Rechnung stellst. Manche Leute bewerten einen danach«, belehrt er mich.

»Mach dir keine Gedanken«, erwidere ich. »Ich weiß, daß Geld wichtig ist.«
»Ich auch. Aber ich bin ja auch kein Künstler.«
»Künstler müssen nicht zwangsläufig weltfremd sein. Auch meine Mutter war nicht auf den Kopf gefallen. Sie konnte sehr gut mit Geld umgehen.«
»Ich hätte gern, daß Isabel sich noch einmal mit Wilkinson zusammensetzt, um ihn zum Verkauf des Hauses zu überreden. Ich würde ihm ein Angebot machen, das er nur schwer ausschlagen kann. Aber sie ist dagegen.«
»Weil es dann dein Haus wäre«, wende ich ein.
»Es würde auf uns beide laufen.«
»Ja. Aber im Moment steht nur Isabel im Pachtvertrag.«
»Sie vermeidet das Thema. Sie sagt, daß mir die Situation schon vor unserer Hochzeit bekannt war, was auch stimmt. Aber Situationen können sich ändern, man kann nie wissen.«
Zum ersten Mal höre ich bei Richard leise Kritik anklingen. Inzwischen hat auch er registriert, was nur ich zu bemerken glaubte, nämlich daß Isabel Veränderungen haßt. Sie hat Angst davor. Zwar stimmt es, daß sie ihren eigenen Weg geht, aber sobald sie ihn eingeschlagen hat, weicht sie selten davon ab. Und plötzlich erfaßt mich eine Woge der Zärtlichkeit für sie, ohne daß ich es mir erklären kann.

Kapitel 7

Zwischen Isabels Garten und den Downs liegen die Wasserweiden, durch die der Fluß läuft. Den ganzen Tag über war er von den Hitzeschwaden eingehüllt, so daß die Downs nicht mehr zu sehen waren. Die hohen Temperaturen gaukeln einem Trugbilder vor, Flüsse spiegeln sich in der Luft. Isabel sagt, der Fluß sei der Grund, weshalb sie hierher gezogen ist. Als sie damals am Ufer entlangspazierte, entdeckte sie das Haus, dessen leere Fenster sie anstarrten. Sie kletterte auf die Mauer und ließ sich von den Ästen eines Pflaumenbaums in den Garten hinunterfallen. Und da stand sie dann, mutterseelenallein in einem heißen, stillen Garten, der schon so lange nicht mehr genutzt worden war, daß sogar die Vögel keine Scheu vor ihr zeigten. Um sämtliches Unkraut und die Dornenzweige, die alles überwuchert hatten, auszureißen, würde sie zwei Jahre brauchen, bevor sie ihn endlich neu bepflanzen konnte.

Ab und zu überschwemmt der Fluß im Winter das Weideland, aber im Moment fließt er gemächlich zwischen seinen Ufern, die auf beiden Seiten einen Damm bilden. Das Wasser ist so kalkhaltig, daß es in der Sonne grünlich-blaß schimmert. Isabel meint, daß das Wasser die ganzen Chemikalien aus dem Boden geschwemmt habe. Auch die Kinder baden nicht mehr darin wie früher.

Es ist ein Uhr morgens, bei weit geöffneten Vorhängen liege ich im Dunkeln, und die warme Nachtluft streicht über meine Haut. Wegen der Hitze kann ich nicht einschlafen, und außerdem plagt mich wie immer Heimweh, was aber nichts damit zu tun hat, daß ich meine Wohnung in London vermisse. In meinen Gedanken sehe ich das Meer vor mir und höre das Rauschen der Brandung. Als ich in die Stadt zog, brauchte ich eine Weile, um die mich ständig umgebende Geräuschkulisse zu identifizieren. Zu Hause in London, wenn ich im Halbschlaf die Autos über die nahe gelegene Überführung brausen höre, versuche ich mir vorzustellen, es sei das Tosen der stürmischen Wintersee. Schade, daß ich den Fluß nicht hören kann, dessen tiefe und starke Strömung geräuschlos und verborgen durch die Felder fließt.

»Nin. Nin.«

»Komm rein.«

Ich ziehe mir das Laken über den Körper und setze mich auf. Die Tür öffnet sich, und Isabel kommt herein.

»Du kannst ruhig das Licht anmachen.«

Sie durchquert den Raum bis zu der kleinen Lampe am Bett und knipst sie an.

»Ich habe dich doch hoffentlich nicht geweckt?«

»Nein. Ich habe dem Rauschen des Flusses gelauscht.«

»Aber man kann ihn von hier aus gar nicht hören.«

»Das habe ich auch festgestellt.«

Isabel geht zum Fenster. »Nicht einmal sehen kann man ihn«, sagt sie. »Weißt du noch, wie wir uns nachts immer unbemerkt rausgeschlichen haben?«

»Ja.«

»Du hast dich draußen immer gefürchtet, weil das Meer nachts so laut war.« Sie gähnt, wirft das Haar zurück und reibt sich die Müdigkeit aus den Augen.

»Solltest du nicht längst schlafen?« frage ich.

»Er wacht ja eh die nächste Stunde auf. Es lohnt sich kaum.«

»Dann soll ihm Susan nachts die Flasche geben, damit du wenigstens etwas Ruhe findest. Es würde ihr bestimmt nichts ausmachen.«

»O ja, jede Wette. Aber das wird sie schön bleiben lassen.« Isabel grinst. »Sie soll ihr eigenes Baby kriegen.«

Sie kommt wieder zu mir und setzt sich aufs Bett. »Weißt du, daß auch du ihn stillen könntest, Nin«, meint sie. »Hast du das gewußt? Es heißt, daß sogar Frauen, die noch nie schwanger waren, einem Baby die Brust geben können. Man muß es nur lange genug saugen lassen. Es gibt Frauen, die ein Baby adoptieren und sich kleine Milchbeutel umschnallen, die durch ein Röhrchen mit der Brustwarze verbunden sind, bis dann irgendwann die eigene Milch kommt.« Lächelnd sieht sie mich an, während auf ihrem Haar Lichtreflexe schimmern.

»Es ist nicht mein Kind«, entgegne ich.

»Sei nicht gleich beleidigt. Ich wollte dich nur mal aufklären.«

Das Baby vorne, das Baby hinten. Inmitten eines Kreises ist es Anfang und Ende, und wir sind lediglich Schatten am Rande. Ich, Richard und Susan. Ich frage mich, ob Richard ähnlich empfindet.

»Du glaubst wohl, daß ich ihn vergöttere«, sagt Isabel.

»Das ist ganz normal«, erwidere ich kühl, möglichst gleichmütig. Zumindest hoffe ich es. Es kommt mir vor, als hätte Isabel mir gerade ihre Hand förmlich entrissen.

»Unsinn«, entgegnet Isabel. »Ich werde dir jetzt mal was sagen, Nin. Als es passiert ist, als ich plötzlich zu bluten anfing und das Gesicht der Hebamme gesehen habe und Richard zum Telefon gerannt ist, war alles, was ich in dem Moment denken konnte: ›Bitte, laß mich nicht sterben.‹ Das Baby war mir dabei völlig egal. Nur mein Leben hat gezählt. Ich habe gedacht, ich verblute.«

»Bist du ja auch fast.«
»Ich weiß.« Sie zupft an dem ausgefransten Ende der Tagesdecke und fragt plötzlich: »Nin, denkst du eigentlich oft über den Tod nach?«
»Manchmal.«
»Richard nicht, sagt er zumindest.«
»Wahrscheinlich lügt er.«
Sie sieht mir fest in die Augen, aber trotzdem werde ich das Gefühl nicht los, daß sie etwas vor mir verbirgt. Wieder fragt sie unerwartet: »Redet Richard mit dir?«
Ich merke, daß ich dummerweise rot werde, und doch klingt meine Antwort ungezwungen: »Eher selten, wie üblich. Du kennst ihn ja.«
»Soso.« Sie sieht beinahe erleichtert aus, aber vielleicht täusche ich mich auch. »Kann ja sein, daß er die Gelegenheit doch noch nutzt, solange du hier bist. Schließlich bist du meine Schwester. Wenn er sich nicht bei dir ausspricht, bei wem dann? Es würde ihm guttun.«
Plötzlich muß ich an etwas denken, das Isabel sicherlich längst vergessen hat. Nämlich ein Picknick, damals war ich sechzehn. An einem frischen, windigen Nachmittag spazierten wir über die Bahngleise zur Carbis Bucht. Michael, Isabels Freund aus London, war auch dabei. Während sie sich auf der Erde wälzten, war ich damit beschäftigt, zwei Fischerboote zu zeichnen. Ich hatte den beiden den Rücken zugedreht und sie schon beinahe vergessen, als Isabel mich mit schriller Stimme hartnäckig aufforderte: »Na los, Nin, mach doch ein Porträt von Michael. Komm schon, zeichne ihn.«
Ich wollte nicht. Ich hatte keine Lust, das, was ich gerade zeichnete, zu unterbrechen. Aber sie waren älter, und sie wollten etwas von mir, und außerdem kam es selten vor, daß Isabel spezielle Wünsche an mich richtete. Also willigte ich ein und lehnte mich dazu im Sitzen an einen Weg-

weiser aus Stein. Zu jener Zeit hatte Isabel eine Schwäche für Typen wie Michael, gutaussehend, schmal und irgendwie verwegen. Sowohl sein Haar wie auch mein Papier flatterten im Wind, aber das Porträt bereitete mir keine große Mühe, und ich war mir sicher, daß es gut gelingen würde. Zwischendurch stand er einmal auf, um meine bisherige Arbeit zu begutachten, und danach zeigte er plötzlich wesentlich mehr Interesse und begann mit mir eine Unterhaltung, wobei er mich über das Zeichnen und über meine Zukunftspläne ausfragte. Während er mir mit seiner vollen Aufmerksamkeit schmeichelte, die sich auch in seinem Gesicht widerspiegelte, begriff ich, warum Isabel in ihn verschossen war. Das Porträt ging mir immer leichter von der Hand. Wir sprachen inzwischen über ihn, seine Filmpläne, über den berühmten Schauspieler, der ihm mehr oder weniger eine Rolle versprochen hatte. Unterdessen erkundete Isabel die Gegend. Als sie zurückkam, war der Schatten um meinen Sitzplatz inzwischen der Sonne gewichen, und ich war beinahe fertig. Michael rief ihr zu: »Schau dir das an! Warum hast du mir nicht schon früher erzählt, daß sie so gut zeichnen kann.« Isabel bückte sich lächelnd hinunter, betrachtete mein Werk und verglich es mit Michael, dem sie einen langen, prüfenden Blick zuwarf.

Am nächsten Tag reiste Michael wieder ab, drei Tage früher als geplant. Ich nahm an, er hätte sein Porträt mitgenommen, weil er mich gefragt hatte, ob er es behalten dürfe. Aber das war nicht der Fall. Ich fand das Bild völlig zerknüllt zuoberst im Abfalleimer in der Küche, wo er es wohl hingeworfen hatte.

»Du bleibst uns doch noch ein bißchen erhalten, oder?« fragt Isabel. Es hört sich wie ein Echo an, als hätte sie die Frage bereits schon einmal gestellt.

»Ich habe versprochen, daß ich so lange bleiben werde, wie du mich brauchst«, antworte ich. »Aber es klappt ja jetzt ganz gut mit Susan und Richard und Edward. Abgesehen vom Kochen bin ich dir sowieso keine große Hilfe. Du kommst auch ohne mich zurecht.«

Isabel macht ein betrübtes Gesicht und schlägt die dichtbewimperten Augen nieder. Nervös zupfen ihre langen Finger an der Bettdecke. Sie hat schmale Hände und eckige Handgelenke, an denen die Knochen hervorstehen. Nur ihre Brüste sind voll und schwer. »Ich brauche dich aber«, sagt sie leise, ohne mich anzusehen.

Kapitel 8

Wie bereits allen anderen Leuten zuvor hatte ich auch Susan erzählt, daß wir nur zwei Kinder zu Hause waren, Isabel und ich. Tatsächlich aber waren wir zu dritt.

Als ich vier Jahre alt war, kam mein Bruder zur Welt. So wie Isabel damals bei meiner Geburt war auch ich bereits alt genug, um die Schwangerschaft meiner Mutter mitzubekommen. Sie schien kein Ende nehmen zu wollen. Mir kam es vor, als trage sie jahrelang eine riesige, aufgeblähte Kugel vor sich her, die ganz weiß war, wenn ich sie nackt sah. Wie ein Pilzstumpf stülpte sich ihr Bauchnabel nach außen. Wenn ich ihn berührte, zuckte sie zurück und stieß mich weg. Jeden Nachmittag schloß sie die Tür vom Atelier ab und ging nach oben, um sich in ihrem Schlafzimmer hinzulegen. Währenddessen mußten wir immer ganz leise sein, und wir durften sie nur stören, wenn sich eine von uns verletzt hatte. Es war eine sehr späte Schwangerschaft: Meine Mutter war bereits dreiundvierzig und hatte eigentlich nicht damit gerechnet, nochmals ein Kind zu bekommen. Ob es ihr gelegen kam oder nicht, weiß ich nicht, weil sich diese Frage spätestens in dem Moment erübrigte, als das Kind dann tatsächlich da war.

Aber ich war dagegen. Sie war meine Mutter, meine und Isabels. Warum nur hatte sie beschlossen, alles noch schlimmer zu machen, als es bereits war? Das Geld reichte ja nicht einmal für uns beide, geschweige denn für drei. Deshalb war auch mein Vater immer häufiger unterwegs. Das wußte ich von Isabel, die die beiden belauscht hatte.

»Wie ist das so mit einem Baby?« fragte ich Isabel, die bei dem Gedanken daran das Gesicht verzog. »Laut«, antwortete sie schließlich. Wir beide waren zu Hause auf die Welt gekommen, aber dieses Mal ging meine Mutter ins Krankenhaus, wegen ihres relativ hohen Alters. Auf ihrem Bauch, wo die Haut sich spannte, zeigten sich inzwischen rötlich-violette Streifen. An meinen Vater habe ich während dieser Zeit so gut wie keine Erinnerung.

Es war ein schöner, heißer Tag, als das Baby geboren wurde. Mit einem Picknickkorb, einer Pfundnote und zwei Packungen »Rowntrees«-Fruchtgummi wurden wir losgeschickt, um den Tag am Strand zu verbringen. Unser Ziel war eine kleine Bucht mit weißem Sand, die hinter dem Surferstrand lag, in der man mit Seetang wundervolle Höhlen auf den schwarzen Felsen bauen und die Limonadenflasche zur Kühlung in den Sand stecken konnte.

»Gleich wird sie ihn rauspressen«, sagte Isabel, die sich mit Babys perfekt auskannte. Ich nickte, während ich die Picknicktasche aus Leinenstoff auf meinen Schultern schleppte und sie einen Kieselstein aus ihrer Sandale schüttelte. Um das Baby machte ich mir an diesem Tag überhaupt keine Gedanken, weil Isabel mich zum ersten Mal mit ihrer Angelschnur auf den Felsen fischen lassen wollte.

Das schmatzende Geräusch der Wellen unter uns klang bedrohlich, und Isabel hielt mich fest umschlungen. An dieser Stelle war die Strömung ziemlich tief und nicht gerade ungefährlich. Uns war klar, daß, wenn wir hinunterfielen, wir gegen die Felsen geschmettert werden würden. Wir waren weit draußen, viel zu weit. Von der Gischt war mein Gesicht ganz feucht, und wenn ich die Zunge herausstreckte, konnte ich das Salz schmecken. Unter meinen Füßen stieg bereits das Wasser langsam an. Als ich mich beim Werfen der Schnur hinauslehnte, damit sie sich nicht am Felsen verfing, hielt mich Isabel von hinten fest, und danach ließen wir uns wieder in unsere Felsnische sinken, um darauf zu warten, daß sich die Schnur bewegte. In einer sicheren Entfernung von hundert Yards stand ein Mann und winkte uns mit beiden Armen. Er schrie uns etwas zu, aber das Meer übertönte seine Stimme.

»Blöder Idiot«, schimpfte Isabel. »Aber laß uns trotzdem zurückgehen, vielleicht ist das Baby ja schon da.«

An den Heimweg kann ich mich nicht mehr erinnern, aber an meinen Vater, der über das ganze Gesicht strahlte und uns erzählte, es sei ein Junge. Immer wieder fing er davon an, und Isabel und ich warfen uns einen kurzen, verstohlenen Blick zu. Dann sagte Isabel: »Tja, ein Junge. Mach dir nichts draus, Nin.« Und sie kniete sich neben mich und schlang ihre Arme um mich, während sie über meinen Kopf hinweg meinem Vater demonstrativ erklärte: »Nin hat sich ein Schwesterchen gewünscht.« Ich hatte mir gar nichts gewünscht, aber ich verbarg mein Gesicht in Isabels Bluse, weil ich ihre Umarmung genoß. Etwas später meinte mein Vater, er wolle ins Krankenhaus fahren, und weg war er.

Sie gaben ihm den Namen Colin. Am ersten Tag ging er mir nicht mehr aus dem Kopf, aber schließlich vergaß ich ihn wieder. Statt dessen beschäftigte mich zunehmend die Tatsache, daß meine Mutter zehn Tage lang im Krankenhaus bleiben mußte. Während unser Vater sie dort besuchte, brachte Isabel mich jeden Abend ins Bett. Obwohl sich bestimmt andere Erwachsene, Freunde und Nachbarn angeboten hatten, war es, wie ich meine, allein Isabel, die auf dem Wäschekorb bei der Badewanne saß, einen Spritzer aus der Shampooflasche auf mein Haar verteilte und meinen Kopf einschäumte.

Als meine Mutter zurückkam, brachte sie Colin mit. Die ganze Zeit über schien er wie eine Klette an ihr zu hängen, so daß ich immer leer ausging, wenn ich einmal auf ihren Schoß wollte.

Sie zog ihn mit der Flasche auf, weil sie so schnell wie möglich wieder in ihrem Atelier arbeiten wollte, und zudem kam täglich ein Mädchen, das sich um ihn kümmerte. Essen und schreien waren seine einzigen Beschäftigungen. Einmal stieß sie den Topf mit heißem Wasser um, in dem seine Flasche stand, und verbrühte ihm den Fuß, woraufhin er nur noch lauter brüllte. Dennoch hob sie ihn nach dem Füttern immer hoch, so daß sie sich Stirn an Stirn berührten. Mit geschlossenen Augen flüsterte sie ihm Dinge zu, die ich nicht verstehen konnte.

Lange Zeit noch fühlte sie sich matt und unwohl. Ich weiß noch, wie ich mich ganz leise hineingeschlichen und neben sie in das große Doppelbett gelegt habe, während er schlief. Sie öffnete die Augen und lächelte, als sie mich sah. Dann fing Colin an zu schreien.

»Du solltest ihn mal verhauen, dann würde er nicht mehr so viel rumkrakeelen«, riet ich ihr. Aber statt dessen schleppte sie sich aus dem Bett und machte ihm seine Milch warm.

Colin war gerade drei Monate alt, als ich hörte, wie sich meine Eltern über Isabel unterhielten: »Komisch, daß sie mit ihm überhaupt nichts anfangen kann, wo sie doch mit Nin so wunderbar zurechtkommt.«

Nie bat Isabel darum, Colin einmal halten zu dürfen. Als Reaktion auf die gelegentliche Frage meiner Mutter: »Hier, möchtest du ihn haben?« ließ Isabel ihn lediglich auf ihrem Schoß herumhängen, bis man ihn ihr wieder abnahm. Hinterher hob sie dann immer mich auf den Schoß und erzählte mir Geschichten, da sie zu der Zeit schon lesen konnte. Während ich mich an sie lehnte, unterhielten wir uns in

Babysprache, wie mit unseren Puppen. Mehr als je zuvor widmeten wir uns Rosina und Mandy, wiegten sie, trösteten sie, zogen sie an und aus. War Colin im Zimmer, würdigten wir ihn keines Blickes.
Eines Abends, als wir bereits im Bett lagen, beschlossen wir, »Mutter und Kind« zu spielen. Isabel nahm das Laken, legte mich in die Mitte und wickelte es wie einen Umhang fest um mich herum. Zuerst fand ich Gefallen daran, nuckelte im Liegen am Daumen, lächelte sie an und quetschte ein paar typische Babylaute hervor. Aber irgendwann wurde es langweilig. Ich strampelte mich aus dem Laken frei. Zuerst kniete ich auf allen vieren, dann stellte ich mich in die tiefe Mulde des Bettes.
»Du ungezogenes Baby!« schrie Isabel lachend, was mich nur noch mehr anstachelte. So begann ich, auf der Matratze auf- und abzuhüpfen, bis die Federn ächzten. Ich hüpfte und hüpfte und stieß bei jedem Sprung einen begeisterten Schrei aus. Inzwischen hopste Isabel mit, wodurch ich doppelt abfedern mußte, einmal meinen Hüpfer und dann ihren, und ihre langen Haare flogen nur so um uns herum. Plötzlich ging die Tür auf. Schneller, als wir reagieren konnten, war meine Mutter bei uns am Bett. Mit der einen Hand packte sie meinen Arm, mit der anderen Isabels.
»Hört sofort auf!« schrie sie. »Hört auf! AUFHÖREN! Wegen euch ist er wieder aufgewacht, und ich hatte ihn gerade erst zum Einschlafen gebracht.«
Ihr Gesicht war weiß vor Wut und völlig verzerrt. Sie sah aus, als würde sie uns beide am liebsten umbringen. Ängstlich drückte ich mich an Isabel. Auf einmal machte meine Mutter auf dem Absatz kehrt und verließ das Zimmer. Ich glaube, sie hatte Angst davor, daß ihr die Hand ausrutschen könnte. Wir standen mucksmäuschenstill da und lauschten dem dünnen, immer lauter werdenden Geheul von Colin.

Von der Hüpferei war Isabel immer noch ganz rot im Gesicht. Mir kamen die Tränen.
»Psst, Nin!« sagte sie beschwörend. »Keinen Ton, sonst kommt sie wieder.«
Sie griff nach dem Laken und wickelte mich wieder ein. Dieses Mal lag ich einfach nur da und starrte zu ihr hoch, während sie mich in den Schlaf tätschelte, so wie wir es bei unseren Puppen immer taten.
Als ich aufwachte, war es bereits Morgen. Durch die halbgeöffneten Vorhänge fielen Sonnenstrahlen auf den Linoleumboden, wo Isabel im Schneidersitz saß und ein Buch las. Ich wand mich aus dem Laken, bis ich schließlich darauf hockte. Im ganzen Haus war es still, die Sonne schien herein, und Isabel hob den Kopf, knickte ein Eselsohr in die Seite und lächelte mich an.
Ich glaube, wir haben eine Stunde oder so gespielt. Nein, nicht mit den Puppen. Ich malte Bilder, und Isabel erfand dazu Geschichten. Obwohl es schon ziemlich hell war, muß es trotzdem noch recht früh gewesen sein, weil sich im Haus immer noch nichts rührte und auch das Baby ruhig blieb. Auf einmal meinte Isabel: »Ich sehe mal nach Colin.«
Mit offenem Mund starrte ich sie an, weil bisher keine von uns je auf diese Idee gekommen war. Selbst wenn wir die Absicht gehabt hätten, hätten wir ihn eh nur aufgeweckt. Ich weiß noch, daß ich einen violetten Wachsmalstift in meiner Faust hielt. Isabel öffnete unsere Schlafzimmertür und ging hinaus, während ich weitermalte. Einen Moment später war sie wieder da. Sie kniete mir gegenüber, kam mit ihrem Gesicht ganz nah heran und verkündete: »Ich glaube, Colin geht's nicht so gut. Wir sollten besser mal zusammen nachschauen, Nin.«
Sie nahm meine Hand und führte mich auf den Flur. Colin schlief in dem winzigen Zimmer über der Treppe, die Tür

stand offen. Isabel schob mich vor sich hinein, und ich schaute durch die Gitterstäbe seines Bettchens. Aber es war nicht Colin, der da lag. Es war irgendein seltsames Ding. Ich streckte den Arm durch das Gitter und befühlte es, und es war kalt und steif wie meine Wachsmalstifte. Ich sah Isabel an.

»Wo ist unser Baby?«

Sie zeigte auf das Bettchen: »Das da ist Colin. Er hat bloß eine komische Farbe.«

»Oh«, sagte ich. Ich drehte mich wieder zu ihm und sah, daß sie recht hatte.

»Laß uns wieder zurückgehen und uns anziehen«, schlug Isabel vor, und so gingen wir hinaus, schlossen sorgfältig die Tür hinter uns und schlichen in unser Zimmer zurück. Obwohl wir mit Sicherheit sehr leise waren, wurde unsere Mutter durch irgend etwas geweckt, und wir hörten sie wenige Minuten später durch den Flur in Richtung Bad tapsen. Nachdem sie die Spülung betätigt hatte, ging sie in Colins Zimmer, und eine Sekunde später erklang ein furchtbarer Schrei.

Dies war also die Geschichte meines Bruders, der mit drei Monaten am plötzlichen Kindstod gestorben ist. Mit einem Mal frage ich mich, ob Richard überhaupt weiß, daß es dieses Kind gab.

Kapitel 9

Gestern kreuzte Alex auf. Um sich den Verkehr zu ersparen, war er auf der Autobahn die ganze Nacht durchgefahren, mit einem Lachs auf dem Rücksitz, der für uns bestimmt war. Trotz der späten Stunde war es im Wageninneren immer noch drückend heiß, wie er uns erzählte. Bei laufender Musik und heruntergelassenen Scheiben kam es ihm vor, als fahre er durch ein fremdes Land. Es war nur ein kurzer Besuch. Nachdem er in Isabels Zimmer eine Stunde lang mit Edward gesprochen hatte, aß er in der Küche noch schnell etwas Brot und Käse und fuhr anschließend wieder weg. Immerhin scheint sich Edwards Laune gebessert zu haben, und den Lachs hat Alex uns auch dagelassen. Er hat ihn selbst gefangen, und zwar in Schottland, wo er zur Zeit allein auf Angeltour ist. Während der Fisch in der Kühlbox ihm auf dem Hinweg noch Gesellschaft leistete, muß Alex jetzt die fünfhundert Meilen allein hinter sich bringen, zurück zu den Ebereschen und dem Heidekraut, das gerade seine Farbenpracht entfaltet. Während er mit seinem Autoschlüssel in der Hand herumspielte, betrachtete er gleichgültig Isabels Garten. Mit den Gedanken war er ganz woanders. Alex war mir immer schon sympathisch gewesen, und dieser Eindruck bestätigte sich noch, als ich ihn den Fisch wie einen Säugling hereintragen sah.

Heute werde ich kochen, und am Abend wollen wir alle gemeinsam in dem dunklen, kühlen Eßzimmer speisen. Ich werde den Lachs in Dill und Wacholderbeeren backen, bei ganz niedriger Temperatur. Ich werde ihn kurz abkühlen lassen und dann mit Sauce Hollandaise, neuen Kartoffeln, grünen Bohnen, einer großen, reifen, nicht wäßrigen, sondern geschmacksintensiven Gurke und Cocktailtomaten aus Isabels Gewächshaus servieren. Da sie überreif sind, platzen sie am Stiel bereits auf. Und als Nachtisch gibt es dann Apfelkuchen und Stachelbeerpüree. Mit Isabels Herd wird mich das den ganzen Tag auf Trab halten. Um sieben soll alles fertig sein, sobald der Kleine gefüttert und gebadet ist und dann hoffentlich zwei, drei Stunden durchschläft. Heute trifft sich Richard mit einem Wirtschaftsjournalisten zu einem Interview, aber um fünf will er wieder zurück sein.

Am Morgen holte ich den Fisch aus der Tiefkühltruhe und wickelte ihn aus. Vor mir lag ein großes, geschmeidiges, silberfarbenes Prachtexemplar, dem kaum eine Schuppe fehlte. Alex hatte ihn sorgfältig eingepackt und ihm Heidekraut in das Maul gesteckt. Zuvor hatte er ihn ausgenommen, und seine beiden Bauchhälften lagen sauber getrennt aufeinander wie Lippen. Bestimmt schmeckte er frischer und besser als ein gezüchtetes Tier, und zudem war er weniger fett. Auch war er bereits gesäubert. Wie im Sprung lag er leicht gekrümmt in der langen Schale.

Als ich gerade zum Schutz vor den Fliegen ein Stück Folie vorsichtig über den Fisch legte, damit er auftauen konnte, kam Edward herein. Musselin wäre zwar besser gewesen, weil die Schuppen gerne an der Folie hängenbleiben, aber als ich heute früh beim Einkaufen war, habe ich nicht daran gedacht, welches zu besorgen.

»Ist das für heute abend?« fragte er, und ich nickte.

»Brauchst du Hilfe?«

Ich hob den Kopf und überlegte fieberhaft. Normalerweise

vergebe ich grundsätzlich keine Arbeiten, auf die ich selbst erpicht bin, ich gehöre nun einmal nicht zu dieser Sorte Köche.

»Du kannst schon mal das Eßzimmer vorbereiten. Der Tisch muß poliert und die Stühle sollten abgestaubt werden. Das würde mir eine Menge Zeit ersparen.«

»Gut«, erklärte er, und wieder war ich verblüfft. »Wo ist das Putzzeug?«

Ich besorgte ihm ein paar Lappen und ein vertrocknetes Stück Bienenwachs zum Polieren. Bei Isabel sind Staubtücher Mangelware. Zwar starrt das Haus nicht gerade vor Dreck, aber es ist auch nicht richtig sauber und erinnert mich ein wenig an zu Hause, als wir noch klein waren, mit dem Sand, der den Küchenabfluß verstopfte, den Muscheln und Algen hinter der Spüle, dem winzigen, überfüllten Mülleimer, den meine Mutter mit Zeitungspapier ausgekleidet hatte, und den toten Schmeißfliegen, die wochenlang auf den Fensterbänken lagen, bis sie quasi zum Inventar gehörten. Wie schon unsere Mutter gießt auch Isabel »Jeyes Fluid« in die Abflußrohre oder kippt kochendes Wasser über die Ameisennester draußen bei der Küche. Jedesmal, wenn ich Isabel bei solchen Aktionen zusehe, habe ich das Gefühl, wieder zu Hause zu sein, ein Gefühl, das stärker ist als Wärme oder auch Liebe. Meine Mutter hatte ihre eigene Art, die Laken an einem Zipfel hochzuheben oder aus der frischgetrockneten Wäsche eine Bluse zu ziehen und sie sich unter die Nase zu halten, um zu riechen, ob sie noch feucht war. Während ich mir solche Sachen abgewöhnt habe, führt Isabel die Tradition fort. Auch sie schlägt ihren Komposteimer mit Zeitungspapier aus, so daß der ganze, von Obst- und Gemüseresten sowie Eierschalen durchgematschte Packen beim Hochheben prinzipiell auseinanderfällt.

Als Edward meinen versonnen Gesichtsausdruck bemerkt, muß auch er lächeln.

Am meisten Zeit wird der Kuchen beanspruchen. Dafür habe ich sahnige Butter, Backmehl und drei Pfund süßsaure Jonagoldäpfel gekauft. Eigentlich eignen sie sich nicht besonders zum Backen, aber jetzt, so kurz vor Ende der Saison, werde ich kaum bessere bekommen, zumal die neue Ernte vor der Tür steht. Man muß sie säuberlich in feine, gleichmäßig dicke Halbmonde schneiden, so daß sich Ring an Ring in Form eines geschlossenen Kreises überlappt, der mit Aprikosenmarmelade glasiert wird. Sobald die äußeren Enden der Apfelstücke knusprig und kurz vor dem Verbrennen sind, die Frucht selbst aber noch fleischig und saftig ist, ist der Kuchen fertig. Beißt man mit geschlossenen Augen hinein, sollen der Karamel, der säuerliche Apfel, der Saft und die dünne, sandige Konsistenz des süßen Bodens gleichzeitig zu schmecken sein. Nicht ein einzelner Geschmack darf vorherrschen. Im Kühlschrank steht bereits der fertige Boden. Neben all den rostigen Schneebesen und den nach Zwiebeln riechenden Holzkochlöffeln findet sich unter Isabels Küchengeschirr ein weiteres Utensil, nämlich eine riesige Marmorplatte, der eine Ecke fehlt. Darauf habe ich den Teig zubereitet, für den ich Butter in kleinen Stücken in das aufgehäufte Mehl verteilte und das Ganze schnell und mit geübter Hand zu einer festen Masse verknetete.

Die Zutaten für die Sauce Hollandaise koche ich auf kleiner Flamme. Für meinen Gaumen schmeckt sie zu sehr nach den Lorbeerblättern. Vielleicht sollte ich noch ein Stück Zwiebel hinzufügen, aber dann verzichte ich doch darauf. Während die Soße Blasen wirft und andickt, verbreiten sich die Würze des Muskats und ein säuerlicher Essiggeruch.

Soßen, und zwar selbstgemachte, die vor lauter Eigelb und Butter nur so glänzen, gehören zu meinen wahren Leidenschaften. Um die Lorbeerblätter herauszufiltern, gieße ich alles durch ein Sieb und verquirle den Rest anschließend mit dem Eigelb. Was jetzt folgt, mache ich am liebsten. Auf der Herdplatte steht bereits ein kleiner Topf mit Wasser, und obwohl ich eine niedrige Flamme eingestellt habe, kocht es zu stark und muß noch etwas abkühlen. Mit diesem Herd ist es wahrlich eine Kunst, die richtige Temperatur zu erreichen. Ich schalte die Platte herunter, woraufhin das Wasser beinahe einzuschlafen scheint. Hoch, und es kocht wieder. Ich probiere so lange herum, bis es schließlich die gewünschte Temperatur hat und leise vor sich hin köchelt. Nachdem ich meine Soßenschüssel hineingestellt habe, füge ich noch Butter hinzu, beobachte, wie sie langsam verläuft, und fange dann an zu rühren. Ich gebe ein weiteres Stück hinzu, rühre wieder, dieselbe Prozedur, warte, bis sie dickflüssig ist, kontrolliere die Hitze, um sicherzugehen, daß die Soße weder klumpt noch gerinnt. Insgesamt müssen zwölf Stück Butter hinein. Gierig saugt die Soße sie auf, bis sie von den Zutaten goldgelb und sahnig glänzt. Während ich vorsichtig umrühre, lasse ich sie noch eine Weile köcheln. So, jetzt scheint sie fertig zu sein. Wie es sein sollte, bleibt an dem Kochlöffel, den ich jetzt wieder herausziehe, eine gleichmäßige Schicht hängen.
Das übrige ist ein Kinderspiel. Zitronensaft, etwas Pfeffer und Salz. Erneut tauche ich den Kochlöffel hinein, streiche mit dem Finger über den Stiel und koste schließlich mit geschlossenen Augen.
»Jede Wette, daß sie gelungen ist«, ertönt auf einmal Richards Stimme in meinem Rücken.
Ich drehe mich um und halte ihm den Kochlöffel entgegen. »Du darfst ruhig auch mal probieren. Schon zurück?«

»Ja, es ging schneller, als ich dachte.«
»Wie ist es gelaufen?«
»Gut. Nächsten Donnerstag steht's in der *Financial Times.*« Er ist mit sich selbst zufrieden, für heute hat er sein Soll erfüllt. Er riecht nach den Zügen. Sein Blick fällt auf den Fisch, der wohlbehütet in der eingefetteten Folie liegt und darauf wartet, in den Backofen geschoben zu werden.
»Was ist das? Alex' Lachs?«
»Ja.«
Mit fröhlichem Gesicht steht er herum, während ich die Soße vom Herd nehme. »Zeit für den Ofen«, sage ich und hebe den Lachs hoch. Richard kniet nieder und öffnet die Backofentür.
»Er ist nicht besonders heiß«, meint er.
»Muß auch nicht.«
Die Schale paßt exakt hinein. Da ich es zuvor bereits ausprobiert habe, bin ich nicht überrascht, daß die Klappe gerade noch zugeht. So, der Lachs ist im Ofen, die Kartoffeln müssen nur noch gekocht werden, und auf dem Tisch liegt ein Haufen Tomaten, inzwischen zimmerwarm, die ich mir bis zuletzt aufhebe. Sie müssen noch zerteilt und mit kleingehacktem Basilikum und braunem Rohrzucker bestreut werden. Auch die Bohnen in dem Sieb sind soweit fertig. Gegen die verblichene Tischoberfläche hebt sich das Rot der Tomaten leuchtend ab. Mit der Messerspitze steche ich durch die feste Haut, halte sie in kochendes Wasser und schäle die Frucht heraus.
Durch die Verandatür, die Richard offen gelassen hat, fällt ein breiter Sonnenstreifen auf den Steinboden. Jetzt fehlen nur noch die Blumen, um den Tisch zu schmücken, und außerdem wollte ich noch schnell ein paar von der Sonne gewärmte Stachelbeeren pflücken, sie mit einer Gabel zerdrücken und anschließend die fertig geschlagene Sahne un-

terheben. Im Geiste gehe ich alle sieben durch: ich, Richard, Isabel, der Kleine, Alex, Susan, Edward. Alex sitzt wahrscheinlich längst wieder an seinem Fluß, während ein Mückenschwarm wie ein Heiligenschein über seinem Kopf summt. Da die Luft dort etwas dünner ist, werden der Adlerfarn verdörrt und die Vogelbeeren nicht mehr orangefarben, sondern bereits tiefrot sein. An seiner Angelstelle ist das Wasser so süß, daß er es mit der hohlen Hand schöpfen und trinken kann. Draußen in dem großen Schaukelstuhl döst Isabel mit halbgeschlossenen Augen und wiegt sich hin und her, hin und her. Susan besucht gerade ihre Mutter und hat den Kleinen mitgenommen. Aus dem Wickeltuch schaute sein kleiner, sonst so kahler Kopf hervor, der nun mit einer Babymütze zum Schutz vor der Sonne bedeckt war, während Susan ihn zu ihrer Verabredung zum Tee über die Felder trug. Inzwischen hat Edward den Tisch poliert und fünf Gedecke aufgelegt, und nun schreibt er gerade auf seinem Laptop einen langen Brief an Alex. Aber bei der Hitze kann er sich nicht konzentrieren, und gedankenverloren streichen seine Finger über die Tastatur. Bereits schon das zweite Mal überfliegt uns ein Propellerflugzeug, das ein langes Band mit der Aufschrift *Besuchen Sie Damianos Wunderland* hinter sich herzieht.
Und Richard ist hier. »Möchtest du einen Drink?« bietet er mir an. Durch das Fenster schaue ich nach draußen, und plötzlich kommen mir die Schatten irgendwie blauer, freier vor. Die Ewigkeit des Nachmittags scheint endlich ein Ende zu nehmen.

Gespannt sitzen alle da, einschließlich Isabel. Ihre Stimmen dringen zu mir in die Küche: ein Lachen, dann ein Murmeln, wie ein Publikum, das auf den Beginn der Vorstellung wartet. Mit Ausnahme des Lachses steht bereits alles auf dem Tisch. Vor einer halben Stunde habe ich ihn aus dem Ofen genommen, und jetzt liegt er vor mir und kühlt in der Folie langsam ab. Mit einer Schere steche ich an dem einen Ende der Folie ein, schlitze sie in einer geraden Linie auf und klappe sie schließlich auseinander. Mit eingefetteten Fingern greife ich vorsichtig unter den Lachs und löse ihn sachte von der Folie. Er ist heil geblieben, seine silbern glänzende Haut ist noch intakt, und ich lege ihn in eine saubere weiße Schale auf ein Arrangement aus frischem Dill. Anschließend wasche ich mir die Hände.

Als ich ihn hereintrage, fängt Isabel langsam an zu klatschen, wobei sie ihre Ellbogen aufstützt, so daß ich ihr nicht in die Augen sehen kann. Edward, dessen Mundwinkel wie üblich ein seltsames, ironisches Lächeln andeuten, fällt mit ein. Nur Richard rührt sich nicht. Während ich die schwere Platte auf dem Tisch abstelle, merke ich an seinem Schlucken, daß ihm bereits das Wasser im Mund zusammenläuft.

»Ooh!« ruft Susan bewundernd aus. »Sieht das nicht phantastisch aus? Fast zu schade zum Essen.«

Aber wir verspeisen ihn trotzdem. Ganz leicht läßt sich das korallenfarbene Fleisch von den Gräten lösen. Das Skelett erinnert an das zerstörte Mittelschiff einer Kirche. Durch die Hitze haben sich die Fischaugen umgestülpt und sind nach innen gesunken wie bei einem alten Mann, dessen Netzhaut mit einem grauen Schleier überzogen ist. Inzwischen hängen einzelne Fleisch- und Schuppenfetzen an den Fischgräten, während wir noch beim Essen sind, unsere Teller wieder und wieder beladen, wobei jeder Bissen Fisch in die Soße eingetunkt wird, deren goldfarbener Glanz in diesem Licht zu einem hellen Gelb in der Farbe von Schlüsselblumen verblaßt ist. Der Lachs zergeht förmlich auf der Zunge und schmeckt frisch und nach Meer.

»So einen Lachs bekommt man nicht im Laden«, sagt Richard. »Alex hat was verpaßt.«
Isabel streckt ihre Hand aus und berührt Edward leicht am Ärmel. »Du fährst doch nächste Woche rüber, nicht?« meint sie. »Dann kannst du jeden Abend Lachs schlemmen.«
»Bis er dir zum Hals heraushängt wie diese ewige Hitze«, scherzt Richard, während er erneut einen Schluck Wein zu sich nimmt. Er hat bereits einige Gläschen intus. Mit vorwurfsvollem Blick, die Stirn gerunzelt, betrachtet ihn Isabel. Jetzt erst fällt mir auf, daß sie überhaupt nichts von dem Wein getrunken hat. Wie auch, schließlich stillt sie ja noch. Das erklärt ihren distanzierten, strafenden Blick.
Auch ich bin schon ganz gut angeheitert. Sobald ich den Lachs auf dem Tisch abgestellt hatte, habe ich angefangen zu bechern. Mein Tag als Küchenchef ist vorbei. Meinetwegen sollen sie ihre Zigarettenkippen in dem Fischskelett ausdrücken.
Der Kuchen ist fertig und die Sahne geschlagen. Das Stachelbeerpüree habe ich kalt gestellt. Nun kann ich mich in Ruhe dem Essen und Trinken widmen. Nachdem ich die ersten beiden Gläser auf fast nüchternen Magen schnell hinuntergekippt habe, fing sogleich alles um mich herum an zu glühen und sich zu drehen. Inzwischen bin ich bereits beim dritten Glas angelangt, wobei mir einfällt, daß ich vorher schon mit Richard Wein getrunken habe. Während die kläglichen Überreste und die schimmernde Haut des Lachses auf dem Tisch in blaues Abendlicht gehüllt sind, wird mir schwummrig. Draußen vor dem Fenster kreischen die Mauersegler, und die Schwalben fliegen zurück in ihr Nest unter dem Dachvorsprung der Scheune. Ich versuche mir die Eulen vorzustellen, die es mit dem Wind treiben. Bei dem Gedanken daran lockern sich meine Muskeln.

Mit dem schwarzen Band, das ihr Haar zusammenhält, sieht Susan wie eine Squashspielerin aus. Ihre Lippen sind fettverschmiert, und sie schneidet das Essen in so kleine Häppchen, daß man beinahe nicht mehr erkennen kann, was sie sich gerade in den Mund schiebt. Ab und zu wirft sie dem einen oder anderen einen kurzen Blick zu. Obwohl Isabel ihren Teller kaum angerührt hat, legt sie ihr Besteck zur Seite. Zwischen den Fingern hält sie eine Zigarette, die noch nicht angezündet ist und die sie scheinbar vergessen hat. Richard steht auf und bewegt sich schwerfällig an mir vorbei, um etwas Brot aus der Küche zu holen. Er hat die Angewohnheit, die Soßenreste mit Brot aufzutunken. Schwankend hält er inne und stützt sich schwer auf meiner Schulter ab, um das Gleichgewicht wiederzufinden.
»Bring den Kuchen gleich mit«, rufe ich ihm nach. Susan prustet laut los, so daß Kartoffelstückchen zwischen ihren Zähnen hervorspritzen. Daraufhin dreht sich Edward zu ihr und wischt ihr wie ein fürsorglicher Bruder den Mund ab, während Isabel sich vorbeugt und ihre Zigarette an einer der Kerzen anzündet, die auf einmal einen hellen Schein werfen, weil es, ohne daß ich es bemerkt habe, bereits dunkel wird.
Ich bekomme überhaupt nicht mehr mit, wie die Zeit vergeht. Mit einem Knall läßt Richard den Kuchen vor mir auf den Tisch fallen, so daß ich schon befürchte, daß der Boden durchgebrochen ist. Aber er ist ganz geblieben. Normalerweise lege ich größten Wert darauf, meine selbstgebackenen Kuchen höchstpersönlich anzuschneiden, aber heute abend ist es mir egal. »Bedient euch. Das kann man ebensogut essen«, sage ich, als ob es gar nicht darauf ankäme. Ich starre auf die kreisförmig angeordneten Apfelscheiben. Kaum wahrnehmbar schüttelt Isabel den Kopf und zieht statt dessen an ihrer Zigarette. Susan zögert und wirft einen

Blick in die Runde, bevor sie die angebotene Nachspeise zu sich herüberzieht und das Messer ansetzt. Sie schneidet sich ein kleines Stück ab. »Nimm dir ein größeres Stück«, sagt Edward. »Sei nicht so bescheiden.« Kichernd zerteilt Susan den Kuchen. »Ich tu dir schon mal Sahne drauf«, fügt Edward hinzu und hebt die Schüssel hoch.

»Überlaß das ruhig ihr selbst«, sagt Isabel kühl. Erstaunt sieht Edward sie an und reicht Susan schließlich die Schüssel.

Richard hat mir von dem champagnerfarbenen Wein nachgeschenkt. Obwohl er vorzüglich schmeckt, trinke ich ihn in einem Zug, ohne ihn richtig zu genießen. Dann nehme ich die Flasche und fülle mein leeres Glas bis zum Rand. Ich bin schon ziemlich betrunken, trotzdem habe ich noch nicht genug.

»Ich will die Eulen sehen«, höre ich mich plötzlich sagen.

»Wenn du willst, kann ich sie dir zeigen. Sie nisten in unserer Scheune«, bietet Susan an.

»Worauf warten wir noch?« meint Richard.

»Das könnt ihr euch sparen.« Isabel drückt ihre Zigarette aus. »Es ist bereits dunkel, sie sind auf der Jagd.« Sie horcht auf. »War er das?« fragt sie.

»Ich glaube nicht«, antwortet Susan, während sie die Sahne löffelt.

»Ich glaube schon.« Isabel erhebt sich. Sie trägt ein Kleid, das ich noch nie zuvor an ihr gesehen habe, lang und schmal, aus dunkelroter Seide, die beinahe violett schimmert, wie die Farbe von reifen Maulbeeren. Unwillkürlich schaue ich auf meine Kleidung hinunter. Schwarze Hose, beigefarbene Leinenbluse. So tief scheint dieser Komplex in mir verwurzelt zu sein, daß ich mich frage, ob er mich ein Leben lang verfolgen wird.

»Ich kann ihn ja auch gleich im Bett stillen«, sagt Isabel.

»Du willst schon ins Bett?« fragt Richard. »Es ist doch noch gar nicht spät.«

»Für mich schon. Sei bitte leise, wenn du kommst, sonst weckst du ihn wieder auf, wenn ich ihn gerade soweit habe. Eigentlich könntest du auch hier unten auf dem Sofa schlafen. Das wäre wahrscheinlich einfacher.«

Sie wechseln einen kurzen Blick, dann wendet er sich ab, und in seinem Gesicht liegt jener verstörte, gequälte Ausdruck, den ich bereits an ihm kenne.

»Ist gut«, meint er schließlich.

Kapitel 10

Auf der Treppe komme ich ins Stolpern und schlage mir hart das Schienbein an. Die letzten paar Stufen bis zum Absatz lege ich kriechend zurück, was mir in meinem Zustand sicherer erscheint. Unter Isabels Zimmertür kann ich einen Lichtschein erkennen.

»Isabel?«

Die Tür geht auf, und Isabel steht vor mir mit dem Kleinen, der sich an ihre Schulter schmiegt.

»Was machst du denn da auf dem Boden?«

»Ich muß mich unbedingt hinsetzen, mir ist ganz schlecht.«

»Du hast auch jede Menge getrunken.«

Während ich mich in Isabels Sessel fallen lasse, nimmt sie auch wieder Platz und klopft dem Kleinen den Rücken. Das Licht im Raum ist unerträglich hell, ich muß die Augen zumachen.

»Richard säuft wohl immer noch?«

»Er macht gerade mit Edward und Susan einen Spaziergang.«

»Warum bist du nicht mit?«

Unter größter Anstrengung gelingt es mir, die Augen zu öffnen. »Nein danke. Das wäre jetzt nichts für mich.«

»Langsam fange ich an zu glauben, daß er eine Kolik hat. Solange ich ihn halte, ist alles wunderbar, aber wehe, ich lege ihn hin, dann fängt er sofort an zu schreien.«

Mit dem Kleinen im Arm steht Isabel auf und wiegt sich

langsam, immer auf derselben Stelle tretend, mit leichten Schritten hin und her.

»Das habe ich mit dir früher auch gemacht«, sagt sie.

»Wirklich?«

»Ja, damals habe ich dich immer in den Puppenwagen gelegt und dich spazierengefahren. Ich weiß noch, was die Leute für Augen gemacht haben, wenn sie entdeckten, daß anstelle einer Puppe ein richtiges Baby darin lag. Du hättest die Gesichter sehen müssen. Zuerst habe ich dich gut verstaut, und dann bin ich mit dir die Straße auf- und abstolziert. Hinterher sind wir dann immer den Hügel hinuntergefahren, wobei ich den Griff ganz doll festhalten mußte, damit der Wagen mir nicht davonrollt. Das wäre mir einige Male fast passiert. Alle Leute haben gesagt, daß ich eine prima Mutter abgeben würde. Ich habe mich selbst für die Größte gehalten. Wer weiß, was sie tatsächlich gedacht haben.«

Noch immer schaue ich ihr zu, wie sie im Gehen mit der rechten Hand auf Antonys winzigen zusammengesackten Rücken klopft.

»Du hast kaum was gegessen«, sage ich wie aus heiterem Himmel.

»Es war phantastisch, Nin. Da kann ich den anderen nur zustimmen. Aber du weißt doch, daß ich so ein Essen nicht hinunterbringe.«

Unverwandt sieht sie mich über den Kopf des Kleinen hinweg an. Noch nie zuvor hat Isabel dies so deutlich zugegeben, obwohl mir selbst das schon lange klar ist. Trotzdem habe ich mir eingeredet, daß die Dinge sich ändern können und die Menschen sowieso, und zudem macht Isabel einem die Illusion leicht. Von jeher hat sie als erste gefrühstückt, schon als sie klein war, nahm sie ihr Mittagessen mit in den Garten, oder sie hatte einfach noch keinen Appetit auf das Abendessen. Tatsache ist, daß Isabel keinen Bissen hinunterbringt, wenn sie mit anderen Leuten am Tisch sitzt. Wenn ich mich zurückbesinne, wüßte ich nicht, ob das jemals anders gewesen ist. Damals stellte unsere Mutter ihr immer belegte Brote und Äpfel auf Tellern bereit, die sie zudeckte, und in der Speisekammer durfte sich Isabel jederzeit nach Lust und Laune bedienen. Ich fand das ungerecht und protestierte wütend, aber in diesem Punkt blieb meine Mutter hart.

»Warum darf ich nicht wie Isabel Rice Crispies zum Tee haben?«

»Weil Isabel anders ist.«

Wirklich, ich frage mich, wie sie das schafft. Unsere Mutter hatte ständig Angst, daß Isabel nicht genügend ißt, aber keiner durfte Isabel darauf ansprechen.

»Durch das Stillen müßtest du doch eigentlich Hunger für zwei haben.«

Isabel deutet auf ihren Nachttisch.

»Mach mal die Schublade auf.«

»Ich fürchte, ich komme nicht aus dem Sessel.«

»O doch, du mußt nur wollen.«

In unerreichbarer Ferne schwebt der Tisch auf und ab und kommt langsam näher. Irgendwie erwische ich den Schubladenknopf und ziehe sie auf.

»Siehst du«, meint Isabel, »zwischendurch verdrücke ich immer ein paar Haferkekse und getrocknete Aprikosen. Sie enthalten übrigens jede Menge Eisen. Du brauchst dir also keine Sorgen zu machen.«

In meiner Vorstellung sehe ich sie hier sitzen und an einer Aprikose oder einem Stückchen Keks herumknabbern, während von unten her die ganze Zeit Kochgerüche durch das Haus ziehen. Damals hat sie, glaube ich, mehr darüber gesagt. In meinen Ohren klingt noch ihre Stimme, die irgend etwas von den auf- und zuklappenden Mündern anderer Leute erzählt, die mit ihren Händen nach dem Essen grapschen, und daß alles so unrealistisch sei und wie in Zeitlupe ablaufe, als sei die Zeit stehengeblieben und mit ihr Isabel. Seit ich denken kann, verabscheut sie Menschen, die alles in sich hineinstopfen, mit einer Ausnahme, und das bin ich. Bei mir hat sie nichts dagegen. Ja, jetzt fällt es mir auch wieder ein. Eine Zeitlang hat sie es sogar als selbstverständlich betrachtet, in meiner Gegenwart zu essen. Aber irgendwann war damit wieder Schluß.

»Hoffentlich kommt der Kleine nicht nach mir«, sagt Isabel. »Oder was meinst du?«

Mein Blick fällt auf das Baby, das schlaff wie ein Stück Tuch an Isabels Schulter hängt und mit tiefen Atemzügen schläft. Seine Augen sind so fest geschlossen, daß sie nur noch einen dünnen Strich bilden. »Er hat keine große Ähnlichkeit mit dir«, erwidere ich.

»Ich darf gar nicht daran denken, was ihm alles passieren könnte«, sagt Isabel mit leiser, ernster Stimme.

»Was soll ihm schon passieren?«

»Es kann ihm alles mögliche zustoßen«, faucht sie mich an. »Was weißt du denn schon? Du hast ja keine Ahnung. Leider ist es nämlich so, daß Babys sich nicht verständlich machen können, wenn ihnen etwas fehlt.«

»Mir ist ja schließlich auch nichts passiert, oder? Und du warst gerade mal vier oder fünf, als du mich durch die ganze Stadt geschoben hast.«

»Aber er ist nicht wie du«, murmelt Isabel leise vor sich hin, so daß ich es kaum verstehen kann. »Sieh ihn dir an. Wem sieht er deiner Meinung nach ähnlich?«

Eingehend betrachte ich den Kleinen, aber ich kann nirgendwo eine Ähnlichkeit feststellen. »Er kommt ein bißchen nach Dad, findest du nicht?« Ich sage das nur, weil es schon einmal jemand erwähnt hat.

»Ja, mag sein.« Ihre Stimme klingt wieder normal. »Ja, wenn man ihn genau betrachtet, sieht er Dad in der Tat ziemlich ähnlich.«
Ohne zu wissen, wie ich in Isabels Bett gelandet bin, strecke ich alle viere von mir.
»Nicht einschlafen, Nin.« Erneut klingt ihre Stimme gereizt, und ich zucke zusammen.
»Was ist los?«
»Findest du, daß der Kleine gesund aussieht?«
Schwerfällig stütze ich mich auf und mustere das kleine, friedliche Gesicht. An seiner Hautfarbe hat sich nichts geändert, und er scheint ganz ruhig zu atmen.
»Meine Güte, Izzy, ihm fehlt überhaupt nichts. Du bist einfach nur übermüdet. Ich verzieh mich jetzt, dann kannst du dich hinlegen.«
»Nein, Nin, bleib.«
»Aber du mußt dich ausruhen.« Hinzu kommt, daß der Alkohol in mir eine große Müdigkeit hinterläßt, wie Schlamm, der bei Ebbe in einer Mündung liegen bleibt. Mühsam raffe ich mich hoch.
»Dann schick mir Edward. Sag ihm, daß ich ihn brauche.«
»Aber Izzy, er liegt wahrscheinlich schon im Bett.«
»Glaub ich nicht. Und wenn doch, wird es ihm nichts ausmachen.«
»Also gut. Und ich soll wirklich nicht bleiben?«
»Geh nur. Hol Edward.«
In der Küche finde ich ihn. Inzwischen hat er das Stachelbeerpüree entdeckt, das wir nach dem Essen völlig vergessen hatten. Besitzergreifend hält er die Schüssel mit einem Arm fest, während er am Küchentisch hockt und sich den Inhalt einverleibt. Wie zum Gruß hebt er den Löffel.
»Einfach köstlich. Wirklich, du bist eine ausgezeichnete Köchin, Nina.«

»Isabel will dich sehen.« Irgendwie scheint mein Mund plötzlich zu klein für meine Zunge zu sein, jedenfalls zu klein, um Edward irgendwelche Erklärungen zu geben. Anscheinend hat er sich sofort aufgemacht, zumindest ist sein Stuhl leer, als ich wieder hinsehe. Irgendwer hat abgewaschen. Auch im Eßzimmer ist der Tisch abgeräumt und blitzblank geputzt. Mittlerweile ist das kalte Wachs an den Kerzen erstarrt, und unter den Blumen liegt ein Meer von abgefallenen Blütenblättern. Nebenan im Wohnzimmer schläft Richard auf dem Sofa, mit dem Gesicht nach unten, den Kopf in den Armen verborgen. Er schnarcht. Unter dem Fenster gegenüber sitzt Susan auf einem Kissen.

»Oh, gut«, sagt sie, »da bist du ja endlich. Keine Angst, ihm fehlt nichts. Ich habe ihn in die stabile Seitenlage gebracht.«

»In die was?«

»Die stabile Seitenlage. So liegt er vollkommen sicher.«

»Was ist passiert? Hatte er einen Unfall?«

Mit ihrem Mund formt sie die Worte *Er war furchtbar betrunken,* als könnte Richard uns hören. »Wie du weißt, besteht in solchen Fällen immer die Gefahr, an Erbrochenem zu ersticken.«

»Großer Gott.« Ich starre zu Richard hinüber. »Willst du damit sagen, daß du ihn so hingelegt hast?«

Susan lächelt stolz. »Im Kurs haben sie uns beigebracht, wie man jemanden hochhebt«, erzählt sie. »Er ist zwar ziemlich groß, aber es war gar nicht so schwer. Edward konnte wegen seinem schlimmen Rücken nicht mit anpacken.«

»Oh, ich verstehe. Gut gemacht«, entgegne ich verhalten. Susans Augen strahlen. In diesem Licht sieht sie wie ein Engel aus, ihr blondes Haar, das von dem schwarzen Band zurückgehalten wird, schimmert nur noch heller und umringt sie wie ein weißer Schein. Offenbar brennt sie darauf, mir Fragen zu stellen, und sie öffnet bereits den Mund, um mich darüber auszuquetschen, wie es Isabel geht, warum Richard sich betrunken hat, was ich mit dem restlichen Lachs mache und so weiter. Aber ich nicke in Richtung Richard, lege den Finger auf die Lippen und verlasse, langsam rückwärts gehend, das Zimmer. Höchste Zeit, daß dieser Abend ein Ende nimmt.

Oben ziehe ich mich im Dunkeln aus und lasse die Vorhänge offen. Zu gerne wäre ich jetzt in London, wo von der Straße aus immer orangefarbenes Licht durch die Vorhänge scheint, die ich seit langem schon durch einen dickeren Stoff ersetzen will. Wie schön es doch wäre, bei grauverhangenem Himmel aufzuwachen und den Autoreifen auf nasser Fahrbahn zu lauschen. Hier auf dem Land ist die Nacht so schwarz, daß einem die Augen schmerzen, wenn man versucht, sie zu durchdringen. Aber es ist noch gar nicht richtig dunkel. Je länger ich hinsehe, um so mehr Schatten nehme ich wahr. Ein zartgelber Halbmond hat sich in einem Baumwipfel verfangen. Langsam löst er sich wieder und steigt wie die Luftblase eines Tauchers auf. Ich ziehe mir ein dunkelblaues T-Shirt über und betrachte den Himmel, während ich auf dem Bett sitze.

Doch ich muß noch einmal nach Isabel sehen. Wäre ich doch bloß bei ihr geblieben, als sie mich darum bat. Sonst bin ich immer ganz versessen darauf, daß sie nach mir fragt, und wenn es dann tatsächlich einmal geschieht, fällt mir nichts Besseres ein, als abzuhauen. Ich hätte ihr mehr Aufmerksamkeit schenken müssen, als sie mir von damals erzählt hat, wie ich ihr Kind war. Schließlich wollte sie sich mit mir, ihrer Schwester, unterhalten und nicht mit Edward.

Ohne vorher anzuklopfen, drücke ich sachte die Türklinke herunter, kann ja sein, daß sie bereits schläft. In der Tat, da sind sie. Es sieht so aus, als säße Edward schon eine ganze

Weile auf dem Stuhl direkt neben ihrem Bett. Er hält Isabels Hand. Mit dem linken Fuß bewegt er die Wiege in sanftem Rhythmus hin und her, als bediene er das Pedal einer alten Nähmaschine. Sowohl der Kleine als auch Isabel sind eingeschlafen. Sie hat sich tief in ihr Bett eingekuschelt und liegt mit dem Gesicht zur Seite. Mir gegenüber steht die Wiege, und ich kann den Kopf des Kleinen erkennen, dessen Fäuste jeweils links und rechts neben seinen Ohren liegen. Den Kopf auf der Brust, sitzt Edward mit dem Rücken zur Tür, so daß ich zunächst vermute, daß er ebenfalls schläft. Aber er ist wach. Beim Knarren der Tür wendet er den Kopf und schaut mich über die Schulter hinweg an, ohne Isabels Hand loszulassen oder mit dem Fuß den sanften Druck, den er auf die Wiege ausübt, zu verändern. Mit einer winzigen Bewegung schüttelt er den Kopf, um nur ja nicht Isabel oder den Kleinen im Schlaf zu stören. Es bleibt mir nichts übrig, als mich wieder zurückzuziehen.

Ich muß daran denken, wie Edward Stunden in Isabels Zimmer verbringt, während er über Alex redet und selbstverständlich davon ausgeht, daß sich Isabels Verständnis und gute Ratschläge über ihn ergießen. Ohne daß sie je etwas zurückbekommt. Warum nur tut sie das? Warum ist es für sie selbstverständlich, daß Leute wie Edward und Alex und all die anderen zum Abendessen kommen oder sich sogar ein paar Tage einnisten? Leute, die sie doch nur überanstrengen, sie aussaugen, sie von wichtigen Dingen abhalten. Nie hat sie ihre Ruhe. Nie treffe ich sie allein an.

Zumindest habe ich das immer so empfunden. Vermutlich macht sich jeder seine eigene Geschichte über den Menschen, der ihm lieb ist, und dies ist eben meine Geschichte von Isabel. Eine sichere Geschichte, vielleicht etwas abgenutzt, aber tröstlich. Eine von diesen Geschichten, nach denen Kinder süchtig sind, wonach sie immer wieder aufs neue fragen, für die sie die anderen Bücher stehen lassen. Vielleicht bin ich ja derart auf meine Geschichte fixiert, daß ich gar nichts anderes mehr wahrhaben will. Warum sonst würde sie hier liegen und Edward das Baby überlassen, während sie ihren Schlaf genießt? Dazu kommt noch sein Blick vorhin, als hätte er zweifelsohne mit mir gerechnet. Er kennt mich besser, als ich dachte.

Kapitel 11

Gierig stürze ich mich in den Schlaf, als sei er etwas Eßbares. Ein Traum jagt den nächsten. Das liegt nur daran, weil ich zur Zeit nicht arbeite. Das Nichtstun wirkt sich immer stark auf meine Träume aus, weil sich dann sämtliche, von mir noch nicht realisierten Bilder aufstauen und im Schlaf entladen.

Im Traum bin ich in Isabels Garten, der jetzt aber anders aussieht. Während das Gras in Isabels Garten durch den heißen Sommer zu einem Kamelbraun verdörrt ist, ist es in meinem Traum noch ganz satt und grün. Vor mir erstreckt sich eine lange Blumenrabatte, die von einer Eibenhecke begrenzt wird. Obwohl es nicht die richtige Jahreszeit dafür ist, ist die schwarzgrüne Hecke mit Beeren übersät, die wie Bisquittörtchen aussehen. Goldrute und Rudbeckia entfalten ihre flammend gelbe Blütenpracht. Und es liegt ein überwältigender Duft von Katzenminze in der Luft. Ein Blick auf das Randbeet genügt, um zu sehen, daß es davon überquillt. Zwischen den Blumen wachsen kleine Apfelbäume, deren reife Früchte schwer nach unten hängen, so daß bereits einige Äste abgebrochen sind und man das weiße, zersplitterte Innere sehen kann.

Ich höre Schritte. Automatisch muß ich an Isabel denken, aber es ist nicht sie, auf die ich warte. Ich bin ganz aufgeregt. Ich blicke an mir herunter, das Kleid, das ich trage, habe ich noch nie zuvor gesehen. Obwohl ich mich schön fühle, läßt mich die Nervosität nicht los. Hier wird gleich mein Rendezvous stattfinden, für das ich mich so in Schale geworfen habe. Sein Name will mir nicht einfallen, aber es ist jemand, den ich gut kenne. Zwischen den Blumen und der Katzenminze schwärmen überall Bienen umher, klammern sich an den Blütenköpfen der Goldruten fest, die sich durch das Gewicht sachte nach unten biegen. Langsam schlendere ich auf und ab, auf und ab, wobei ich bei jedem Schritt den Stoff auf meinen Schenkeln spüre.

Im nächsten Traum passiert zunächst gar nichts. Ich beobachte einfach nur den Fluß, der allerdings weitaus mehr Wasser führt als es zur Zeit, in dieser Hitzeperiode, der Fall ist. Zudem hat sich die Farbe des Wassers verändert, das jetzt an braunes Glas erinnert. Vom Ufer aus schaue ich hinunter. Deutlich sind auf dem Grund winzige Kieselsteine zu erkennen, als lägen sie direkt in meiner Hand, und mittendrin steckt nackt, mit weit aufgerissenen Augen, ein kleines Plastikpüppchen, wie man sie für ein Puppenhaus verwendet. Darüber plätschert das Wasser, und hinter mir sagt jemand: »In Wirklichkeit sind das gar keine Kieselsteine, sondern Felsblöcke. Sie sehen nur so klein aus, weil es hier unheimlich tief ist.«
Erschrocken will ich zurückweichen, nun, da ich weiß, wie tief das Wasser tatsächlich ist, aber dieselbe Stimme fährt fort: »Vorsicht. Bleib, wo du bist. Sonst fällst du noch runter.«

»Fax für dich.« Richard überreicht mir das Blatt, und ich lese die Nachricht begierig, froh darüber, daß ich noch ein Leben außerhalb dieses Hauses habe. Ich vergewissere mich nochmals, ob ich es richtig verstanden habe. Ja. Die Cruzet-Stiftung will mich tatsächlich für die Aufnahmen im Musikhaus dabei haben. Mich erwarten also drei Aufenthalte in Rumänien, jeweils für zwei Wochen. Es handelt sich dabei um eine etwas andere Reportage, die sowohl aus Fotografien wie auch aus gezeichneten Entwürfen bestehen soll. Nur aus diesem Grund kann ich mir die Zusage erklären, zumal sich eine Menge anderer Fotografen beworben haben, die weitaus größere Erfahrung als ich besitzen. Für den Entwurf einer kleinen Projektmappe, in der ich meine Vorschläge kurz umriß, hatte ich mich eigens ein paar Tage mit einem Musiktherapeuten zusammengesetzt. Zu jenem Zeitpunkt schien es ziemlich idiotisch, zwei volle Tage zu opfern, für die mich mit Sicherheit keiner bezahlen würde. Aber man muß auch manchmal unkluge Entscheidungen treffen, wenn es einem dann die wirklich interessanten Aufträge verschafft.

»Eine gute Nachricht?«

»Ich hätte nie gedacht, daß sie mich nehmen. Das wird ein aufregendes Stück Arbeit.«

»Ich habe das Fax gelesen«, gesteht Richard, »aber ich konnte mir keinen Reim darauf machen. Was ist das für eine Geschichte mit diesem Musikhaus?«

»Das ist ein Waisenhaus in Rumänien.«

»Ach herrje. Hast du etwa vor, dir so etwas anzutun?«

»Was stellst du dir denn unter einem Waisenhaus in Rumänien vor?«

»Keine Ahnung. Vielleicht geistesgestörte Kinder mit rasierten Schädeln und großen Augen, wie man sie immer in Zeitschriften sieht. Aber das Thema ist inzwischen doch längst nicht mehr aktuell, oder? Sie haben bereits ihren Auftritt gehabt.«

»Das Projekt ist ja gerade dazu da, um mit falschen Vorstellungen aufzuräumen. In diesem Haus wird nämlich für alles Musik eingesetzt, es gibt eine Hauskapelle, bei der selbst jene Kinder mitspielen und singen, die nicht sprechen können. Das läuft dann so ab, daß sich jeder sein persönliches Musikstück aussucht, das dann quasi zu einem zweiten Namen wird. Es gibt nämlich Kinder, die haben keinen Namen, weil man sie ausgesetzt hat, als sie noch ganz klein waren, so daß sie ihn gar nicht wissen können. Jedenfalls drückt man ihnen gleich bei ihrer Ankunft ein Instrument in die Hand, das außer ihnen niemand berühren darf. Logisch, daß die meisten es direkt zertrümmern, aber es wird immer wieder ersetzt. Am Anfang mußten sie die meisten Instrumente noch selber bauen, aber inzwischen bekommen sie ganz viele Spenden, und nach jedem Abendessen findet ein Konzert statt. Außer dieser Frau, die alles initiiert hat, gibt es auch noch zwei Musiktherapeuten, die mit den Kindern üben. Und trotzdem kümmert sie sich immer noch zwölf Stunden täglich um die Kinder. Kannst du dir vorstellen, was sich alles daraus machen läßt, wenn ich da ganze zwei Wochen verbringe?«

»Zumindest verstehe ich, warum man dir den Auftrag gegeben hat. Du hast deine Hausaufgaben ja wirklich gemacht«, entgegnet Richard.

»Aber es ist wirklich einzigartig auf der Welt. Noch nie hat jemand so etwas ausprobiert.«

»Das stelle ich ja auch nicht in Abrede.«

Ich greife nach meiner Kaffeetasse und nehme einen Schluck. Obwohl ich darauf brenne, das Fax nochmals durchzulesen, beherrsche ich mich in Richards Gegenwart, da er offensichtlich nicht besonders interessiert ist. Einmal mehr gibt er mir das Gefühl, eine naive, kleine Weltverbessererin zu sein. Der kann mich mal! Der hat doch keinen blassen Schimmer, worum es mir wirklich geht. Nämlich darum, mir jedes Kind wie ein Tröpfchen einzeln herauszupicken, und um die Instrumente, die so lange als Kommunikationsersatz dienen, bis die Kinder selbst dazu in der Lage sind. Um Kinder, die in Gruppen zusammenspielen, um ein einzelnes Gesicht, das für kurze Zeit im Licht erscheint und dann wieder vom Schatten verschluckt wird. Hier ein Lichtreflex, dort ein Klangfetzen. Zusätzlich werde ich mit einem Camcorder arbeiten, um die Momente einzufangen und nach ihrer Vorlage zu Papier zu bringen. Ich sehe mich bereits Collagen basteln und den Stift über den Schnipseln der einzelnen Abzüge ansetzen. Im Grunde spielt die Ausstattung dort keine große Rolle, auch wenn es hart werden wird. Endlich habe ich mein Ziel erreicht. Hartes, druckvolles, konzentriertes Arbeiten. Wie ein Stahlband, jedoch mit Momenten der Stille, in denen es einem den Atem verschlägt.

»Ich muß zurückfaxen. Geht das?«

»Sicher. Du kannst das Fax und auch den Computer jederzeit benutzen. Ich habe mich bereits gefragt, wie du mit deiner Arbeit am Ball bleiben willst.«

»Ich bin doch erst seit acht Tagen hier, und außerdem habe ich seit Weihnachten keinen Urlaub mehr gehabt.«

»Acht Tage erst? Kommt mir viel länger vor.«

»Danke.«

»So habe ich das nicht gemeint«, sagt er. »Wirklich nicht, Nina, und du hast mich, glaub ich, auch in dieser Rumänien-Sache mißverstanden. Du hast nämlich meine volle Bewunderung.«

Ich werde rot und wende schnell das Gesicht ab, während ich an dem Schalter des Wasserkochers herumnestle. Wieder und wieder gehen mir Sätze durch den Kopf, Sätze, die ich Richard gegenüber fallenließ, Sätze auf diesem Papier, die mir den Auftrag garantieren.

Kaum habe ich den Schalter gedrückt, fängt der leere Kocher auch schon an zu pfeifen.

»Wenn's darum geht, einen leeren Kessel aufzusetzen, bin ich einsame Spitze«, sage ich scherzhaft.
»Das kann jedem mal passieren.«
Unter seinen geschwollenen Augen hängen dunkle Ringe, die üblichen Folgen eines Katers. Offenbar hat er sich gründlich mit einer stark riechenden Seife gewaschen, und er trägt ein frisches, weißes Hemd. Mir ging es nicht anders: Ich mußte mir als erstes die Haare waschen, die im Moment immer noch feucht sind.
»Heute hat die Sonne wieder unglaublich Kraft. Warum setzt du dich nicht raus und läßt dir die Haare trocknen?«
»Eigentlich hatte ich vor, drinnen zu bleiben und mal nach Isabel zu schauen.«
»Sie unterhält sich gerade mit Edward.«
Ich werde aus ihm einfach nicht schlau. »Laß uns einen Spaziergang durch den Garten machen«, schlägt er vor. »Vielleicht bekomme ich ja dann wieder einen klaren Kopf.«

Da die Wege immer schmaler werden, ist kaum genügend Platz, um nebeneinander zu gehen. Zuvor war mir das nie aufgefallen, aber in dieser Situation wird es zum Problem und wirkt irgendwie lächerlich. Ständig tänzelt einer vor dem anderen her, wobei wir uns gegenseitig die Äste zurückhalten, oder wir entschuldigen uns andauernd, weil wir zusammenstoßen.
»Komm, wir setzen uns auf die Bank«, meint Richard. Ungeschützt steht sie im Sonnenlicht, und Isabel hat einen Terrakotta-Topf mit goldenem Majoran danebengestellt. Im Garten herrscht bereits geschäftiges Treiben, ein paar Vögel zerfetzen gerade eine beinahe reife Feige, und in die Blumen tauchen Bienen ein und wieder aus. Der Platz liegt ziemlich versteckt.
»Ich glaube, es geht ihr wieder schlechter«, sagt Richard. Ich

gebe keine Antwort, da ich weiß, daß er nicht von Isabels langsam heilender Wunde spricht.
»Seit du hier bist, war sie noch kein einziges Mal im Garten, oder?«
»Ich denke doch.« Aber dann überlege ich noch mal genauer. Oder doch nicht?
»Offensichtlich hat sie es versucht, gleich am ersten Morgen, als ich wieder da war. Ihre Schuhe waren feucht. Aber als ich dann aufgewacht bin, lag sie bereits wieder im Bett, und es ging ihr nicht gut. Ich habe im Sessel übernachtet.«
»Sie hat viel durchgemacht.«
»Ich rede nicht von den Schmerzen. Ich glaube, daß sie einfach nicht mehr rausgehen kann, verstehst du, was ich meine?«
Ja, ich verstehe. Es ist wie mit dem Essen, erst bei näherer Überlegung stellt man fest, daß etwas nicht stimmt. Isabel hat keinen Führerschein, und mit den Bussen ist es umständlich. Auch besucht sie niemanden. Wozu sich nach London oder sonstwohin bemühen, wenn die Leute doch auch herkommen können? All ihre Freunde aus der Stadt reißen sich förmlich darum, aufs Land zu fliehen. Voller Begeisterung kommen sie her – Edward, Alex und ein Dutzend mehr. Wann war sie eigentlich das letzte Mal in London? Ich überlege. Seit ihrer Schwangerschaft offenbar nicht mehr. Jedenfalls den ganzen letzten Sommer nicht.
»Wer ist denn jetzt für das Einkaufen zuständig?« Unvermittelt drängt sich mir das Bild von einer Isabel auf dem Fahrrad auf, die die Auffahrt hinunterfährt, auf dem Weg zum nächsten Postamt ein paar Meilen auf der Straße zurücklegt und schließlich mit überteuerter Mayonnaise und Wäscheklammern zurückkommt, die in ihrem Korb auf- und abhüpfen.
»Ich«, antwortet Richard. »Das letzte Mal, daß sie aus dem

Haus ging, ist schon ein paar Monate her. Das war, als sie ins Krankenhaus mußte. Die Hebamme war wegen der Schwangerschaftsvorbereitungen hergekommen, weil sie das Baby ja ursprünglich hier zur Welt bringen wollte.«
»Vielleicht war es ja besser so, daß sie im Krankenhaus war.«
Meine Bemerkung verhallt in Schweigen. Schweigen ist gefährlich. Besonders, wenn man zu zweit in der Sonne sitzt, die immer heißer und heißer auf meine nackten Arme und Beine brennt. Meine Haare dürften inzwischen fast trocken sein. Um uns herum summen Bienen, schwirren näher und drehen dann wieder in eine andere Richtung ab. Weiter drüben, von der Scheune her, ertönt ein leichtes Klirren, als schlüge Metall auf Metall. Wenn man die anderen so arbeiten hört, kommt man sich auf der Bank nur noch abgeschiedener vor. Auf Richards Gesicht glänzt Schweiß. Er täte besser daran, seinen Kopf zu bedecken. Mir geht's wie ihm: der Alkohol, die Kopfschmerzen, der Kater und ein vages, beklemmendes Schuldgefühl, als wäre letzte Nacht tatsächlich etwas geschehen – ein Gefühl, daß ich mich am liebsten vor mir selbst davonschleichen würde …
Wir küssen uns. Nur unsere Lippen berühren sich. Wir haben alle Zeit der Welt. Sein heißer Körper unter dem Hemd weckt in mir Gefühle, die ich immer wieder vergesse. Die flüchtigen Berührungen am Anfang, Küsse, die immer tiefer und tiefer forschen, das Herantasten durch das Fleisch, bis man auf die Knochen stößt. Ich habe geglaubt, daß ich mit dieser Gier nach allem, was beginnt, abgeschlossen hätte, aber ich habe wohl falsch gedacht. Mein Verlangen übertrifft alles, womit ich es bis dahin zu ersetzen suchte. Ich dränge mich an Richards schweren Körper, möchte mich verschlingen lassen.
»Ich habe immer nur sie begehrt«, sagt Richard. Seit dem Kuß sind vielleicht dreißig Sekunden vergangen. In auf-

rechter Haltung sitzt er da, die Beine gespreizt, die Hände im Schoß verschränkt.
»Ich weiß.« Aber ich besitze ein feines Gespür für Untertöne. *Bis jetzt,* soll das heißen. Nun fragt sich nur noch, was dieses »Jetzt« bedeutet.
»Und außerdem liebst du nicht mich, sondern Isabel«, fügt er hinzu, während er seine Hand auf die meine legt.
»Ich rede auch nicht von Liebe«, erwidere ich, wobei ich ihm direkt ins Gesicht sehe. »Ich rede von Sex.«
Ich beobachte, wie sich seine Augen zu Schlitzen verengen und dann wieder größer werden. Sein Griff wird härter. An seinen Augen kann man förmlich ablesen, wie es in ihm arbeitet.
»Ich bin nicht wie Isabel«, erkläre ich, »das habe ich dir schon mal gesagt. Ich esse gern, und ich ficke gern.«
»Mit wie vielen Männern warst du schon im Bett?« fragt Richard.
»Neunzehn«, antworte ich wie aus der Pistole geschossen.
»Neunzehn? Bist du sicher?«
»Vielleicht auch zwanzig. Frag mich morgen noch mal.«
»Wir können es unmöglich hier tun.«
»Ich sehe keinen Grund, weshalb nicht.«
»Jemand könnte uns sehen.«
»Das glaub ich nicht.«
»Ich verstehe«, sagt Richard. »Du liebst das Risiko.«
»Man kann es sowieso nie ausschließen, also warum soll man sich was vormachen? Hier ist es genauso gut wie anderswo.«
Es war genauso gut wie anderswo.
»Du willst dich doch nicht etwa ganz ausziehen?« fragt Richard entgeistert.
»Warum denn nicht? Ob mit oder ohne BH, ficken bleibt ficken, also wieso dann nicht gleich richtig?«

Er sieht mich an, und ein kurzes Zögern flackert in seinen Augen.
»Dir gehen die neunzehn Typen nicht aus dem Kopf«, sage ich. »Keine Bange, es gibt Kondome.«
»Daran habe ich nicht gedacht, Nina.«
»Solltest du aber. So wie die Dinge heutzutage stehen. Aber ich habe weder AIDS, noch kann ich schwanger werden, also du kannst ganz beruhigt sein.«
Nackt setze ich mich wieder auf die Bank. Was immer er auch tut, ich fühle mich gut. Ich könnte hier den ganzen Tag sitzen und die Hitze und das Sonnenlicht aufsaugen.
»Frauen sehen ohne Kleidung so anders aus«, stellt er fest, wobei sich der Klang seiner Stimme verändert.
»Ja, das stimmt allerdings. An wie viele denkst du gerade? Neunzehn – oder zwanzig?«
Lachend rutscht er neben mich und drückt sein Bein in der Jeans an meinen nackten Schenkel. Die Sonne brennt auf uns nieder. Mit einer Hand umfaßt er meinen Busen und sieht zu, wie sich die Brustwarze aufstellt.
»Was ist, wenn Susan vorbeikommt?«
»Wahrscheinlich denkt sie dann, daß wir es gerade miteinander treiben.«
»An dieser Bank ist keine Rückenlehne«, sagt er dann. »Würde ich dich besser kennen, könnte ich dich fragen, ob es dir was ausmacht, dich bäuchlings drüberzulegen, damit ich dich von hinten nehmen kann. Aber diese Stellung ist etwas anstrengend.«
»Ist es das, was du dir wünschst?«
»Das habe ich mir schon immer gewünscht.«
»Dann werden wir es auch so machen.«
Da meine Haare kurz sind, können sie mir nicht lästig werden, indem sie mir ins Gesicht hängen oder etwa auf dem Boden schleifen. Tatsächlich ist diese Position etwas um-

ständlich, und die Bank wäre mit Sicherheit ziemlich unbequem, wenn ich mir nicht Richards weißes Hemd als Unterlage und seine Jeans als Kissen für den Bauch genommen hätte.

»Ich glaube, es ist doch besser, wenn wir auf den Boden gehen«, meint Richard. Unter mir piekst das kurze, durch die Hitze ausgedörrte Gras. Ich knie mich auf alle viere, wobei ich mein Gewicht auf die Unterarme verlagere. Ganz dicht vor mir, in Augenhöhe, wächst eine Ringelblume und verströmt ihren an Pfeffer erinnernden Duft. Alles ist miteinander verschmolzen, das trockene Gras unter mir, das körnige Blüteninnere der Ringelblume und meine endlose, stumme Nacktheit. Ich hebe das Becken an, bringe mich in Stellung, woraufhin Richard seinen Finger über meine feuchte Vulva gleiten läßt und meine Schamlippen öffnet.

»Das sieht schön aus«, sagt er. »Du willst es schon jetzt, nicht wahr? Ich kann es fühlen.«

Er sagt es anders als die meisten Männer. In seinen Worten schwingen Freude, Erleichterung und Dankbarkeit mit. Das heiße Licht der Sonne fällt auf unsere feuchten, schweißgebadeten Körper, und keine vier Fuß entfernt macht sich eine Amsel über eine Larve her, die sie aufgespürt hat. Jede Faser meines Körpers ist zum Zerreißen gespannt, ich bin bereit für ihn.

Kapitel 12

Wir sind hinter die Bank in den Schatten gerollt. Während wir so daliegen und unsere abkühlenden Körper voneinander lösen, höre ich die Hintertür klappern.

»Schnell, zieh dich an«, flüstere ich Richard ins Ohr. Seine weichen Züge werden wachsam.

Wir werfen uns die Kleider über, horchen auf Schritte, aber niemand taucht auf. Einen Moment lang verharren wir ganz still, atemlos, und Richard sieht mich an, als gäbe es noch mehr zu sagen. Während ich meine Haare mit den Fingern ordne, lächle ich ihn an.

»Du siehst aus wie immer«, sagt er.

»Warum auch nicht?«

Er streckt die Hände aus, vergräbt seine Finger in Hüfthöhe rechts und links in meinen Shorts und zieht sie langsam hinunter. Dann kniet er auf den Boden und preßt sein Gesicht gegen meinen Bauch. Von oben schaue ich auf sein zerzaustes, borstiges, schwarzes Haar, aber ich berühre es nicht.

»Wir werden es wieder tun«, sage ich, »aber nicht jetzt. Susan ist gerade rausgekommen. Ich kann sie mit dem Kleinen reden hören.«

Alleine wandere ich auf den verschlungenen Pfaden zurück, wobei ich an den Lavendelblüten und den violetten Salbeiblättern reibe. Mir tun die Schenkel weh. Da die Wege, die sich zwischen den Zierhecken entlangschlängeln, sich überall kreuzen, kann man praktisch endlos durch den Garten schlendern, ohne ständig denselben Pfad benutzen zu müssen. Vor mir ist eine unzugängliche Stelle, wo Stachelbeer- und Brombeersträucher wild durcheinanderwachsen. Für Stachelbeeren ist die Zeit bereits vorüber, aber es hängen ein paar reife Brombeeren dazwischen, die größer als die wild wachsenden Exemplare sind, dick und schwarz glänzend, obwohl es noch viel zu früh für sie ist. Schuld daran hat die Sonne. Ich nasche eine Handvoll und setze mich auf das ausgedörrte Gras, so daß ich auf einer Höhe mit den Strauchenden bin, die nach unten tasten, um Wurzeln zu schlagen. Aus meiner Hosentasche ziehe ich ein paar Sachen hervor: Zigarettenpapier, einen Tabakbeutel, ein kleines Päckchen, das in Silberpapier eingewickelt ist, ein paar Streichhölzer. Ich klebe die Blättchen aneinander, reiße von dem Päckchen ein Stück Pappe ab, rolle es zusammen und verteile den Tabak auf dem Papier. Ich wickle das Silberpapier auseinander, zünde ein Streichholz an und halte es an eine Ecke des braunen Krümels, den ich dann über dem Tabak zerbrösle. Schließlich rolle ich den Joint zusammen und drehe ihn an dem offenen Ende zu. Bevor ich ihn rauche, lasse ich mir lange Zeit. Es reizt mich, diese Brombeerzweige zu zeichnen, und zwar so, wie sie momentan mit ihren Spitzen nach unten hängen und ihren Weg in die Erde suchen, um dort Wurzeln zu treiben, was praktisch unmöglich ist. Aus der Entfernung höre ich Stimmen, kann sie aber nicht unterscheiden. Mit geschlossenen Augen sitze ich im Schneidersitz da und lasse mich etwas in der Hitze braten, die wie ein kleines Zelt über mir hängt.

Mir geht Isabels Puppe nicht aus dem Kopf. Ja, ich hatte ihr tatsächlich die Wimpern abgeschnitten, weil ich dachte, sie wachsen nach. Auch kann ich mich noch gut an das kni-

sternde Geräusch erinnern, als ich anfing zu schneiden. Wie oft hatte ich es bereut, daß ich meine Puppe nicht Rosina, sondern Mandy genannt hatte. Irgendwann taufte ich sie in Amelia um, aber Isabel wollte nichts davon wissen.
»Du kannst doch nicht einfach ihren Namen ändern. Wie würdest du denn reagieren, wenn wir zu dir von heut auf morgen nicht mehr Nina, sondern Lynn sagen würden?«
Lynn hieß meine Erzfeindin, die drei Häuser weiter wohnte. Mir war klar, daß Isabel nicht scherzte und daß, sollte ich Amelia beibehalten, sie mir meinen Namen ebenso wegnehmen würde.
»Laß uns eine Taufe abhalten«, schlug Isabel vor.
Wir selbst sind nicht getauft worden. Früher saßen Isabel und ich sonntags immer auf der Mauer und verspotteten die adrett gekleideten Jungen und Mädchen, die auf dem Weg zur Kirche vorbeikamen. Einmal nahm mich Isabel zu einer Methodisten-Sonntagsschule mit und erklärte der guten Frau dort, daß ich mich sehr für Jesus interessieren würde, meine Mama und mein Papa aber streng dagegen wären. Das kam natürlich ganz gut an, und als nächstes durfte ich einen Esel ausmalen, während Isabel sich einen Preis holte, indem sie eine Geschichte aus der Bibel in ihren eigenen Worten nacherzählte. Leider bestand dieser Preis aus einer Tüte Fruchtgummi.
»Es tut mir leid«, sagte Isabel, »aber unsere Mama erlaubt uns keine Süßigkeiten, wegen der Zähne.« Und sie zog mich von dem braunen Teppichboden weg, wo ich gerade mit dem Eselsschwanz beginnen wollte, den ich mir bis zuletzt aufgehoben hatte.
»Was für eine gequirlte Scheiße«, schimpfte Isabel, während wir über den Hügel verdufteten.
Isabels Taufspiel war wesentlich besser als die Sonntagsschule. Sämtliche Blumen, die wir in unserem heißen,

trockenen Garten finden konnten, klaubten wir auf, Schleifenblumen, Ringelblumen und Gänseblümchen. Isabel füllte die Spülschüssel mit Wasser und breitete ein Tischtuch auf dem Rasen aus. Als Priesterumhang diente eine weitere Tischdecke. Offensichtlich war Isabel hin- und hergerissen zwischen ihren beiden Rollen als Mutter und als Priester, aber sie löste das Problem, indem sie Rosina und Mandy zu dem »Kirchenportal« schob und sich dann schnell in ihr Ornat einwickelte, während ich als Mutter einsprang und die Puppen solange festhielt. Isabel murmelte irgendwelche unverständlichen Worte und bestreute die nach oben gerichteten Puppengesichter mit Blumen. Dann griff sie nach Rosina und tauchte sie in das Wasser. Eine Sekunde später schnellte Rosina wieder hoch, und Wassertropfen rollten über ihre Plastikhaut.

»Gut, sie ist fertig«, sagte Isabel wieder in ihrer gewohnten Stimme. Danach kam Mandy dran. Wie Rosina zuvor ging auch Mandy unter, nur daß sie unten blieb und von ihren vollgesogenen Locken Luftbläschen aufstiegen.

»O je!« meinte Isabel. »Ich befürchte, sie hängt fest. Keine Sorge, Mutter, ich zieh sie raus.«

Doch sie preßte ihre Hände auf Mandy und drückte sie nur noch tiefer hinunter.

»Ich krieg sie nicht hoch, tut mir leid«, sagte Isabel.

»Zieh sie raus! Zieh sie raus!« schrie ich.

Isabel ächzte, während sie gleichzeitig drückte und zog. Auf einmal schoß Mandy in einer hohen Fontäne aus der Schüssel und landete völlig durchweicht und mit dem Gesicht nach unten auf dem ausgedörrten Rasen. Sofort stürzte Isabel hin und kniete sich neben sie, wobei ihr Tischtuchtalar mir den Blick auf Mandy versperrte. Ich stand wie angewurzelt da. Langsam drehte sich Isabel um. Ihr Gesicht war mit echten Tränen überströmt.

»Es tut mir leid, Mutter, es tut mir so leid. Deine Kleine ist ertrunken.«
Ich schloß die Augen, um mir den Anblick dessen, was Isabel in den Armen hielt, zu ersparen, und brüllte wie am Spieß. Meine Schreie hallten in meinem Kopf wider, der so rot war wie die Sonne durch meine geschlossenen Augenlider hindurch. Solange ich nur schrie, konnte nichts weiter passieren. Ich hörte ein Schiebefenster knallen; dann packte Isabel mich an den Schultern, schüttelte mich und schrie mich an: »Es geht ihr gut! Sieh mal, sie kann schon wieder sitzen! Ein Wunder!«
Aber obwohl ich die Lider hob und Mandy steif auf dem Rasen sitzen sah, während ihre Augen blind ins Leere starrten, konnte ich mein Geheul nicht abstellen. Jetzt kam meine Mutter zur Hintertür heraus, wobei sie sich den Lehm von den Händen wischte. Sofort rannte Isabel auf sie zu.
»Nina weint, weil Mandy in die Spülschüssel gefallen ist, und jetzt denkt sie, daß sie tot ist. Ich versuche schon die ganze Zeit, ihr zu erklären, daß sie es nicht ist, aber sie hört gar nicht zu.«
Meine Mutter kniete sich neben mich auf den Rasen und legte ihren Arm um mich, woraufhin ich mit Weinen aufhörte.
»Isabel, gib mir mal Mandy.«
Meine Mutter nahm die Puppe, drehte sie auf den Bauch und klopfte ihr auf den Rücken. »Damit kriegt man das Wasser aus Mandys Lungen. So, jetzt werde ich sie wieder umdrehen und ihr eine Mund-zu-Mund-Beatmung geben. Paß auf.«
Meine Mutter drückte ihre Lippen auf Mandys Gesicht. Behutsam atmete sie langsam in Mandys Mund aus. Dann drehte sie den Kopf zur Seite, holte tief Luft und wiederholte das Ganze. Nach einer Weile brach sie ab und meinte:

»Schau. Es hat geklappt. Sie bekommt wieder Farbe. Sie hatte bloß einen Schock, Nina. Sie war gar nicht richtig ertrunken.«

Ich nahm Mandy auf den Arm. Sie fühlte sich wieder weich an, und durch die Berührung mit meiner Mutter war sie ganz warm. Lächelnd sahen mich ihre Augen an.

»Sie ist wieder völlig in Ordnung«, beruhigte mich meine Mutter. »Kipp das restliche Wasser weg, Isabel.«

Isabel leerte die Schüssel aus, und auf der trockenen Erde glitzerte das Wasser, bis es schließlich versickerte. Während ich Isabel dabei beobachtete und Mandy im Arm wiegte, ging meine Mutter wieder ins Haus zurück.

Wieviel Zeit war damals seit Colins Tod vergangen? Allenfalls zwei Monate.

Ich nehme ein paar Züge von dem Joint, nur ein paar. Abgesehen von dem Babygeschrei höre ich einen Wagen langsam die Auffahrt hochfahren und die Reifen auf dem Kies knirschen. Wie in einer Rückblende tauchen blitzartig einzelne Körperteile von Richard vor meinem geistigen Auge auf, aber auch mich selbst sehe ich, wie ich meine Kleider abstreife und auf allen vieren auf dem Boden kauere und mich nach oben recke wie eine Katze. Ich habe das Gefühl, schneller und schneller zu laufen, und doch reicht mein Atem noch.

Kapitel 13

Mit dem Baby im Arm sitzt Margery Wilkinson in der Küche, während Susan eine Kanne Kaffee kocht. Strahlend und gleichzeitig neugierig bleibt ihr Blick auf mir haften, und ich frage mich, was Susan ihr über mich erzählt hat. Mit ihrer eigenen Methode hat sie den Kleinen in das Baumwolltuch eingehüllt, ähnlich, wie man eine Windel wickelt. Man könnte meinen, daß es ihm zu heiß ist, aber er scheint sich pudelwohl zu fühlen, jedenfalls wohler, als wenn einer von uns ihn hält. Forschend erkunden seine großen, tiefblauen Augen ihr Gesicht.

»Ausgeschlafen und wach, ohne zu brüllen«, sage ich. »Ein Wunder ist geschehen.«

»Irgendwann hat man den Dreh raus«, erwidert Margery. »Vergessen Sie nicht, ich hatte viermal Gelegenheit zum Üben.«

Wenn man sie so ansieht, kann man es kaum glauben. Wie Susan ist auch sie blond, wobei in Margerys Fall das Blond gewiß einiges kostet, da es vermutlich alle drei Wochen aufgefrischt werden muß. Wie immer trägt sie eine Menge Goldschmuck; Isabel gegenüber hat sie einmal erwähnt, daß sie Gold sammelt. Isabel wurde sogar der Blick auf ihre Sammlung halb in Aussicht gestellt, obwohl man sich ja heutzutage bei diesen Versicherungsklauseln hüten muß. Auch achtet Margery streng auf ihre Figur, so daß sie sich noch immer in Jeans und weißer Bluse sehen lassen kann.

»Ihre Schwester hat sich bis jetzt nicht blicken lassen«, meint sie in leicht vorwurfsvollem Ton. »Susan sagt, sie hätte sich hingelegt.«
»Ja, sie haben ihr jede Menge Ruhe verordnet.«
»Aber offenbar hat sie den halben Vormittag mit einem gewissen Edward Karten gespielt. Unter Ruhe stelle ich mir etwas anderes vor.«
»Oh, schön«, entgegne ich, »dann wird sie sich wohl etwas besser gefühlt haben.«
»Gestern abend hattet ihr hier wohl eine kleine Feier, wie Susan mir erzählte. Mir war bisher nicht bekannt, daß Sie eine so leidenschaftliche Köchin sind, Nina. Sie müssen mir unbedingt ein paar Anregungen geben. Ich weiß bald nicht mehr, was ich kochen soll, geht es Ihnen nicht auch so? Vermutlich nicht, schließlich haben Sie keine Familie. Nächste Woche findet bei uns auch noch die jährliche Jungbauern-Grillparty statt, und meine Jungs werden mir aufs Dach steigen, wenn es diesmal nicht besser wird. Selbstverständlich wird Susan mir zur Hand gehen, aber Sie können sich nicht vorstellen, was für Mengen die verdrücken. Übrigens, der Kleine hat auch Hunger, sehen Sie?«
Mit einem Geräusch, das sich wie ein Miauen anhört, kaut der Kleine zahnlos an Margerys Bluse herum. »Er will sein Fläschchen«, meint Margery und blickt Susan streng an.
»Aber Mama, er wird doch gestillt.« An ihrem Ton ist zu erkennen, daß dies nicht die erste Diskussion dieser Art ist.
»O ja, ich weiß, das ist ja heutzutage wieder in. Aber ich kann dir sagen, zieh du mal drei von vier Kindern in meiner Situation auf, und du wirst froh sein, daß es Flaschen gibt. Zumindest sieht man ja, wohin das führt. Ich hätte doch etwas von der Babymilch mitbringen sollen.«
»Ihm fehlt überhaupt nichts. Als die Schwester ihn gewogen hat, hat er stramme vier Unzen auf die Waage gebracht.«

»Du kannst ihn von mir aus so lange wiegen, wie du willst, aber auf mich macht er einen hungrigen Eindruck, und ich kann ja wohl wirklich beurteilen, ob ein Baby hungrig aussieht oder nicht.« Als sie den Kleinen auf die andere Seite hievt, funkeln ihre Ringe.

»Dann gib ihm den Finger zum Nuckeln, Mama, das wird ihn ruhig halten.«

»Wie stehen Sie eigentlich dazu, Nina? Finden Sie es nicht auch töricht von Ihrer Schwester, daß sie stillt, wo sie doch eine Totaloperation hinter sich hat? Wie soll sie denn jemals wieder zu Kräften kommen?«

»Es ist ihre Entscheidung.«

»Ihre Entscheidung? Daß ich nicht lache. Man weiß ja nach der ersten Geburt nicht einmal mehr, wo hinten und vorne ist. Und dazu noch eine schlimme Operation, kein Wunder, daß sie in so einem Zustand ist.«

Daß sie in so einem Zustand ist. Was hatte Susan noch einmal gesagt? »Es geht ja nicht nur um den physischen Aspekt. Man muß sich sehr vor diesen postnatalen Depressionen hüten.« Während ich in der Küche umhergehe, beobachtet sie mich. »Schön für sie, daß sie eine Schwester hat, die nach ihr sieht. Bei mir kam damals nur Geoffreys Mutter, und das war nicht gerade eine Erholung, das kann ich Ihnen versichern. Wenn man ein bißchen daneben ist, kann man sowieso nur bestimmte Leute um sich ertragen, und sie gehörte mit Sicherheit nicht dazu. Wer ist eigentlich dieser Edward?«

»Oh, er ist ein alter Freund von Isabel. Wahrscheinlich sind Sie ihm schon einmal begegnet, er kommt öfters hierher.«

»Ah, verstehe.«

Über den Kopf ihrer Mutter hinweg fange ich Susans Blick auf, und sie zwinkert mir zu, ein kleines, flüchtiges, subtiles Blinzeln, das ich ihr bis dahin gar nicht zugetraut hätte.

»Ah, da ist ja auch Richard«, sagt Margery, während sie sich wieder umdreht und ihre Beine übereinanderschlägt. »Wieder zurück aus fernen Ländern. Wo warst du denn dieses Mal?«
»In Korea.«
Gelassen läßt er sich auf einen Stuhl neben Margery sinken.
»Willst du auch eine Tasse Kaffee, Richard?« frage ich, während ich eine Tasse mehr vom Haken nehme.
»Ja, gerne.«
»Dieses Flugzeug hat uns gestern bestimmt zehnmal überflogen, wenn nicht öfter. Macht euch der Krach nicht verrückt?« Die Frage kommt von Margery, die gerade Süßstoff in ihren schwarzen Kaffee rührt. »Ich wundere mich, daß es überhaupt oben bleibt, so langsam, wie es fliegt.«
»Ich habe gehört, daß sie dichtmachen wollen«, sagt Susan.
»Was, Damianos Wunderland? Niemals. Das gibt's doch schon, seit du sechs warst. An deinem Geburtstag haben wir dich damals zur Eröffnung mitgenommen, weißt du das nicht mehr?«
»Mich würde mal interessieren«, wirft Richard ein, »ob es Untersuchungen über die Effektivität von Flugzeugwerbung gibt.«
»Hör bloß auf«, entgegnet Margery. »Mittlerweile haben wir da unten schon zwei von diesen sogenannten Universitäten, jetzt kann die eine Hälfte der Menschheit die andere studieren. Ich bin nur dankbar, daß Susan eine vernünftige Ausbildung gewählt hat. Die Welt steht ihr offen, was, Susan?«
»Ja«, antwortet Susan brav.
»Ich würde zu gerne mal Damianos Wunderland besuchen«, sage ich.
»Das könnten wir alle zusammen machen, sobald es Isabel wieder bessergeht. Und dann erzählen wir denen, daß wir nur wegen des Flugzeugs gekommen sind.«

»Es würde Isabel sicherlich guttun, öfter mal rauszukommen«, sagt Margery mit mehr Betonung in der Stimme, als mir lieb ist. »Richard, du *mußt* mal mit ihr reden. Der Kleine ist am Verhungern. Sieh doch, wie er mit seinem kleinen Gaumen an meinem Arm knabbert. Und Susan hat nicht einen einzigen Schluck Milch im Haus, geschweige denn ein Fläschchen.«

»Isabel will auch nicht, daß er ein Fläschchen bekommt«, entgegnet Richard.

»Schön, aber sie muß ja nicht unbedingt erfahren, daß Susan ihm etwas Milch gibt, wenn er doch Hunger hat?« Margerys Augen funkeln. »Man kann es ihr ja später beichten, wenn sie wieder auf dem Damm ist.«

Ich beuge mich hinunter und fasse mit meinen ungeschickten Händen den Kleinen um die Taille. »Jetzt nehme ich ihn mal.« Vorsichtig, aber nicht zu übertrieben hebe ich ihn von Margery weg. Mir ist nämlich aufgefallen, daß Margery ihn mit festem Griff hält und ihm das zu gefallen scheint. Nachdem ich ihn in meiner Armbeuge plaziert habe, gehe ich mit ihm langsam auf und ab. Das Geschrei bleibt aus. Ohne daß er mich richtig wahrzunehmen scheint, starren seine Augen mich an, fallen plötzlich zu und bleiben fest geschlossen. »So«, sage ich, »er ist eingeschlafen. Wahrscheinlich war er müde.«

Als ich den Kopf hebe, bemerke ich, wie Richard meinen Körper taxiert, als vergleiche er ihn mit irgendeinem Muster in seinem Kopf. Flüchtig erwidere ich seinen Blick. Noch immer trage ich die Shorts, die er mir vorhin heruntergezogen hat. Ich versuche, mir nichts anmerken zu lassen, damit Margery mit ihren runden, strahlenden Augen keinen Verdacht schöpft.

»Du solltest ihn jetzt hinlegen, solange er es nicht mitbekommt«, sagt Susan. »Sonst gewöhnt er sich noch daran, daß wir ihn die ganze Zeit herumtragen, und das wollen wir doch nicht, oder?«

»Gott bewahre«, stöhnt Richard. »Das wäre ja furchtbar für ihn, wenn er mal größer ist. Bring ihn rüber, Nina, ich halte dir die Türen auf.«

»Ihr könnt ihn in die Säuglingstragetasche in meinem Zimmer legen«, meint Susan, »dann weckt ihr Isabel nicht auf.«

»In Ordnung.« Richard hält die Küchentür auf, und ich schlüpfe mit dem Kleinen unter seinem Arm hindurch. Just in diesem Moment wird mir klar, daß ich gerade sein Baby trage. Richards Kind. Bis jetzt war es für mich immer nur Isabels Baby. Ich werfe einen Blick nach hinten in seine Richtung, erwische aber nur Margery, die uns alle drei beobachtet, Richard, den Kleinen und mich. Sie weiß nichts. Aber sie läßt einfach ihrem Instinkt freien Lauf und wartet ab, was sich ergibt. Man muß sich vor Leuten wie Margery in acht nehmen.

Bis zur Treppe gehen Richard und ich ganz langsam, als wäre Margery direkt hinter uns.

»Ich komme mit Susans Zimmertür auch alleine zurecht. Du kannst wieder zurückgehen.«

»Du weißt aber bestimmt nicht, wie man das Babyphon einschaltet.«

Er folgt mir die Treppe hoch. Hinter dem Bad liegt Susans Zimmer, das ziemlich verbaut ist, da ein Winkel des Flurs etwa ein Viertel des Raumes schluckt. Darin steht ein schmales Kiefernbett, eine Truhe mit einem Fernseher darauf und ein Tisch mit Stuhl, die beide in Richtung Garten zeigen. Gelegentlich schläft der Kleine hier, damit Isabel ungestört bleibt. Auf dem Boden sehen wir den Tragekorb und etwas Wechselzeug für das Baby auf einem kleinen Karren, über dem ein Mobile mit Tierfiguren schwebt. Im Gegensatz zu dem restlichen Mobiliar des Hauses ist hier die Einrichtung völlig neu und ganz anders. Auf dem Bett sitzt ein Teddy, daneben stapeln sich ein paar Zeitschriften. Ich lege den Kleinen auf die Seite und lockere das Tuch etwas. Ganz in sich zusammengesunken und tief schlummernd, bewegt er sich nicht einmal, als ich ihn hinlege. Danach richte ich mich wieder auf.

»Das war's. Laß uns zurückgehen.« Richard streckt eine Hand aus, aber ich weiche zurück.

»Nicht im Haus.«

»Ich wollte dich ja nur berühren.«

»Ich werde jetzt wieder in die Küche gehen. Sobald Margery weg ist, setze ich mich unter den Kirschbaum hinter dem Komposthaufen. Dort ist ein schönes Plätzchen.«

Sein Gesicht wirkt streng, sorgenvoll und müde. Zuerst wandert sein Blick zu dem Kleinen, dann wieder zu mir. »Willst du auch wirklich?«

»Sicher will ich.«

In der Küche schenken sich Margery und Susan gerade Kaffee nach.

»Er schläft tief und fest.«

»Gut«, meint Susan. »Hoffentlich schläft er bis Mittag durch.«

»Ihre Schwester kann sich über die ungestörte Ruhe freuen«, fügt Margery hinzu, während sie die Kaffeetasse hochhebt, einen Schluck nimmt und mich ansieht. »Ich muß sagen, Nina, Sie sehen blendend aus. Ich kann mich nicht daran erinnern, Sie jemals so gesehen zu haben. Obwohl ich nicht gedacht hätte, daß Sie jemand sind, der Shorts trägt.«

»Bei diesem Wetter ist das genau das Richtige«, erwidere ich, »und hier spielt es ja eh keine Rolle, was man anhat, oder?« Ich bemerke, daß sie ihren Blick nicht von ihrer tadellosen weißen Bluse abwenden kann. Leicht bewegen sich ihre Lippen, als möchte sie mir unbedingt erzählen, wieviel sie gekostet hat und wie mühsam es ist, sie zu bügeln. Aber statt dessen schlägt sie wieder ihre Beine übereinander und meint: »Ich nehme an, daß dies hier für Sie so eine Art Urlaub ist.« Von dem Joint habe ich einen Bärenhunger, und falls Edward es noch nicht gefunden hat, müßte immer noch etwas Mandelgebäck in der Keksdose dort über Margerys Kopf sein. Über sie hinweg greife ich danach und hole die Dose herunter. Sie ist leicht, viel zu leicht. Als ich sie öffne, sehe ich, daß nur noch ein Stück übriggeblieben ist, aus dem dazu noch die glasierte Kirsche herausgepult wurde.

»Ich wollte Ihnen gerade etwas Gebäck anbieten«, sage ich, »aber außer diesem kleinen Stück ist nichts mehr da. O je, es ist auch noch ganz vertrocknet, am besten, ich esse es selber.«

Der Keks schmeckt fabelhaft, künstlich feucht und süß. Nachdem ich ihn hinuntergeschlungen habe, stelle ich die Dose in das Spülbecken.

»So, Zeit zum Arbeiten.«

»Wirst du wieder ein paar Zeichnungen machen, Nina?« fragt Susan.

»Ich würde liebend gerne mal einen Blick darauf werfen«, sagt Margery. »Susan hat mir von Ihren Zeichnungen erzählt. Bisher war ich im Glauben, Sie seien Fotografin, aber es sieht so aus, als stecke auch eine Künstlerin in Ihnen.«

»Ich werde zum Zeichnen in den Garten gehen«, sage ich.

»Stört es dich, wenn man dir dabei zusieht?« fragt Susan, wobei ihr Gesicht noch eine Spur röter wird.

»Ziemlich.« Von einem Bund reiße ich mir eine Banane ab und lächle Margery an.

»Auf Wiedersehen. Wahrscheinlich werde ich bei Ihrem nächsten Besuch schon nicht mehr dasein.«

»Man kann nie wissen«, entgegnet Margery. Ich bin mir sicher, es ist nur eine ihrer üblichen Floskeln, aber es klingt, als habe sie vor, sich nicht mehr von der Stelle zu rühren, unser Treiben zu beobachten und Beweise zu sammeln.

Richard sitzt bereits unter dem Kirschbaum. »Nina –«

»Du kannst dir die Worte sparen«, sage ich.

In seinen Augen flackert der Wunsch nach reden auf und erlischt dann wieder. Verglichen mit der Bank stellt der Kirschbaum mit dem Geruch von gärendem Kompost, dem Schatten und dem weichen Boden die wesentlich bessere Alternative dar.

»Aber ich muß zuerst noch pinkeln«, sage ich.

»Du kannst dich hinter den Baum hocken. Ich werde wegsehen.«

»Oder gleich hier.«

»Das bringst du fertig? Also ich wär viel zu verkrampft in deiner Gegenwart.«

Er sieht mir zu, und seine Hände verharren über dem Gürtel, den er gerade aufschnallen wollte. Ein Gedanke durchzuckt ihn. »Mensch, Nina. Du solltest wirklich aufpassen.«

»Ich habe dir doch bereits gesagt, daß ich aufpasse.«

»Nein, ich will damit sagen, daß ein paar Typen auf die Idee kommen könnten, sie könnten alles mit dir machen.«

»Denkst du das auch?«

»Ich weiß nicht, was ich denken soll.«

»Und ich weiß nicht, was du mit ›alles‹ meinst.«

»Soll ich es dir zeigen?«

»Ja, zeig es mir.«

Unter dem Kirschbaum, wo das frischgemähte Gras hingekippt worden ist, ist die Erde ganz weich und warm. Ich liege mit dem Gesicht nach unten, wie ein Schwimmer, der beim angestrengten Kraulen gegen die Meeresströmung von einzelnen Kieseln blaue Flecken abbekommen hat. Als ich mich auf den Rücken rolle, kann ich hier und da den Himmel durch die breitgerippten Kirschbaumblätter sehen. Schwarz stechen die Blätter von dem weißen Hintergrund ab. Kurz vor zwölf, die Stunde, wenn die Geister verschwinden, und in diesem heißen Sommer verstehe ich auch, warum. Jedesmal, wenn ich mittags den Pfad entlangschlendere, kommt es mir so vor, als schrumpfe ich zusammen, so ohne Schatten und den Kopf vor der Sonne eingezogen. Das ist der Moment, in dem ein Geist merkt, daß er überhaupt ein Geist ist, da er auf dem Boden unter sich keine Spuren hinterläßt.

Richards Augen sind geschlossen. Mit ausgestreckten Armen liegt er entspannt da, die Handflächen zeigen nach oben. Beim Atmen hebt und senkt sich seine Brust gleichmäßig, aber er hat den Mund geschlossen, und ich glaube nicht, daß er schläft. Er sieht zufrieden aus, befriedigt. Ich genieße sein Schweigen.

Ich lasse Colins Beerdigung Revue passieren. Sein Sarg war so winzig, daß mein Vater ihn durch den Mittelgang der kleinen, weißen Kapelle trug, als wäre es ein Baby. Zuvor hatte meine Mutter mir erzählt, daß es nicht wirklich Colin sei, der da in der Kiste läge, sondern nur sein Körper, den er nun nicht mehr bräuchte. Obwohl ich nickte, verstand ich kein Wort. Nachdem ich an jenem Abend, dem Abend vor der Beerdigung, ein Bad genommen hatte, kuschelte ich mich hinter der Badezimmertür in mein Handtuch, schnupperte meinen eigenen Geruch und die Wärme meiner Arme und Beine. Auf der Toilette neben der Wanne saß Isabel und quälte sich ab. Ich sah, wie ihr Gesicht ganz rot anlief und dann wieder blaß wurde. Ich versuchte, mir Isabel und mich ohne Körper vorzustellen – es gelang mir nicht.

Wo die Kirche war, weiß ich nicht, jedenfalls nicht in St. Ives. Zwar waren eine Menge Leute gekommen, aber keine anderen Kinder, und als mein Vater mit dem Sarg zum Portal schritt, konnte man ein leises Raunen hören, wie das Rascheln von Blättern, und die Leute drehten ihre Köpfe zu ihm hin und wandten sie schnell wieder ab. Auch meine Mutter war da; mit gesenktem Kopf stand sie neben ihm in einem Kleid, das ich noch nie zuvor gesehen hatte. Für mich war das von Bedeutung, weil ich alle ihre Kleider vom Anfassen und vom Geruch her kannte. Am liebsten mochte ich das grüne aus Samt mit der Rose aus demselben Stoff an der Hüfte, aber sie trug es nur bei besonderen Anlässen. Hätte sie es nur damals statt dieses schwarzen Knitterfummels angezogen, der noch nach Laden roch. Nachdem wir alle wieder zurück waren, hob man mich zwischen die anderen Leute auf einen Stuhl, vermutlich alles enge Freunde, aber ich habe keinen blassen Schimmer, wer sie waren.

Zwar war ich da, Isabel jedoch fehlte; aus meiner Kindheit ist dies die einzige wichtige Erinnerung, in der sie nicht vorkommt. Sie lag im Bett. Noch Wochen nach Colins Tod litt sie an furchtbaren Magenschmerzen, die manchmal so schlimm waren, daß sie keine Luft mehr bekam. Zu jener Zeit brachte ihr meine Mutter immer kleine Mahlzeiten auf einem Tablett hoch. Einmal bekam sie zwei zarte Lammschnitzel mit etwas Minzsoße als Beilage. Solch ein Essen war teuer und eigentlich eher für Erwachsene, trotzdem rührte sie es nicht an. Hinterher sah ich das Tablett auf dem Küchentisch stehen, und die Koteletts klebten in ihren eigenen, weißen Fettaugen auf dem Teller. Damals hat es meiner Meinung nach begonnen, daß Isabel nicht mehr gemeinsam mit uns aß.

Inzwischen ist Richard doch eingeschlafen. Mit dem Kinn auf der Brust sieht er älter aus. Wir hatten vorhin ein paar

Worte gewechselt, nur kurz. Als er mich nach meinem Alter fragte, mußte ich seinem Gedächtnis auf die Sprünge helfen, da er lediglich noch wußte, daß ich jünger bin als Isabel. Ich gab zur Antwort, ich sei neunundzwanzig.
»Und ich bin sechsundvierzig«, entgegnete er. »Genau das Alter, wo man sich mit Zahnseide und Zahnfleischbluten herumschlägt.« Als er lachte, sah ich die dunklen Füllungen seiner Backenzähne.
Von dem Baum löst sich ein Blatt, wirbelt langsam herunter und landet auf ihm. Vielleicht fällt ja noch eins. Nachdem die Hitze das Gras und die Büsche bereits zum Welken gebracht hat, greift sie nun die Bäume an. Aber es sieht nur so aus, als würden die Bäume sterben, in Wirklichkeit ist es eine Überlebenstaktik: Sie werfen nämlich ihre Blätter ab, um den Saft direkt wieder in ihr Inneres aufzunehmen. Es kommt mir vor, als hätten wir Frühherbst, allerdings ein seltsamer Herbst, in dem die Sonne auf die braunen, vertrockneten Blätter am Boden brennt.
Ganz leise stehe ich auf. Auch hier vermisse ich meinen Schatten, weil wir uns bereits im Schatten befinden, und so kann auch nichts über sein Gesicht huschen, das ihn aufweckt. Ich suche meine Kleider zusammen und schüttle sie aus, um sie schließlich anzuziehen. Mit all den heruntergefallenen Blättern auf seiner Brust bekommt man den Eindruck, als läge Richard dort schon eine Ewigkeit. Es wird sich keiner etwas dabei denken, wenn er ihn zufällig hier so auf der Erde liegen sieht, nackt und allein. Bei einer solchen Hitze kommen die Leute auf die verrücktesten Ideen.

Kapitel 14

»Mir geht's wunderbar.« Isabel ist auf. Angezogen sitzt sie auf ihrem Bett und schnallt ihre Sandalen zu. Sie trägt ein pastellgrünes Kleid, ihre Haare hat sie nach oben geschlungen und mit einem Kämmchen festgesteckt. Sie macht einen ausgeglichenen und glücklichen Eindruck.

»Ich habe die ganze Nacht durchgeschlafen, und nachdem ich früh aufgewacht bin, habe ich mit Edward Piquet gespielt, und hinterher hab ich mich nochmals für mindestens zwei Stunden hingelegt. Ich fühle mich wie neugeboren.«

»Der Kleine schläft in Susans Zimmer.«

»Ich dachte, ich könnte nach dem Mittagessen mal mit ihm rausgehen.« Isabel hebt den Kopf und sieht mich mit ihrem ruhigen, klaren Blick an. Sie hat die blauen Augen einer Blondine, doch zu ihrer goldbraunen Haut scheinen sie nicht so recht zu passen, es sieht seltsam aus – als sei die helle Farbe Teil eines Betrugs.

»Aber du hast doch keinen Kinderwagen.«

»Ich hänge ihn mir in dem Tragetuch um, wie Susan es immer macht. Edward wird mich begleiten.«

»Wohin wollt ihr denn gehen?«

»Nicht so weit. Nur ein bißchen durch den Garten, vielleicht auch ein Stück zur Straße runter.« Ihre Augen weiten sich. Sie ist die Ruhe selbst, nichts in ihrem Gesicht deutet darauf hin, daß sie Angst hat, außer man kennt sie. Jetzt, wo es ihr bessergeht, will sie ausprobieren, was sie sich zumuten kann. Wie an jenem Morgen, als sie mit durchnäßten Schuhen zurückkam. Hoffentlich weiß Edward, was sie da tun.

»Bist du sicher, daß du schon soweit bist?« Die Frage klingt beiläufig, als ginge es mir einzig und allein um die Operation, die sie hatte.

»Ich soll mich ja bewegen. Ich habe mal nachgedacht, und du wirst es nicht glauben, Nin, aber mir ist plötzlich klargeworden, daß ich seit seiner Geburt kein einziges Mal mehr draußen war, und du weißt, was mir der Garten bedeutet.«

Isabel hat großes schauspielerisches Talent. Meisterhaft mimt sie jemanden, der verwundert feststellt, daß er schon seit Tagen ans Haus gefesselt ist.

»Immerhin hast du eine größere Operation hinter dir«, sage ich. »Da hat doch jeder Verständnis dafür.«

Dankbar sieht sie mich an. »Ich weiß. Ich vergesse das immer. Ständig meine ich, ich müßte endlich etwas tun.«

»Du solltest dich nicht selbst unter Druck setzen.« Natürlich wünsche ich mir, daß Isabel gesund und glücklich ist und frei entscheiden kann, wohin sie geht. Aber gleichzeitig möchte ich sie dem Garten fernhalten, den ich mehr und mehr als mein Terrain betrachte.

»Ich muß aber«, sagt sie leise. Ihre Hände sind auf der Bettkante aufgestützt, damit sie leichter aufstehen kann. Aus Angst, daß die Schmerzen erneut einsetzen, bewegt sie sich immer noch sehr vorsichtig.

»Übrigens der Kleine«, werfe ich plötzlich ein, »es ist mir erst jetzt aufgefallen. Ich hatte schon die ganze Zeit über so ein Gefühl, als erinnere er mich an jemanden.«

»An wen denn?«

»Er ähnelt Colin.«

»Colin?« Isabels Gesicht erstarrt, und so, mit offenem Mund, sieht sie alles andere als schön aus. Einen Augenblick lang kriecht in mir die furchtbare Angst hoch, sie könnte fragen: *Welcher Colin?*. Sie befeuchtet die Lippen. »Colin. Findest du wirklich?«

»Es hat mich nicht mehr losgelassen, seit ich ihn das erste Mal gesehen habe. Zuerst habe ich gedacht, daß er nach Dad schlägt, was auch der Fall ist, aber schließlich kam auch Colin auf Dad. Das hat damals jeder gesagt.«

»Ich weiß gar nicht mehr, wie Colin ausgesehen hat«, meint Isabel.

»Das kann nicht sein. Immerhin warst du älter als ich, und ich kann mich auch noch an ihn erinnern.«

»Nein. Ich nicht, konnte ich noch nie. Wenn ich versuche, mir mit geschlossenen Augen sein Gesicht vorzustellen, sehe ich bloß so etwas wie eine« – sie zögert und schließt die Augen – »runde Scheibe.«

»Aber ich kann mich noch ganz gut an ihn erinnern.« Trotzdem runzle ich die Stirn und bin mir auf einmal selbst nicht mehr sicher. »Zumindest bilde ich mir das ein. Er war ein ganz schöner Brocken und hatte helle Haare. Aber vielleicht kam er mir auch nur deshalb so groß vor, weil ich selber noch klein war. Er hatte einen Eierkopf.«

»Laß uns das Thema beenden, Nin.«

»Entschuldigung, Isabel, es war nicht so –«

»Du vergißt«, fällt sie mir zornig ins Wort, »daß ich jetzt selbst ein Kind habe. Denkst du vielleicht, ich hätte keine Angst vor dem plötzlichen Kindstod? Ich hätte so oder so Angst, aber nach dem, was mit Colin passiert ist, erst recht. Meinst du, ich mache mir keine Gedanken darüber, daß so etwas auch ihm zustoßen könnte. Ich bringe ihn keinen Abend zu Bett, ohne daran denken zu müssen.«

»Es war nicht so gemeint.« In mir kommt plötzlich ein Gefühl hoch, wie etwas, das zum Leben erweckt wurde, aber ich weiß nicht, ob ich es Isabel verständlich machen kann.

»Das ist doch kein Grund, sich aufzuregen. Er wird nicht dasselbe Schicksal wie Colin erleiden, da bin ich mir ganz sicher. Es ist einfach nur die Vorstellung, daß Colin nicht wirklich tot ist, jedenfalls nicht ganz. Du weißt, wie es damals war, er war einfach nur verschwunden. Und sicherlich kannst du dich noch erinnern, wie wir danach in seinem Zimmer waren und das Bettchen weg war und alles andere auch. Und daß Mama nie wieder richtig glücklich war, es schien alles so sinnlos.« Erst jetzt, nachdem ich es ausgesprochen habe, gestehe ich mir selbst ein, daß meine Mutter tatsächlich nie über Colins Tod hinweggekommen ist. Zwar arbeitete sie weiter, kümmerte sich um uns, lachte auch wieder, traf sich mit Freunden, aber ihre Fröhlichkeit war dahin. Ich wollte es einfach nie wahrhaben. Häufiger als je zuvor saß ich auf ihrem Schoß und spielte an ihrer langen Bernsteinkette herum, wärmte die Steine in meiner Hand und summte ein Lied vor mich hin, wie kleine Mädchen es tun, wenn sie glücklich sind.

»Es war tatsächlich sinnlos«, stimmt Isabel zu. »Darum verstehe ich nicht, warum du darüber reden mußt.«

Ihre Bestimmtheit zertrampelt dieses komische Gefühl in mir, das ich nicht in Worte fassen kann. Vielleicht habe ich ja auch nur eine runde Scheibe in Erinnerung. Aber das glaube ich nicht. Normalerweise bin ich nicht der Typ, der schnell etwas vergißt, wenn er es sich einmal richtig angeschaut hat. Vor meinem geistigen Auge sehe ich in einem Kinderbett das Gesicht eines Babys, das zur Seite gedreht ist.

Auf Zehenspitzen schlich ich mich immer allein hinein und hatte dabei ein schlechtes Gewissen, weil Isabel nie mit dem Kleinen spielte und ich doch immer so wie sie sein wollte. Aber andererseits wollte ich ihn auch sehen. Er war wach, weinte aber nicht, sondern schaute durch die Gitterstäbe

auf irgendeinen Lichtreflex, der auf der gegenüberliegenden Wand auf- und abtanzte. In unserer Kindheit gab es so viel Helligkeit, die vom Meer kam, daß mir sogar an bewölkten Tagen davon die Augen brannten. Als er mich hereinkommen hörte, bewegte der Kleine den Kopf und strahlte dann zahnlos über beide Backen. Durch die Gitterstäbe hindurch beobachtete ich ihn. Wie Unkraut in der Steinwüste schlingerten seine Arme und Beine hin und her. Den Kopf konnte er zwar drehen, nicht jedoch den Körper. Rings um das Bett hing ein besonderer Geruch in der Luft, ein Babygeruch. Er griff nach einer Garnspule, die meine Mutter quer über der Wiege angebracht hatte, verfehlte sie aber völlig. Mit beiden Beinen strampelte er in der Luft, drehte mir seinen Kopf zu und lächelte wieder. Unter seinem Kopf lag immer eine Baumwollwindel, die meine Mutter sonst über ihre Schulter drapierte. Seine Haare waren verschwitzt und wie Federn. Ich stand eine ganze Weile da, bevor ich das Zimmer wieder verließ.
Ohne zu klopfen, öffnet Edward die Tür. »Isabel, er ist aufgewacht. Susan zieht ihn gerade an, und sobald du ihn gestillt hast, können wir losgehen.« Von seiner Hand baumelt das Tragetuch herunter.
»In Ordnung, ich muß nur noch –« Isabel unterbricht sich und stürzt aus dem Zimmer.
»Sie sieht schlecht aus«, meint Edward, der ihr hinterherstarrt. »Was war los? Als sie aufgewacht ist, ging es ihr so gut.« Er läßt das Tragetuch auf das Bett fallen, ein großes Knäuel mit typischen Kindermotiven. Als er sich mir zuwendet, ist die Feindseligkeit in seiner Stimme kaum zu überhören. »Was hast du ihr wieder erzählt?«
»Gar nichts.«
»Du glaubst wohl, daß ich überhaupt nichts mitbekomme, was, Nina?«

»Du scheinst in der Tat hauptsächlich mit dir selbst beschäftigt zu sein.«
»Nicht, wenn es um Isabel geht.«
»Herrgott, Edward, was soll der ganze Zinnober um Isabel? Man könnte glatt meinen, du wärst in sie verknallt. Wenn man es nicht besser wüßte.«
»Zufällig liebe ich Isabel tatsächlich. Und weißt du, was ich interessant finde, Nina? Obwohl du dich doch für so liberal und aufgeschlossen hältst, bin ich für dich immer nur ›Isabels schwuler Freund‹. Weiter reicht dein Horizont anscheinend nicht.«
»Das hat mit meinem Horizont nichts zu tun. Es ist eher so, daß es mich nicht die Bohne interessiert.«
»Und Isabel interessiert dich auch nicht die Bohne, wie? Für mich bist du das Letzte, Nina, aber solange sie nicht selbst dahinter kommt, werde ich meine Gedanken für mich behalten.«
Mit Menschen, die mich nicht leiden können, kann ich schlecht umgehen. Zwar wünscht sich ein kleiner Teil von mir, diesen Zustand zu ändern, obwohl ich weiß, daß das garantiert nicht funktioniert, aber andererseits stößt Antipathie mir gegenüber auch nicht gerade auf Gegenliebe. Zudem war es mir immer besonders unerträglich, wenn jemand Isabel Zuneigung entgegenbringt und mir gleichzeitig die kalte Schulter zeigt. Aber jetzt gehe ich dagegen an. Auch ich kann hart und unerbittlich sein.
»Tu das«, sage ich kühl. »Isabel und ich sind Schwestern. Was weißt du denn schon über unsere gemeinsame Vergangenheit, und selbst wenn, würdest du es eh nicht verstehen.«
»Hoffentlich ist das alles, was ihr gemeinsam habt«, entgegnet Edward.
Seine Worte sind so schneidend, daß sie mich überall verletzen.

Von Isabels Fenster aus beobachte ich, wie die beiden auf den kleinen Wegen entlangspazieren. Da das Gewicht des Babys ihr unangenehm war, trägt Edward jetzt die Schlinge. Aus der Distanz wirken sie ganz klein und glücklich, während sie über den Rasen schlendern, sich hinunterbeugen und Dinge begutachten, die ich von hier aus nicht erkennen kann, ab und zu zwischen den Sträuchern verschwinden und dann wieder auftauchen. Einmal höre ich Isabel lachen. Jenseits der Mauer erstrecken sich die ausgebleichten Weiden; quer durch eine hindurch verläuft eine grüne Grasnarbe, weil darunter vermutlich eine Wasserader liegt. Ich stelle mich hinter dem Fenster in einen Winkel, von dem aus ich alles verfolgen kann, ohne selbst gesehen zu werden, und tatsächlich kommen gerade Isabel und Edward zwischen den Bäumen hervor und wandern in Richtung Haus. Edward bleibt stehen, um den Tragegurt zurechtzurücken, aber er schneidet nur noch tiefer in die Schultern. Während er in die Knie geht, damit sie besser herankommt, stellt Isabel sich hinter ihn und fummelt an dem Verstellriemen herum. Nachdem sie ihn richtig eingestellt hat, drehen mir beide den Rücken zu und lassen ihren Blick über den Garten schweifen, wobei sie die Hand vor Augen halten, um sie vor der grellen Mittagssonne zu schützen. Auf Isabels blaßgrünem Kleid zeichnet sich, hinten zwischen ihren Schulterblättern, ein dunkler Schweißfleck ab.

Kapitel 15

Die ganze Zeit über war das Meer da. Wenn ich nachts aufwachte, lauschte ich den Wellen, bis sie mich wieder in den Schlaf wiegten. Als wir größer waren, schliefen Isabel und ich auf dem Dachboden, der die gesamte Länge unseres schmalen, terrassenförmig angelegten Hauses einnahm, und unsere Betten standen jeweils unter einem Mansardenfenster. Von da aus konnte man über die gesamte Porthmeor Beach blicken, bis hin zu der Insel, und auch die schimmernde Wasserspur von den Fischerbooten war zu sehen, die westlich vom Hafen herumschipperten. In Winternächten toste der Sturm immer genau gegen die Wand, an der ich lag, und unser Haus erzitterte vom Wind. Wenn der Sturm tagsüber aufzog, gingen Isabel und ich in unseren gelben Regenmänteln und -hüten nach draußen, um zu sehen, wie das Meer kochte und die Wellen in einer Gischtfontäne an den unteren Klippen zersprangen.

Überall kroch das Meer hinein. Wir besaßen unsere Ledersandalen für die Schule noch keine Woche, als das Salz sie bereits weiß gefärbt hatte. Später faulten sie dann an den Nähten, lange bevor wir aus ihnen herausgewachsen waren. Drinnen war der Teppichboden voll Sand, draußen der Rasen ebenso. Jahr für Jahr klatschte meine Mutter Farbe auf jeden einzelnen Fensterrahmen, an den sie herankam, damit das Meerwasser sich nicht durch das Holz fraß. Doch Salz und Wind rieben die Farbe wieder ab und bedeckten die Fenster mit Gischt. Unsere Haare klebten zusammen und waren so verknotet, daß man gar nicht mehr mit dem Kamm durchkam. Jeden Sommer hatte ich einen weißen Streifen auf der Stirn. Im Winter hüllte uns eine dichte, weiße Nebelwand wie ein Spinnennetz ein, und aus der Ferne erklang ein Nebelhorn; wenn sich die Schleier danach wieder langsam lichteten, tauchten nach und nach dunkle Felshügel aus der Stille auf. Bei dicken Dunstschwaden hielt ich immer den Mund geschlossen, aus Angst, daß sie mir in den Hals kriechen und mich ersticken könnten. Isabel hingegen hüpfte immer voraus, gerade so weit, daß sie außer Sicht war, und forderte den Nebel heraus, sie zu verschlucken. Für Isabel hatte mein Vater einen Reim gemacht:

Isabel, Isabel traf 'nen Wal;
Isabel, Isabel war's egal

Ich war im Glauben, daß er ihn sich eigens für sie ausgedacht hatte, aber zu meiner Überraschung entdeckte ich ihn Jahre später in einem Buch mit einem anderen Verfassernamen darunter.
Er war selten zu Hause. Er war ein Dichter, aber nicht der Dichter seiner Vorstellungen. Nebenbei war er auch ein guter Kritiker, vor allem was seine eigene Arbeit betraf. Heute kann man seine gesammelten Werke in Antiquariaten zu einem günstigen Preis erstehen. Irgendwie ist es schrecklich, wie Büchertitel in Vergessenheit geraten. Obwohl er uns selten sah, schrieb er Gedichte über uns. Meistens mußte er sich in London aufhalten, um seine Rezensionen und Kritiken zu verfassen. St. Ives war der Ort meiner Mutter, und durch seine häufige Abwesenheit blieb ihm die Erkenntnis erspart, daß sie mit ihrer Töpferei weitaus erfolgreicher war als er mit seiner Dichtkunst. Obwohl

ich nicht glaube, daß er zu der Sorte Männer gehörte, die vor Tatsachen gerne die Augen verschließen.
Er war ein schöner Mann, unser Vater, und fünf Jahre jünger als meine Mutter. Er hatte helles Haar, hatte die gleichen Augen wie Isabel und die gleiche goldene Haut, die damals schon leicht verwittert war. Meine Mutter konnte sich glücklich schätzen, so einen Mann bekommen zu haben. Er zog die Menschen magisch an, weil er Witz hatte, weil er allen das Gefühl gab, etwas Neues und Wunderbares zu sein, das er gerade erst entdeckt hatte, vor allem aber vielleicht auch deshalb, weil er auf eine unerklärliche Weise verloren und traurig wirkte. Es schien, als wäre er auf andere angewiesen.
Meine Mutter hingegen kam offenbar ganz gut allein zurecht. Lediglich nach Colins Tod hörte ich sie einmal hinter der geschlossenen Tür verzweifelt schluchzen, und mir war so, als riefe sie meinen Namen. Vorsichtig schob ich die Tür auf. Drinnen war es dunkel, weil die Vorhänge zugezogen waren, aber dennoch konnte ich sie sehen. Sie lag da und hatte das Gesicht in einem Kissen vergraben. Ihr Kopf schlug hin und her. Mein Vater saß rauchend auf dem Bett und bemerkte mich, weil ein schmaler Lichtstreifen durch die Tür fiel. Meine Mutter bekam überhaupt nichts mit. Er hob einfach nur den Kopf und schüttelte ihn leise, und so ging ich wieder hinaus.
Kurze Zeit später verließ sie uns für eine Weile. Ohne fremde Hilfe kümmerte sich mein Vater um uns, soviel ich weiß, das einzige Mal, daß er dies tat. Wir genossen jede einzelne Minute mit ihm. Es schien, als wäre das Haus um eine Last ärmer, und obwohl Isabel immer noch unter Bauchschmerzen litt und kaum aß, kam sie uns dennoch weitaus gelöster vor, seit unsere Mutter weg war. Nicht im Traum dachte mein Vater daran, sich an den Herd zu stellen.

Morgens aßen wir Cornflakes, mittags gab er uns Geld für Fish and Chips, und abends führte er uns aus. Damals schien alles ganz gut zu laufen. Offenbar reichte das Geld, um auszugehen und vernünftig einzukaufen. Manchmal begnügten wir uns auch mit dem, was wir unbedingt brauchten. Das holten Isabel und ich dann jeden Tag im Laden an der Ecke.

Ins Restaurant gingen wir immer spät, weil mein Vater es haßte, früh zu Abend zu essen. Dort bestellten wir dann Steak mit Pommes frites oder Spaghetti. Sogar Isabel aß. Aus den Augenwinkeln heraus beobachtete ich sie, als die Kellnerin ihr am ersten Abend den Teller mit der dampfenden Soße und dem Spaghettiknäuel servierte. Aber sie aß tatsächlich und wickelte wie ein Profi die Nudeln mit der Gabel auf, was mir nie gelang. Fasziniert von Isabels Geschick, vergaß ich mein eigenes Essen.

Am folgenden Abend beugte sich die Kellnerin über mich und flüsterte uns zu: »Ich hab was ganz Besonderes für euch.« Hinter ihrem Rücken zog sie zwei Teller hervor. Auf beiden stand jeweils ein braun glänzender Schokoladenbär. Von außen war die Glasur leicht beschlagen.

»Sie sind mit Eiskrem gefüllt«, erklärte die Kellnerin und schaute uns lächelnd an. Ich nahm meinen Löffel in die Hand, aber es sah zu schön aus, um gegessen zu werden.

»Na los. Sonst schmilzt er bloß.«

Wie bei einem hartgekochten Ei schlug ich vorsichtig auf die Schokoglasur. Sofort zogen sich winzige Risse durch die Schokolade, unter der die weiße Eiskrem zum Vorschein kam. Ich schaute zu Isabel hinüber, um zu sehen, was sie damit machte, aber sie hatte ihren Bären nicht angerührt. Schon immer besaß Isabel eine Engelsgeduld. Damit hatte es dieses Mal jedoch nichts zu tun. Mit versteinerter Miene saß sie da, die Hände im Schoß.

»Magst du das nicht?« fragte die Kellnerin Isabel. Ihre Enttäuschung war kaum zu überhören.
»Ich hätte lieber etwas Obstsalat«, erwiderte Isabel mit dünner Stimme. Wortlos nahm die Serviererin den Teller mit dem Schokoladenbär und rauschte davon. Ich dagegen bohrte den Löffel tief hinein und fing hastig an zu essen, ohne ihn richtig zu genießen, in der Hoffnung, ihn bei der Rückkehr der Kellnerin verdrückt zu haben.
Isabels Obstsalat sah sauer aus. Unser Vater schenkte der Kellnerin sein berühmtes großes, sanftes Lächeln. »Das ist sehr lieb von Ihnen«, meinte er, »aber ich glaube nicht, daß sie im Moment etwas hinunterbringt. Sie ist immer noch ziemlich verstört.«
Augenblicklich schmolz die Kellnerin dahin und nickte verständnisvoll, während sie Isabel mit neuen Augen betrachtete. »Aber sicher, die Jüngere ist wahrscheinlich noch zu klein, um alles zu verstehen«, entgegnete sie. Mit brennendem Gesicht aß ich weiter, wobei der Schokobär auf dem Teller hin- und herrutschte, während ich ihn mit dem Löffel verfolgte.
Nachdem die Kellnerin wieder gegangen war, summte mein Vater leise vor sich hin:

Isabel, Isabel traf 'nen Wal;
Isabel, Isabel war's egal

Ich liebte die Lachfältchen in seinem Gesicht, die sich auch dann zeigten, wenn er versuchte, das Lachen zu unterdrücken. Irgendwie schien er uns die meiste Zeit lustig zu finden, selbst wenn wir nicht einmal so taten als ob. Kurz nach diesem Vorfall erzählte er mir, daß er einen Pudding-Club gründen wolle, dem ich beitreten könne, wenn ich Lust dazu hätte. Als einzige Bedingung, um Mitglied zu werden, mußte man mindestens vier neue Puddingrezepte pro Jahr erfinden. Mir war schleierhaft, wie ich mir irgendwelche Puddingrezepte ausdenken sollte, zumal mir kein eigenes Geld zur Verfügung stand, aber er tröstete mich damit, daß er mich eines Tages in ein Lokal in London mitnähme, wo sie ausschließlich Pudding machten. Und wenn ich größer wäre und lesen könnte, würde er mir ein Puddingkochbuch schenken, so daß ich lernen könnte, wie man ihn zubereitet.

»Du solltest dich in diesem Fall nicht auf deine Mutter und Isabel verlassen. Sie sind beide eher der Obstsalat-Typ.«

Natürlich hatte mein Vater in London eine Geliebte, und sie war gewiß nicht der Obstsalat-Typ. Jahre später traf ich sie einmal; sie hieß Amy Ludgate. Nach dem Tod meiner Mutter heiratete er sie. Ein Jahr darauf starb er dann ebenfalls. Meine Mutter, die zwei Jahre an Brustkrebs litt, hatte mit dem Tod gerechnet, nicht jedoch mein Vater. Von einer Sekunde auf die nächste fiel er auf dem Heimweg von irgendeiner Buchpremiere tot um. Er starb an einem Aneurysma, und niemand hatte gewußt, daß er dafür anfällig war. Ein Testament hatte er uns nicht hinterlassen, geschweige denn Geld, aber Amy bot uns seine Manuskripte an. Sie war davon überzeugt, daß sie eines Tages viel wert wären. Außerdem waren wir seine Töchter, und sie war der Meinung, daß wir einen Anspruch darauf hätten, unabhängig davon, was der Gesetzgeber sagte. Sie war eine großzügige Frau, diese Amy. Mühelos konnte sie auf Dinge verzichten, an denen ihr Herz hing. Im Gegensatz zu meinem Vater, der dazu selbst nicht in der Lage war, kämpfte sie ständig für seine Popularität. Dennoch war uns klar, daß niemand außer ihr die Werke meines Vaters jemals derart schätzen würde, und so beschlossen wir, ihr die Manuskripte zu überlassen. Vor gar nicht langer Zeit erhielt ich einen Brief von ihr, in dem sie mir mitteilte, daß sie in ihrem Vermächtnis eine Universitätsbibliothek ihrer Wahl benannt hatte, um dieser seine Aufzeichnungen zu vermachen. Ich hoffe nur, daß sie sie auch annehmen.

Schon vor Colins Geburt war er mit Amy zusammen gewesen. Colin war ein Unfall, nicht der Versuch einer Versöhnung. Später fand ich dann heraus, daß meine Eltern bereits zwei Jahre vor seiner Geburt nicht mehr miteinander schliefen. Aber mein Vater war ein paar Tage aus London hergekommen, und nachdem wir ins Bett gegangen waren, saßen die beiden noch lange Zeit über einem gemütlichen Abendessen zusammen und tranken dazu einen schweren Rotwein, den mein Vater aus Frankreich mitgebracht hatte. Und schließlich stolperten sie gemeinsam ins Bett, und Colin war das Resultat. Nein, stolpern ist das falsche Wort. Meine Mutter meinte, sie wären nicht so betrunken gewesen. Sie waren immer noch bei klarem Verstand. Für sie war es von Bedeutung, in solchen Dingen ganz genau zu sein und in uns keine falschen Vorstellungen zu wecken über das, was zwischen den beiden vorgefallen war. Wahrscheinlich war es erfreulich gewesen, wenn auch mit einem schalen Nachgeschmack. Colin kam zur Welt und starb wenig später, und sein Tod brachte sie für kurze Zeit einander näher als sein kurzes Leben es je vermocht hätte.

Für Colins Beerdigung hatte mein Vater ein Gedicht geschrieben. Ich verstand kein einziges Wort und begriff auch nicht, warum er plötzlich aufstand, nach vorne ging und es vorlas, wo ich doch wußte, daß hier keine Dichterlesung stattfand. Eine Merkwürdigkeit folgte der nächsten, so wie man seltsame Fische vom Haken zieht und sie wieder ins Wasser zurückwirft.

Auch jetzt noch kann ich den Geschmack des Schokoladenbärs auf der Zunge spüren. Kühl, süß, zart, mit der zersplitternden Glasur, die die weiche Masse freigibt. Tatsächlich kann ich ihn jetzt besser schmecken als damals, als ich mich so beeilte, um der Kellnerin eine Freude zu bereiten. Ich sehe uns alle dort sitzen: Isabel, die in einem Stück Grapefruit aus der Dose herumstochert, während ihr Gesicht von den nach vorne hängenden, langen Haaren verdunkelt wird; mein Vater, der raucht und über unsere Köpfe hinweg mit der Kellnerin plaudert; und ich, wie ich an dem Stuhlbein herumkicke und darauf warte, daß mich jemand für meinen sauber leergegessenen Teller anerkennend lobt.

Wenn beide Eltern tot sind, bröckeln große Stücke der Vergangenheit wie unterspülte Felsklippen ab. Ich möchte die Vergangenheit wieder auferstehen lassen. Und zwar sofort, um Antworten auf Fragen zu bekommen, deren Dringlichkeit mir zuvor nie bewußt war. Aber nichts geschieht. Nur Stille und das Leuchten des Meeres, wo einst einmal Land war. Mir bleiben Isabels Erzählungen. Sie hat ihre eigene Version der Vergangenheit kreiert, die ich bisher ohne weiteres akzeptiert habe. Ihre Überzeugungskraft ist so enorm, daß man ihr alles bedenkenlos als wahr abkauft. Auch Edward ist überzeugt. Dort drüben schlendern sie nebeneinander her, sogar noch langsamer als vorhin, als drücke die Hitze sie mit aller Gewalt nieder. Nein. Das ist es nicht. Irgend etwas ist nicht in Ordnung. Sie geht irgendwie seltsam. Während ich mich vorbeuge und das Fenster aufstoße, greift Edward schon nach Isabels Arm, die jedoch wegkippt, wie in Zeitlupe, wobei ihr Körper in sich zusammensinkt und auf den Rasen schlägt. Edward kniet sich neben sie. Der Kleine ist im Weg, und der Tragegurt behindert ihn. Er kommt nicht an sie heran, kann sie nicht hochheben und umdrehen. Hilfesuchend schaut er sich um und bemerkt mich am Fenster.

Kapitel 16

Isabel hätte unter keinen Umständen nach draußen gehen dürfen. Seit zweihundert Jahren hatten wir nicht mehr so eine brütende Mittagshitze. Überall wimmelt es von Marienkäfern, und lehmige Taupfützen trocknen von der Hitze vollkommen aus und werden rissig. Gelbbraun schimmern die Downs, wie die Flanken eines Löwen. Um die Mittagszeit haben die Leere des Himmels und das Pochen der Hitze etwas Furchterregendes. Aber dann kommt der Abend, und das Licht verflüssigt sich zu einem Gelb, während Isabel immer noch abwesend ist, von der Sonne erschlagen.

Inzwischen ist es Abend. Bereits neun vorbei, wird es allmählich dunkel. Ich bin im Garten. Eine Gießkanne nach der anderen schütte ich unter Isabels Apfelbäumen aus, weil der Schlauch ja verboten ist. Meine Gedanken kreisen um Isabel und um Übelkeit. Davon hatten wir den ganzen Nachmittag genug, der Arzt war da, die Hebamme schaute nach ihr, und die Pflegerin gab ihr Tips für das Füttern. Mittlerweile will sie den Kleinen nicht mehr stillen. Angeblich tue es ihr nicht gut. Aber die Pflegerin ist der Ansicht, daß sie völlig in Ordnung wäre und nicht damit aufhören muß. »Muß?« wiederholt Isabel spitz und schließt die Augen, während sie jedermann ihre seidige, braune Schulter zudreht. Später schickt sie dann Richard in die Stadt, um Fläschchen und Milchpulver zu besorgen. Alles dreht sich um Isabel. Aber war das jemals anders, seit sie damals mit

Schmerzen im Bett lag, während unser Bruder beerdigt wurde?
Allmählich habe ich es gründlich satt. Milch und Blut und Babys. Wieder schleppe ich eine Kanne den Weg entlang, in der das dunkle Wasser hin- und herschwappt. Es tröpfelt über meine nackten Füße und auf den staubigen Boden, dessen Geruch mir in die Nase steigt. Wie kann man nur bei dieser Trockenheit Bäume pflanzen! Im Weitergehen lasse ich die Kanne hin- und herbaumeln, wobei es mir vor Ungeduld bis unter die Haarwurzeln kribbelt. Ich warte. Bei den Bäumen stelle ich die volle Kanne ab und tappe weiter durch das düstere Dämmerlicht, hin zu den Himbeerstöcken. Um mich herum schwirren große Nachtfalter. Wenn sie landen, kann man auf ihren Flügeln weiße Flecken entdecken, die wie aneinandergereihte Puzzlestücke aussehen. Allmählich neigt sich das Gewimmel des hellichten Tages seinem Ende zu, während das Nachtleben eine eigene Dynamik entwickelt. Wie gerne wäre ich jetzt in der Stadt, wo Tag und Nacht sich noch für Stunden überschneiden. Am liebsten säße ich in einem Taxi, das um die Ecken der Parkanlagen saust, die bei einbrechender Dunkelheit gerade von Blau in Schwarz versinken.
Vor mir steht eine hohe, dichte Doppelreihe von Himbeerstöcken. Manche davon tragen inzwischen keine Früchte mehr, bei anderen ist es gerade soweit. In der Dunkelheit taste ich erfolgreich nach Himbeeren, deren reife Samen mir auf der Zunge zergehen. Obwohl ich hinter mir auf dem Pfad Schritte höre, pflücke ich unbeirrt weiter und zögere es so lange wie möglich hinaus, mich umzudrehen.
Mittlerweile ist es noch dunkler geworden. Der größte Teil des Gartens wird von den nächtlichen Schatten verschluckt, aber dazwischen leuchten weiße Blumen.
»Ich möchte auch eine«, sagt Richard.

Ich pflücke eine Beere und halte sie an seine Lippen. Erwartungsvoll hat er den Mund halb geöffnet.
»Ich könnte dir ja sonstwas in den Mund stecken«, sage ich. »Was, wenn es eine Tollkirsche wäre?«
»Das würdest du nicht tun.«
»Und, wie sieht's drinnen aus?«
»Ach, vergiß es. Isabel schläft. Den Kleinen haben sie in das Kinderbett gelegt, weil die Pflegerin gemeint hat, er könne dann besser schlafen.«
Ich gehe ein Stück weiter die Reihe entlang.
»Wo willst du hin?«
»Ich pflücke ein paar Himbeeren für morgen.«
»Was hast du an? Ich kann es nicht erkennen.«
»Mein blaues Kleid. Das kurze.«
»Warte, ich helf dir.«
Schritt für Schritt folgt er mir durch den hohlen, grasigen Spalt zwischen den Himbeerstöcken. Obwohl ich am liebsten davonlaufen möchte, zwinge ich mich dazu, stehenzubleiben und fühle nach den leicht pelzigen Früchten unter den Blättern. Die Beeren sind wärmer als die Blätter. Er berührt meinen Arm, aber ich winde mich los und gehe weiter.
»Nina?«
»Ja?«
Jetzt steht er direkt hinter mir und fährt mit den Händen an meinen Schenkeln bis unter das Kleid hoch. Während ich mich rückwärts gegen ihn lehne, spreize ich die Beine und stöhne.
»Willst du noch mal?«
Er öffnet den Mund, und ich drücke ihm ein paar Himbeeren hinein. Zwischen meinen Schenkeln sucht seine Hand nach der Öffnung meiner Vagina. Zuerst schiebt er mir einen, dann zwei Finger hinein. Ich presse die Wange gegen

seinen Arm. Das weiße Hemd hat er inzwischen gegen ein Jeanshemd ausgetauscht, und ich weiß auch, warum. In der Abenddämmerung kann man noch von weitem weißen Stoff leuchten sehen.
»Du willst es.«
»Du weißt, daß ich es will.«
»Deswegen bist du hierher gegangen.«
»Warum wohl sonst?«
Er stößt einen zufriedenen Seufzer aus, und wir lassen uns auf den Boden sinken. Hier unten, zwischen den Sträuchern, ist es dunkel und feucht. Während er sich aus seinen Jeans strampelt, ziehe ich mein Kleid hoch.
»Nicht so. Ganz ausziehen, wie beim letzten Mal.«
In Sekundenschnelle läßt sich das lockere, kurze Kleid abstreifen. Ich knülle es zusammen und schleudere es weg.
»Schon besser.«
Der Länge nach liegen wir zwischen den Sträuchern, erregt, feucht und nackt.
»Sag es noch mal.«
»Was?«
»Sag, daß wir immer einen guten Fick haben können.«
»Wozu denn? Du weißt es doch.«
»Aber sag es.«
»Wir können es immer miteinander treiben.«
»Immer.«
»Wann wir wollen.«
»Jetzt.«
Er legt sich unter mich. Langsam lasse ich mich auf ihn hinabsinken, und wir fangen an, uns zu bewegen. Ich bin auf einer endlosen Treppe, die nach unten führt, ins Nichts.

Danach nicke ich für eine Minute ein, ein Blitzflug durch den Schlaf, der genauso schnell endet, wie er begonnen hat.

Unter mir bewegt sich Richard und schiebt mich sanft zur Seite. Er steht auf und kriecht durch die Büsche ins Freie.
»Was machst du da?«
»Ich suche dein Kleid.«
Ich klopfe mir die Erde ab und folge ihm. Mit den Händen tastet er den Boden ab, aber jeder dunkle Fleck läßt einen glauben, daß dort etwas liegt.
»Was, wenn du es nicht findest?«
»Ich finde es schon.«
Er wühlt weiter und springt mit einem Mal auf. »Hier ist es.«
Unsere nackten Körper schimmern im fahlen Mondlicht. Er hebt das Kleid hoch und schüttelt es aus. Dann kauert er sich mit dem Kleid in den Händen nieder.
»Was tust du da? Richard, was machst du da mit meinem Kleid?«
Ich höre, wie er ächzend daran zerrt, bis der weiche Baumwollstoff reißt.
»Du hast mein Kleid zerrissen.«
Lachend dreht er das Kleid um und reißt es weiter auf.
»Du Scheißkerl.«
»Ach komm, tu nicht so. Es ist dir doch völlig egal.«
»Warum hast du das gemacht?«
Er kickt das Kleid weg und steht auf. »Jetzt kannst du nicht mehr ins Haus zurückgehen.«
»Wenn das so ist, zerreiß ich eben deine blöden Jeans.«
»Das schaffst du nie. Der Stoff ist viel zu dick.«
»Das werden wir ja sehen.«
Wie zwei Ringkämpfer stürzen wir aufeinander los. Auf einmal lasse ich blitzschnell die Hände hinuntersausen, greife ihm zwischen die Beine und drücke fest zu.
»Mensch, Nina, spinnst du? Das tut weh!«
»Tu nicht so«, sage ich, »dir macht es doch Spaß, wenn ich dich härter rannehme.«

»Mit dir macht mir alles Spaß.«
»Ach ja?«
»Warte einen Moment.« Konzentriert horcht er in sich hinein, eine typische Angewohnheit von Männern, wenn sie sich vergewissern wollen, ob sie eine Erektion bekommen oder nicht.
»Nein, jetzt nicht, nicht, nachdem du mein Kleid zerrissen hast.«
»Ich besorge dir ein neues.«
»Tust du nicht. Ich kaufe mir meine Klamotten selber.«
»Ich sehe dich aber lieber nackt.«
»Es ist stockfinster. Du kannst mich sowieso nicht sehen.«
»Das macht nichts.«

Selten erreiche ich den Punkt, an dem ich vergesse, wer ich bin. Wo ich aufhöre, ich zu sein, und das andere Ich einsetzt. Es braucht seine Zeit, und es hat nichts mit Gefühlen zu tun, sondern ist eher etwas Körperliches. Mit Richard bin ich an diesen Punkt gekommen.
»So können wir nicht reingehen«, sage ich später, »man kann riechen, daß wir es miteinander getrieben haben.«
»Du kannst ja mein Hemd anziehen.«
»Das wäre ja noch schlimmer, als nackt reinzugehen. Vertrau mir. Los, komm.«
Ich schleife ihn zu Isabels frischgepflanzten Apfelbäumen. Mit dem Fuß ertaste ich die Zinnkanne, in der das Wasser matt schimmert.
»Bleib stehen. Und jetzt, was immer ich auch tue, mach bloß keinen Lärm. Schließ die Augen.«
Ich kann nicht erkennen, ob er meinem Befehl Folge leistet. Ich gehe in die Hocke und verlagere das Gewicht der schweren Kanne auf meine Oberschenkel. Auf der einen Seite schwappt das Wasser heraus.

»Beug dich nach vorn.«
Während ich mich ganz dicht neben ihn stelle, wuchte ich die Kanne aus Leibeskräften hoch und kippe sie so langsam wie möglich über uns aus, so daß das Wasser in einem kalten, gleichmäßigen Strahl über Schenkel, Schultern und Brüste fließt.
»Wasch mich«, fordere ich ihn auf und halte die Kanne weiter gesenkt, wobei er mich mit dem Wasser abreibt.
»Einen Moment. Mach die Beine auseinander.«
»Eigentlich habe ich genug, Richard.«
»Ich will dich doch bloß waschen.« Er schöpft eine Handvoll Wasser und säubert meine Vagina so sanft und flink wie eine Krankenschwester. »Jetzt bist du dran.« Nachdem ich ihm die halbleere Kanne übergeben habe, wasche ich seinen Penis, die Hoden und entferne Schweiß und Samen aus seinem Schamhaar.
»So, sauber.«
Gemächlich kleidet er sich an, während ich ihn dabei beobachte.
»Na los, zieh dir das über. Sonst frierst du noch.«
Ich schlüpfe in sein Hemd und knöpfe es zu. Es ist so lang, daß es mir bis über die Schenkel reicht, und eigentlich dürfte keiner, der mir zufällig über den Weg läuft, auf die Idee kommen, daß es nicht mir gehört.
»Wie spät ist es?«
»Elf.«
»Erst elf?«
»Ja. Nina –?«
An seiner Stimme erkenne ich, was jetzt kommt.
»Ich bin müde, Richard, ich möchte ins Bett.«
»Ich weiß. Aber wir haben noch ein paar Dinge zu klären. Morgen fahre ich weg.«
»Ich habe dir doch gesagt, daß ich nicht reden will.«

»Nina«, sagt er und umfaßt meine Handgelenke, »so geht das nicht weiter. Im Garten wild herumvögeln und im Haus so tun, als ob nichts wäre. Du machst dir was vor. Herrgott noch mal, ich weiß, wie sich dein Gebärmutterhals anfühlt. Ich habe dir beim Pinkeln zugesehen. Und ich will verdammt sein, wenn wir nicht endlich miteinander reden.«
Gebärmutterhals, schießt es mir durch den Kopf, ich bin beeindruckt. Als Beweis der Vertrautheit würden dies die wenigsten Männer anführen. Da gab es einmal diese Sendung im Fernsehen, in der Männer mit verbundenen Augen eine Klitoris auf eine gemalte Vagina anstecken sollten. So, wie man einem Esel den Schwanz ansteckt, nur daß sie alle etwas daneben lagen. Einer davon traf ziemlich gut, jedenfalls mehr oder weniger. *Verheiratet,* war sein Kommentar, als er herauskam, wobei er mit dem Finger das Unterlid herunterzog. Ich mag solche Sachen. Dann fällt mir ein, daß es kein Wunder ist, daß Richard über Gebärmutterhälse Bescheid weiß. Schließlich hatte sich Isabels geöffnet, um Leben zu schenken.
»Wenn das so ist, fahre ich wieder nach London zurück«, sage ich trotzig.
Abrupt läßt er mich los, so daß meine Hände gegen die Schenkel klatschen, und geht ein paar Schritte rückwärts. Schließlich stößt er mit seltsam heiserer Stimme hervor: »Ihr seid wahrhaftig Schwestern.«
»Was willst du damit sagen?«
»Mit der einen Hand gebt ihr, mit der anderen nehmt ihr.«
Abweisend raffe ich sein Hemd um meinen Körper. »Ich geh jetzt rein.«
»Laß dich nicht aufhalten.«

Als ich durch die Verandatür die dunkle Küche betrete, erwartet mich Edward bereits.

»Ich habe mir schon gedacht, daß du diesen Weg nimmst«, sagt er kühl. Alles Blut weicht aus meinem Gesicht, um dann plötzlich wieder hochzuschießen. Nachdem Edward das Licht angedreht hat, springt mir der ganze Raum förmlich entgegen, es blendet mich wie Flutlicht, und sämtliche Möbelstücke starren mich genauso wißbegierig an wie Margery Wilkinsons Augen. Als ich an mir heruntersehe, bemerke ich dunkle Flecken auf dem Hemd, wie Blut. Himbeersaft. Zudem sind meine Beine zerkratzt und dreckverschmiert.

»Ich weiß es schon länger«, sagt Edward. »Ich habe euch heute morgen gesehen. Was glaubst du eigentlich, wer du bist? Du bist hier nicht in dem verfickten Garten Eden, weißt du? Du hättest dich mal sehen sollen.«

»Sex ist ja eigentlich auch nicht für Zuschauer gedacht«, entgegne ich schnippisch. »Gerade du solltest das wissen. Oder vielleicht auch nicht, sonst wäre Alex sicher länger als eine Stunde geblieben.«

»Ich kann nicht glauben, daß du Isabels Schwester bist.«

»Da stimme ich dir allerdings zu. Wir sind wie Tag und Nacht. Ich bin die Böse, und Isabel ist die Gute, vergiß das nie.« Ich versuche mir einzureden, daß es mir nichts ausmacht, daß dies alles mich völlig kalt läßt. Es ist wie ein schlechtes Tennismatch. Aber ich stehe mit dem Rücken zur Wand und habe Herzklopfen.

»Wie kannst du ihr das bloß antun?« Und diesmal schwingt in seiner Frage keine Bosheit mit. Er will es einfach nur wissen. »Sie hat gerade eine Geburt hinter sich. Und sie ist immer noch ziemlich krank. Du weißt doch, wie verletzlich sie ist, zumindest solltest du es wissen. Ist dir Isabel denn völlig egal?«

»Ich glaube, du hast kein Recht, mir eine solche Frage zu stellen.«

In diesem Moment wird mir klar, daß ich gewonnen habe. Er schlägt die Augen nieder und wird unter seiner zarten Haut ganz rot.
»Du tust mir leid«, meint er. Ich sehe ihn an, aber weder Zorn noch andere Gefühle wollen bei mir ausbrechen, den Gefallen tue ich ihm nicht. Er liebt Isabel wirklich.
»Also, was wirst du jetzt tun?« frage ich, und wie erwartet gibt er keine Antwort.
Langsam gehe ich in Richtung Tür. Egal, ob sie schläft oder nicht, ich muß mit Isabel reden, bevor es ein anderer tut. Schließlich bin ich ihre Schwester.

Kapitel 17

Als ich die Tür öffne, brennt tatsächlich noch Licht, und Isabel steht seitlich von mir an dem Kinderbett. Die Gitter sind heruntergeklappt. Zuerst registriere ich nur die großen Rosen auf ihrem Seidenkimono, aber dann auch ihren gesenkten Kopf und ihren Körper, der ganz über das Kind gebeugt ist. Mit der Hand drückt sie es nieder. Es scheint, als setze sie dabei ihr gesamtes Körpergewicht ein.

Ich öffne den trockenen Mund, aber die Worte bleiben mir im Hals stecken. So starre ich sie einfach an, ihre hohe Gestalt, ihr dunkles, seidiges Haar, das wie in einer Traube herunterfällt, ihren Kimono, der über den Boden schleift. Im selben Moment drängt sich mir ein anderes Bild auf, eine Isabel, die nur halb so groß ist, in einem Baumwollnachthemd, das ihr bis über die Knie reicht. Diese Isabel ist bereit, steht auf Zehenspitzen und lehnt sich über das Kinderbett. Die Haare hat sie hinter die Ohren gestreift, so daß ich ihr schmales, festentschlossenes Gesicht sehen kann. Unaufhörlich pressen ihre Hände auf den Rücken des Babys und drücken es in die Matratze. Zwar strampelt es wie wild mit den Beinchen, aber man hört keinen Laut. Sein Gesicht wird von einer Baumwollwindel verdeckt. Obwohl sie mich hereinkommen hört, dreht sie sich nur kurz um und drückt den Kleinen weiterhin nach unten. Ihr kalter und unbewegter Gesichtsausdruck erinnert mich an die Augen einer Schlange, aber sie spricht in einem sanften Flüsterton.

»Er hat geschrien. Ich bring ihn wieder zum Schlafen. Geh zurück in unser Zimmer.«
Und ich gehe. Auf nackten Füßen, die plötzlich eiskalt sind, schleiche ich mich über den Linoleumboden zu dem großen Bett zurück, das ich mit Isabel teile. Ich klettere hinein und vergrabe mich tief in den Laken, und so liege ich zitternd in meiner selbstgebauten Höhle, bis ich einschlafe. Als ich aufwache, scheint bereits hell die Sonne, und Isabel sitzt im Schneidersitz auf dem Boden und liest ein Buch. Sie hebt den Kopf und lächelt mich an.
Das Bild erlischt wieder. Die große Isabel, meine Schwester mit dem Baby, steht an dem Gitterbett und tätschelt sanft und gleichmäßig den Rücken des Kleinen.
»Er hat Blähungen«, flüstert sie. »Heute abend hat er eine furchtbare Kolik gehabt.«
»Isabel.« Mir fällt kein anderes Wort ein.
»Was ist?«
»Colin. Was war damals? Was war mit Colin?«
Aber Isabels goldenes Gesicht bleibt gelassen und strahlt eine innere Zufriedenheit aus. Behutsam weicht sie ein paar Schritte zurück, um den Kleinen nicht zu wecken. Mein Blick fällt auf einen friedlich schlafenden Antony.
»Was ist los mit dir, Nina? Du weißt doch, daß er am plötzlichen Kindstod gestorben ist. Wie kannst du nur immer wieder davon anfangen, wo ich doch gerade erst Antony bekommen habe? Ich habe Edward davon erzählt, und er wollte sich dich mal vorknöpfen, aber ich habe ihn gebeten, es zu unterlassen.«
Sie lächelt. »Ist es nicht herrlich, wenn sie schlafen?«
Über mich brechen erneut Wellen der versöhnlichen Verschwörung herein, aber dieses Mal werde ich sie entschieden bekämpfen.
»Isabel, als ich dich gerade dort habe stehen sehen –« Nein,

falscher Ansatz. »Isabel, die Nacht, in der Colin starb. Du mußt dich zurückerinnern, es ist wichtig.«
»Ich kann mich ganz gut erinnern«, meint Isabel. Mit ihren klaren, blauen Augen erwidert sie meinen Blick leicht skeptisch.
»Bist du in seinem Zimmer gewesen? Bevor er aufgewacht ist?«
»In seinem Zimmer? Wie meinst du das?«
»Ich meine, bist du in Colins Zimmer gegangen? Hast du an seinem Bettchen gestanden, so wie eben an Antonys Bett?«
»Wie kommst du darauf?« fragt sie scharf.
»Ich habe es gerade vor mir gesehen. Du hast dagestanden, in deinem Nachthemd, dem rosaroten. Weißt du noch, deins war rosa, und meins war blau. Du hast dich zu mir umgedreht und mit mir gesprochen. Du hast gesagt, daß du gerade das Baby zum Schlafen bringst. ›Geh zurück in unser Zimmer‹, hast du gesagt.«
»Was soll das heißen, du hast es gesehen?«
»Vor mir. Wie Bilder aus der Erinnerung. Du weißt doch, daß ich mich immer in Bildern erinnere.«
Schweigend sieht sie mich an, ihre Miene ist unbewegt. Aber ich kenne Isabel zu gut, um nicht zu wissen, daß es in ihrem Inneren gerade tobt, aufflackert, abtaucht und wieder hochkommt. Sie macht einen Schritt auf mich zu, dann noch einen. Plötzlich sehe ich mich von der rosa Seide des Kimonos umgeben, der mich einhüllt. Isabel atmet schwer, und schließlich geht das Atmen in Schluchzen über. Als ich sie von mir wegschiebe, sehe ich Tränen auf ihrem Gesicht, die aus ihren Augenwinkeln kullern.
»O Nina. O Nin«, stammelt sie, während ihre schlanken Hände die meinen umfassen. »Ich dachte, du hättest es vergessen. Ich dachte, du würdest dich nie mehr erinnern.«
»Aber ich erinnere mich.«

»Nein, Nin. Tu es nicht, nein. Denke nicht zurück. Du warst erst vier. Es war nicht deine Schuld. Du hast nicht gewußt, was du da tust.«
Ihre großen Augen sehen mich tränenerfüllt und voller Mitleid an. Verdutzt mache ich einen Schritt rückwärts.
»Was? Was soll das heißen, Isabel? Natürlich war es nicht meine Schuld. Wie sollte es auch?«
»Kannst du dich wirklich noch an alles erinnern?« fragt sie mich beschwörend. Sie macht ein Gesicht wie ein Richter, der sich verständnisvoll zeigt.
»Aber sicher.« Doch Zweifel kriechen in mir hoch wie Eis, das mich in eine andere Atmosphäre verschleppt. Trotz Nebel und Kälte erkenne ich den Kern von Isabels Wahrheit, die wie ein Eisberg immer näher kommt, um meine Welt auszulöschen.
»Du warst gerade mal vier«, erklärt sie. »Du warst eifersüchtig, wen wundert's? Eine völlig natürliche Reaktion. Deshalb habe ich auch nie viel Aufhebens um Colin gemacht oder ihn mal gehalten – das mußt du doch noch wissen, Nin. Alle hat das stutzig gemacht, weil ich mich damals darum gerissen habe, dich im Arm zu halten, als du ein Säugling warst. Aber ich wußte, daß du es gehaßt hast, wenn ich ihn nur berührt habe. Deshalb hat Mama ihn auch nicht gestillt, weil du so eifersüchtig warst. Sie hat geglaubt, es wäre einfacher für dich, wenn sie ihm die Flasche geben würde.«
»Du hast dich dagegen gesträubt, ihn auf den Arm zu nehmen«, entgegne ich.
»Aber nur deinetwegen. Ich war schon immer ganz vernarrt in Babys. Und dann dieser eine Abend, weißt du noch? Du hattest gewaltigen Krach, weil du auf dem Bett herumgehüpft bist und gekreischt hast und er davon aufgewacht ist. Mama war fuchsteufelswild. Ich habe versucht, dich zu

trösten, aber mir war nicht klar, wie tief verletzt du tatsächlich warst. Ja, und dann sind wir wohl eingeschlafen.«

»Aber du warst in seinem Zimmer«, beharre ich. »Du hast dich über sein Bett gebeugt.«

»Stimmt, aber das war doch schon danach.«

»Wonach?«

»Nachdem ich hineingegangen bin und Colin gefunden habe. Ich habe dich gehört, als du ins Zimmer zurückgekommen bist, und zuerst habe ich gedacht, du wärst auf der Toilette gewesen, aber dann bin ich richtig aufgewacht, und mir wurde klar, daß das nicht sein konnte, weil du vor dem Spülkasten immer so Angst hattest, daß du mich extra aufgeweckt hast, um dich zu begleiten. Also habe ich mir gedacht, daß irgendwas nicht stimmt. Du warst ganz kalt, deshalb habe ich dich wieder in die Decken gehüllt. Aber du hast die Tür offengelassen. Ich bin aufgestanden, um sie zuzumachen, und habe dabei bemerkt, daß auch Colins Tür auf war. Also bin ich hinein und habe entdeckt, was du angerichtet hast. Das Kissen war noch immer auf seinem Kopf.« Fassungslos starre ich Isabel an. »Mir war klar, daß sie dich verdächtigen würden. Jeder hat gewußt, wie eifersüchtig du warst. Ich habe das Kissen weggenommen und ihn rumgedreht und sofort gewußt, daß er tot war, weil er so eine komische Farbe hatte. Also habe ich das Bett wieder hergerichtet und ihn mit dem Gesicht zur Tür so hingelegt, daß es aussah, als würde er schlafen. Aber als ich mich umgedreht habe, warst du auf einmal da; du warst die ganze Zeit wach gewesen. Ich wollte dich nicht erschrecken, also habe ich zu dir gesagt, daß Colin aufgewacht ist und ich ihn wieder zum Schlafen gebracht habe. Ich wollte vermeiden, daß du etwas von dem mitbekommst, was du getan hattest. Ich habe gehofft, du würdest dich nie erinnern. Wahrscheinlich hast du es damals über Nacht verdrängt.«

Nervös beiße ich mir auf die Lippen. »Ich habe es tatsächlich vergessen«, bringe ich mit krächzender Stimme hervor.
»Das war mir spätestens am Morgen danach klar. Als wir ein bißchen gespielt hatten, habe ich dann so getan, als würde ich nach ihm sehen. Ich wollte um alles in der Welt vermeiden, daß du auf die Idee kommst, du hättest was damit zu tun.«
»Isabel.« In mir kämpfen Angst, Entsetzen, Bewunderung und Zweifel. Mein Schiff wird an der Seite von einem Eisberg aufgeschlitzt, und ich gehe unter. Aber obwohl ich bereits am Ende bin, scheint Isabel nichts davon zu merken und redet immer weiter. »Darum wurde ich auch so krank. Ich mußte ja alles für mich behalten und durfte niemandem was erzählen. Ich konnte einfach nicht zur Beerdigung.«
»Du hast also nie ... Du hast niemandem – etwas erzählt?«
»Nein«, sagt sie, wobei sie meinem Blick standhält, »selbstverständlich nicht. Für mich warst du immer unschuldig, Nin. Was immer du auch tust, ich würde dir alles verzeihen. Ich liebe dich.«

Kapitel 18

Keiner weiß etwas. Richard nicht, und auch Edward nicht. Weil es zu gefährlich war, hat sie es niemandem erzählt. Ich war ihre Nin, ihre Kleine. Sie hatte Angst, sie würden mich sonst wegbringen.

Schon immer ist mir klar gewesen, daß sie mich abgöttisch liebt. Ja, ich habe immer gewußt, daß sie mich sogar mehr liebte, als meine Mutter es tat. Sie hat es mir selbst gesagt. Bei Flut führte sie mich oft ganz bis ans Ende des Smeaton-Piers, wenn die Fischerboote gerade in den Hafen einliefen. Das Meer war durchsichtig wie Wackelpeter, so daß wir bis zu zwanzig Fuß tief unter die Wasseroberfläche sehen konnten. Wenn wir hinunterfallen würden, würden wir darin steckenbleiben wie Früchte im Gelee. Unsere Haare flatterten im Wind, und sie hielt meine Hand ganz fest. Allein die Vorstellung, dort hinabzufallen, ließ meine Knie zittern, aber an Isabels Seite war ich sicher. Meine Mutter hätte mich überall mit ihr hingehen lassen.

»Ich mußte es so lange für mich behalten. Es tut mir leid, Nin. Wirklich sehr, sehr leid. Hättest du nicht davon angefangen, hätte ich dir nie etwas erzählt. Aber ich schwöre, daß ansonsten keiner je davon erfahren wird.«

»Auch nicht Richard?«

»Nein.«

Und die Beweise? Überflüssig, mir zu sagen, was aus eventuellen Beweisen geworden ist. Gänzlich in Nichts aufge-

löst, wie vom Erdboden verschluckt. Colins Beerdigung ist nun schon so lange her. Damals hatte niemand Verdacht geschöpft, und auch jetzt würden sie es nie erfahren.
»War die Polizei da?« frage ich. Heftig schüttelt Isabel den Kopf, so daß ihr Haar wogend im Lampenlicht schimmert. Warum kommt mir gerade jetzt der Gedanke, wie schön sie ist, wenn es doch im Moment völlig unangebracht ist?
»Der Arzt war da.«
»Hat er uns gefragt, was passiert ist?«
»Warum sollte er? Nicht wir haben Colin gefunden. Wir hatten die ganze Nacht geschlafen, genauso wie immer.«
»Und du hast nicht – du hast denen niemals was gesagt?«
Ein angedeutetes Kopfschütteln. Aufmerksam sieht sie mich an.
»Alles in Ordnung, Nin? Du siehst nicht gut aus.«
»Mir ist – ich weiß auch nicht. Ich bin ziemlich durcheinander.«
»Das liegt daran, daß es so plötzlich kommt. Du hattest ja vorher keine Ahnung. Du hast nichts davon gewußt, das war mir die ganze Zeit über klar.« Offen lächelt sie mir zu, als wolle sie mich von jeglicher Schuld freisprechen. »Du hättest dich nie so gut verstellen können. Du weißt doch, man sagt, daß Kinder schlimme Erinnerungen einfach verdrängen.«
»Ich müßte es doch noch wissen. So etwas kann man doch nicht so einfach verdrängen.« Meine Gedanken kreisen um die Worte, die ich nicht herausbringe. Ein vierjähriges Mädchen, nämlich ich, hat einem Baby ein Kissen auf das Gesicht gelegt und so lange zugedrückt, bis es tot war, und danach ist sie zurück in ihr Zimmer gegangen und hat bis zum Morgen durchgeschlafen. Und hat nie ein Wort darüber verloren oder eine Reaktion gezeigt oder daran gedacht. Warum können sich meine Hände nicht erinnern? Eigent-

lich sollten doch meine Finger schmerzen. Er muß sich gewehrt haben.
»Weißt du noch, was wir früher immer mit unseren Puppen gespielt haben?« fragt Isabel. »Ständig hatten sie eine Krankheit und mußten sterben und wurden beerdigt und hinterher waren sie wieder lebendig. Wahrscheinlich hast du geglaubt, daß es mit Colin auch so gehen würde. Du hattest mit ihm ja nur das gemacht, was du viele Male vorher mit deiner Puppe auch gemacht hast. Du wußtest einfach nicht, was der Tod wirklich bedeutet.«
Aber das wußte ich sehr wohl. Auf der Beerdigung sah ich, wie mein Vater Colin in dieser kleinen weißen Kiste auf den Armen heraustrug. Der Sarg war geschlossen, zugenagelt, und würde nie wieder geöffnet werden. Zumindest das wußte ich, und ich verspürte Angst, als ich den furchtbaren Ausdruck im Gesicht meiner Mutter sah. Ich wußte etwas über den Tod.
»Isabel.« Meine Stimme klingt heiser. »Danke.«
Isabels Augen werden groß. »Danke? Wofür denn?«
»Daß du nichts gesagt hast.«
»Ich werde dich niemals verraten. Du kannst mir vertrauen, Nin.«
Ich starre sie an. Mir kommt kurz der Gedanke, daß, selbst wenn sie jetzt etwas erzählen würde, ihr niemand Glauben schenkte. Da es keinen Beweis gibt, stünde Aussage gegen Aussage. Auch meine Mutter ist schon längst tot, und ich glaube, daß überhaupt nur sie auf die Idee kommen könnte, die Fäden zu einer solchen Geschichte zusammenzuspinnen.
»Geh ins Bett«, sagt Isabel. »Geh schlafen, Nin. Du siehst erschöpft aus.«
Meine Schwester sieht mir in die Augen. Nach außen hin ist sie die Ruhe selbst, und immer noch umspielt ein schwa-

ches Lächeln ihre Lippen. Seit meiner Ankunft hier habe ich immer nur daran denken müssen, wie schwach und zerbrechlich sie ist, aber dieser Eindruck ist nun verschwunden, und ich erkenne, welche Stärke sich in Wirklichkeit dahinter verbirgt. Fünfundzwanzig Jahre lang hat sie geschwiegen. Ich versuche, mir vorzustellen, wie es wohl sein mag, eine Vierjährige, die ihren kleinen Bruder ermordet hat, an die Hand zu nehmen und sie wieder ins Bett zu bringen. Und das, ohne mich zu beunruhigen. Und dann das Kissen wegzunehmen und Colin wieder so hinzulegen, als würde er schlafen.

Ich frage mich, was wohl passiert wäre, wenn Isabel nicht so schnell reagiert hätte. Mein Leben wäre sicherlich anders verlaufen, völlig anders. Das Leben, das ich jetzt führe, habe ich allein Isabel zu verdanken. Für mich ist Isabel wie eine Mutter.

»Wir sehen uns morgen früh«, sagt Isabel. »Geh schlafen. Wir wollen kein Wort mehr darüber verlieren. Nichts wird sich ändern.«

Aus Antonys Kinderbett ist ein leiser Seufzer, ein Schnaufen zu hören.

Ich schlafe. Ich bin am Meer, der Wind bläst, in meinen Ohren gellt das Kreischen der Möwen. Wir klettern auf die Felsen, viel zu hoch. Auf einmal klingt das Möwengeschrei über meinem Kopf wie böse Stimmen. Ich bin wieder Kind und halb hinter dem Rockzipfel meiner Mutter verborgen. Es weht ein kalter Wind, wir stehen auf der Straße, während sich die Erwachsenen über meinen Kopf hinweg unterhalten.

»Jedesmal, wenn ich Ihre Tochter habe vorbeigehen sehen, habe ich mir gedacht, sie ist noch zu klein, um mit dem Kinderwagen alleine rauszugehen. Wenn Jos Quick nicht noch

im letzten Moment zugepackt hätte, wäre Ihre Jüngste jetzt weg vom Fenster.«
Und meine Mutter mit kalter, abgehackter Stimme: »Es war ein Unfall. Sie ist sehr unglücklich darüber.«
»Das will ich hoffen. Es war nämlich so, daß sie zwischen den Schwimmern und den Netzen herumgestrolcht ist, anstatt auf den Kinderwagen aufzupassen. Den hat sie am Rand des Piers abgestellt und nicht mal die Bremse runtergedrückt. Hat sie Ihnen das überhaupt erzählt?«
»Natürlich hat sie das.«
»Man müßte ihr mal ordentlich den Hintern versohlen, wenn Sie mich fragen. Wie alt ist sie jetzt? Sieben? Alt genug, um besser aufzupassen.«
»Es wird nicht wieder vorkommen.«
Jetzt höre ich wieder andere Stimmen, nicht mehr Frauen, sondern Möwen. Eine davon rast auf mich zu und landet genau auf meinem Kopf. Ich spüre, wie sie mit ihren Krallen in meinen Haaren wühlt, daran zerrt und mich hochzieht, um mich in ihr Aasnest auf den Klippen zu schleppen. Im Schlaf zucke ich heftig zusammen und wache davon auf. Die Uhr zeigt siebzehn nach vier. Der Traum war so intensiv, daß ich meine Haare anfasse. Jedoch werden die Stimmen bereits immer leiser, bis es nur noch ein Geräusch ohne erkennbare Worte ist. Einige Sekunden später ist der Traum völlig verblaßt.
Aber ich bin noch nicht richtig wach, und mein Traum geht in einen anderen Traum über. Da ist immer noch meine Mutter. Inzwischen ist ihre Wut verraucht, und sie sitzt jetzt auf meinem Bett und schlägt die Beine übereinander, wobei ihre Nylonstrümpfe leise knistern. Wahrscheinlich will sie ausgehen, weil sie sonst üblicherweise in ihren Malkitteln herumläuft und nach Lehm riecht und nicht wie im Moment nach Jasmin. Es ist Abend, und ich liege schon im

Bett, nur Isabel ist noch nicht oben. Meine Beine sind ausgestreckt, und dort, wo meine Füße sind, beult sich die Bettdecke leicht aus. Ich muß wohl sieben oder acht sein. Meine Mutter schaut mich an und sagt: »Bislang habe ich immer meine Geldbörse im Haus herumliegen lassen, weil ich wußte, daß weder du noch Isabel drangehen würden.« Als Antwort nicke ich stolz, von meiner eigenen Ehrlichkeit überzeugt. »Ist schon gut, Nina«, meint sie daraufhin.

»Was ist gut?«

»Es ist nur« – sie sieht absichtlich weg –, »als ich den Milchmann bezahlt habe, hatte ich den Eindruck, es würde Geld fehlen.«

»Wahrscheinlich hast du es für irgendwas ausgegeben.«

»Ja, vermutlich.« Sie greift nach der komischen Haarlocke, die mir ständig ins Gesicht fällt, wenn ich sie nicht mit einer Haarklammer feststecke. Liebevoll streicht sie mein Haar zurück.

»Sind meine Haare schon so lang wie die von Isabel?«

»Es fehlt noch ein Stückchen.« Meine Mutter ist grundsätzlich ehrlich. Manchmal glaube ich, daß etwas weniger Ehrlichkeit uns das Leben erleichtern würde.

»Bedrückt dich irgend etwas, Nina?« Ihre Frage kommt plötzlich und überrascht mich. Normalerweise fragt sie nie Derartiges.

»Nein. Warum fragst du?« Im Halbdunkel versuche ich, meinen unschuldigsten Blick aufzusetzen.

»Ich dachte nur, daß du manchmal – vielleicht ist es nicht so einfach für dich mit Isabel, mit einer älteren Schwester.«

»Du meinst, weil Isabel in allem so gut ist?«

»Nicht nur das.«

Ich überlege, was meine Mutter wohl damit meint. Daß Isabel in der Schule besser ist als ich, daran bin ich gewohnt. Jedesmal, wenn ich in eine neue Klasse komme, vergleichen mich alle Lehrer sofort mit Isabel. Ihr Geist verfolgt mich, weil sie fehlerlos von der Tafel abschreibt und ihre Strümpfe nie runterrutschen. Einer der Lehrer hat mir sogar ihre Hefte gezeigt, in dem die Rechenaufgaben so perfekt gelöst waren, daß er ihr nicht nur zehn rote Sterne dafür gegeben hatte, sondern zusätzlich einen silbernen Hasenaufkleber.

»Weil ihre Haare länger sind und so?«

»Hm. Nein. Ich habe mich nur gefragt, ob du vielleicht nicht öfter mal alleine was unternehmen willst. Ohne Isabel.«

»Aber ich bin gern mit Isabel zusammen.«

»Das weiß ich. Aber im Gegensatz zu Isabel zeichnest du gerne.«

»Ich male immer, wenn Isabel beschäftigt ist.«

»Ich weiß. Aber du hast Talent. Und nur die Übung macht den Meister.«

Es klingt, als spräche meine Mutter zu einer Erwachsenen und nicht zu mir. Ich zapple im Bett herum. »Du könntest es ja uns beiden beibringen«, schlage ich vor. Mir ist klar, daß meine Mutter nur mich gemeint hat, nicht Isabel, aber auf eine widernatürliche Art will ich davon nichts wissen. Das einzige, was Isabel auf dem Papier zustande bringt, ist eine Vase mit Gänseblümchen und eine Katze, die einen Goldfisch beobachtet. Dennoch stehen die anderen in der Schule um sie herum und sehen zu, wenn sie malt.

»Isabel ist morgen bei Katie Trevose zum Tee eingeladen. Wollen wir es dann mal versuchen?« Sie lehnt sich auf die andere Seite. Ich weiß, sie wird mich nur einmal fragen, so ist sie eben. Niemals würde sie uns zu irgend etwas überreden.

»In Ordnung.«

»Fein.« Sie tätschelt meine Beine. Ich rutsche ganz unter die Decke und sage nichts mehr. Isabel kann jeden Moment kommen. Wird sie meinen Verrat spüren?

Inzwischen bin ich endgültig wach. Ich muß mir überlegen, was ich tun soll. Es ist später, als ich dachte; ich muß nochmals eingeschlafen sein. Nun ist es zehn vor sechs und bereits hell. Ich habe Hunger.

Alle anderen schlafen noch, sogar das Baby. In den Schränken kann ich nichts finden außer Instantkaffee, zwei Packungen Weetabix und billiger Geleemarmelade. Zwar pflanzt Isabel ihr eigenes Gemüse, jedoch besitzt sie ebenfalls eine Tiefkühltruhe, die mit Toastbrot und Rindswürstchen vollgestopft ist. Ich greife in die hohle Porzellanente, wo die Schlüssel aufbewahrt werden. Tatsächlich, da sind Richards Autoschlüssel.

Es tut gut, wieder einmal in einem Auto zu sitzen und den Geruch der Stadt mit ihrer verbrauchten Luft zu atmen. Nachdem ich das Radio angemacht habe, drehe ich den Zündschlüssel um und fahre vorsichtig rückwärts um den Teich. Als ich die Auffahrt erreiche, habe ich das Gefühl, beobachtet zu werden. Ohne in den Rückspiegel zu schauen, fahre ich weiter, wobei ich viel zu schnell auf dem holprigen Untergrund unterwegs bin.

Auch in der Stadt ist noch nichts los. Nachdem ich den Wagen abgestellt habe, gehe ich die Wash Street entlang bis zu der Ecke, wo ich eine Bäckerei kenne. Mir strömt der Duft nach Gebackenem entgegen, und die Wärme der frischen Brötchen schlängelt sich nach draußen auf den grauen Asphalt. Am Himmel zieht ein immer stärker werdendes Blau auf und kündet von einem weiteren heißen Tag, wie zu erwarten war. Man gewöhnt sich so leicht an ein Klima, in dem die Sonne immer scheint.

Die Bäckerei ist ausgezeichnet. Ich kaufe Käsebrötchen, einen Pizzaboden in einem weißen Pappkarton, zwei Baguettestangen und ein feuchtes, dunkles Brot mit Sonnenblumenkernen. Außerdem nehme ich eine Schachtel mit selbstgemachtem Mürbeteiggebäck und fünf Windbeutel mit. Für Susan, Richard, Edward, Nina. Und für Isabel. Die Verkäuferin holt Tragetüten und packt das ganze Zeug hinein. Während ich noch ein Glas Ingwer-Chutney dazustecke, wird gerade der erste Schwung Croissants auf einem fettigen Backblech hereingebracht. Ich lasse mir zwölf davon geben. Vollbepackt verlasse ich den Laden und versuche, über die Tüten und Kartons hinweg etwas zu sehen. Ein Mann, der gerade seinen Hund spazierenführt, lächelt mir zu. »Das reicht ja wohl für die ganze Familie«, meint er, und ich nicke und lächle zurück und stelle mir die Frau vor, die zu ihrem blankgescheuerten Holzküchentisch, dem Herd und ihren rosig geschrubbten blonden Kindern nach Hause kommt, die Pakete auf den Tisch stellt und atemlos hervorbringt: »So, meine Süßen, daß ihr mir nicht alles auf einmal aufeßt.«

Ich verstaue die Tüten im Wagen und steige ein. Noch habe ich den gereinigten Asphalt für mich alleine, so daß mich beim Fahren ein rauschendes Hochgefühl übermannt, und außerhalb der Stadt beschleunige ich hin zu der weißen, breiten Straße, die sich unterhalb der Downs entlangschlängelt. Die Sonne ist da und wirft leuchtend blaue Schatten an den Straßenrand. Über den Hügeln der Downs strahlt hell der Himmel, und im Auto riecht es nach frischem Brot und Pizza. Im Radio spielt »Turn your back on me…«, als plötzlich in meinem Rückspiegel ein Lastwagen immer größer wird und mit seinen Metallzähnen so nahe kommt, daß ich meine, er fährt mir gleich hinten auf, bis er im letzten Moment ausschert. Dumpf rollen seine riesigen Räder neben mir her, mein Wagen wackelt, der Laster versperrt die gesamte Straße, und auf einmal taucht eine unübersichtliche Kurve vor uns auf. Geräuschvoll zischen die Bremsen, aber unbeirrt bleibt der Laster neben mir, wie ein

Donnergrollen aus Geschwindigkeit und Masse. Die Sekunden erscheinen mir wie eine Ewigkeit, wild drehen sich die riesigen Räder in Höhe meiner Fahrertür, nahe genug, daß ich sie mit den Händen berühren könnte. Aber nichts geschieht. Kein Fahrzeug, das uns entgegenkommt, kein Moment, in dem sich unser Leben auflöst in – ja, was? Nichts passiert. Ich halte das Lenkrad umklammert. Sämtliche Scheiben sind heruntergedreht, und hinter der Hecke dort auf der linken Seite kann ich einen Vogel singen hören. Jetzt schert der Laster schwankend vor mir ein, findet die Spur und fährt davon. Es ist keine halbe Meile mehr bis zu der Stelle, an der der Weg abzweigt.

Nachdem ich abgebogen bin, halte ich an. Der Gesang der Vögel ist lauter geworden. Für mich scheint es ein Morgen wie jeder andere zu sein. Ich will es einfach nicht wahrhaben, sagt meine innere Stimme. Noch immer tue ich so, als wüßte ich nicht die Wahrheit über mich selbst. Auch an diesem Morgen erscheint die Welt so neu und glänzend wie eh und je. Vor mir trottet brav und gemächlich eine Kuhherde und blockiert den Weg, während ich den ersten Gang einlege und ihr im Schrittempo folge.

In der Küche gibt Richard dem Baby gerade das Fläschchen. Ich trage alle meine Tüten und Schachteln herein und kicke die Tür mit dem Absatz zu. Wortlos sieht er mich an. Auf seinem blauen Hemd wirkt das Baby zerknautscht und winzig. Richard hebt den Kopf, aber sein Gesichtsausdruck bleibt unergründlich.

»Frühstück«, sage ich, während ich die Sachen auf den Tisch fallen lasse.

»Riecht gut.«

»Schmeckt auch so. Ich habe bloß keinen Kaffee bekommen.«

»Im Schrank steht eine Dose.«

»Im Schrank stehen viele Dosen. Ich rede von Kaffee.«
»Du bist ein Snob, weißt du das? Ein Essenssnob.«
Unsere Unterhaltung klingt so hohl wie ein Anzeigentext. Während ich zu ihm hinübergehe und mich neben ihn stelle, sieht der Kleine hoch, jedoch an uns vorbei. Plötzlich kommt mir in den Sinn, daß man in Gegenwart eines Babys anstellen kann, wozu man gerade Lust hat. Der Gedanke daran, was die Geburt eines Kindes alles bewirken kann, erschreckt mich.
»Es scheint ihm zu schmecken.«
»Das tut es«, entgegnet Richard. »Letzte Nacht hat er zwei ganze Fläschchen getrunken. Ich gebe es zwar ungern zu, aber Susans Mutter hatte recht. Er war tatsächlich hungrig.«
»Sie ist ein Miststück.«
»Aber sexy, findest du nicht? Ganz anders als Susan.«
»Ich finde, Susan ist sexy.«
»Nicht so sexy wie du.«
»Herrgott, Richard, warum müssen wir so früh am Morgen so eine Scheißunterhaltung führen?«
»Keine Ahnung, aber ich weiß auch nicht, wie ich mit dir umgehen soll.«
Ich lege die Croissants auf Teller, finde im Schrank etwas Himbeermarmelade, schneide das Brot und hole frische, zartgelbe Butter aus dem Kühlschrank.
»Ich sehe dir gerne zu«, meint Richard. »Letzte Nacht bist du davongerannt.«
»Das war ja wohl deine Schuld.«
Ich betrachte seine Hand, die das Fläschchen hält, seinen breiten Daumen unter dem Sauger. Es sieht sehr professionell aus, und mich fasziniert dieser Anblick.
»Hast du mich heute morgen vom Fenster aus beobachtet, als ich weggefahren bin?«
»Nein.«

»Ich hatte das Gefühl, daß mir jemand nachsieht.«
»Vielleicht Isabel. Sie konnte nicht schlafen, deshalb gebe ich Ant jetzt seine Milch.«
Ant. Er sagt es beiläufig, aber liebevoll, als habe er das Baby zum ersten Mal richtig als Person wahrgenommen. Und dann sieht er lächelnd auf den Kleinen hinunter und meint: »Du machst das alles schon ganz prima, hm?«
»Laß mich mal«, sage ich und strecke die Arme nach ihm aus. »Setz du das Kaffeewasser auf.«
Richard hält den schläfrig gewordenen Säugling hoch. Ich nehme ihn, wobei ich seinen Kopf mit zwei Fingern im Nacken abstütze. Nachdem er aufgestoßen hat, läuft etwas Milch aus seinem Mund, noch ein kleiner Nieser, danach schläft er ein und liegt wie ein Kätzchen über meiner Schulter. Ich plaziere ihn behutsam in meine Armbeuge und betrachte ihn, während Richard in der Küche umhergeht, Kaffeetassen von den Haken nimmt und den Wasserkessel füllt. Was für ein Fliegengewicht. Es wäre ein Leichtes, ihn zu verletzen. Aber bedeutet die Furcht vor diesem Gedanken nicht auch, es tun zu wollen? Schichten des Wollens und des Nichtwollens stehen sich gegenüber wie ein Spiegelbild. Obwohl ich ihm nicht weh tun möchte, habe ich gleichzeitig Angst davor, daß ich es tue. Es würde genügen, einen Finger über seine Nasenlöcher zu legen. Und dann ist da noch sein Pulsschlag, der sich irgendwo in der Mitte seines zarten Köpfchens verliert. Mir wird schwindelig bei dem Gedanken, wie einfach es wäre. Er ist in sich zusammengerollt, im Vertrauen darauf, daß die Welt ihn beschützt, weil er keine andere Wahl hat. Ich muß an die Kinder mit den Trommeln und Tamburinen in dem Waisenhaus in Rumänien denken. Auch sie werden nicht vor die Wahl gestellt. Wo es ein Licht gibt, wenden sie sich ihm zu. Jedoch gibt es unbestreitbar einen Instinkt, der uns

davon abhält, einem Säugling Schaden zuzufügen. Selbst wenn Kinder vor Eifersucht vergehen, lassen sie sich noch lange nicht davon leiten. Auch eine eifersüchtige, zornige Vierjährige kennt den Unterschied zwischen ihrem Bruder und einer Puppe. Ich war noch unschuldig, ein Kind. Niemals habe ich einen Wurm in zwei Hälften geschnitten oder einen Käfer zertrampelt.

Aber meine Puppen waren für mich immer lebendig. Sie hatten Launen und Träume. Sie waren verwundbar und mußten getröstet werden. Darin lag unsere magische Macht, die von Isabel und mir. Als ihre Eltern waren wir somit allmächtig. Einige unserer Spiele habe ich aus meinem Gedächtnis gelöscht.

»Richard?«

»Was?«

»Hast du nie Angst, daß er dir mal runterfällt, weil du ihn nicht richtig hältst?«

»Ständig. Ich bin froh, daß es euch Frauen auch so geht.«

»Aber mit der Zeit hat man es raus.«

»Ja, sogar recht schnell, nicht? Du bist der beste Beweis.«

Ich sehe mich an. Eine junge Frau in der Küche ihrer Schwester, die ihren kleinen Neffen im Arm hat, während ihr Schwager Kaffee kocht. Das Baby schläft friedlich, und die junge Frau legt beschützend die Hand um seinen Kopf.

»Übrigens sind sie gar nicht so empfindlich, wie man denkt«, sagt Richard. »Isabel ist er mal runtergefallen, aber es hat ihm scheinbar nicht viel ausgemacht.«

»O Gott, sie hat ihn tatsächlich fallen lassen? Wann denn?«

Ich fühle mich auf eine merkwürdige Art erleichtert. Wenn sogar Isabel …

»Kurz nachdem sie aus dem Krankenhaus entlassen worden ist. Sie war noch ziemlich wacklig auf den Beinen. Ich kam gerade herein, und da lag er auf dem Boden, und die arme

Isabel war dabei, ihn wieder hochzunehmen. Sie war völlig aufgelöst.«
Er knallt eine Kaffeetasse vor mir auf den Tisch.
»Nicht dahin, Richard.«
»Keine Sorge. Er ist noch nicht soweit, daß er nach Gegenständen grapscht.«
»Ich habe nur immer Angst, daß ich zum Beispiel Kaffee über seinem Kopf verschütten könnte.«
»Das brauchst du nicht.« Aber er schiebt die Tasse weg. »Das, wovor man sich fürchtet, tritt sowieso nie ein«, beruhigt er mich. »Die Dinge geschehen immer unverhofft.« Dann stellt er sich hinter mich, zieht sanft meinen Kopf zurück und streicht mit den Fingern über meine Wange, den Kiefer, den Hals. Er entdeckt erogene Zonen an mir, die mir selbst zuvor völlig unbekannt waren.
»Gehst du nachher noch raus?«
»Ja.«
»Wohin?«
»Zum Fluß.«
»Ich hole dir ein Croissant. Bleib sitzen.«
Ich genieße mit geschlossenen Augen: die Marmelade, die kühle, salzige Butter, die warmen, auf der Zunge zergehenden Teigschichten. Während er mich damit füttert, Zentimeter um Zentimeter, esse ich es bis zu dem knusprig verbrannten Ende auf.
»Ich werde kommen«, sagt er. »Wann?«
»So um drei.«
»Und du wirst wirklich da sein?«
»Natürlich werde ich da sein.«
Du hast keine Ahnung, mit wem du da redest, denke ich.

Kapitel 19

Durch den Garten führt ein Weg hinaus zu den Wasserweiden, und zwar durch eine kleine Tür in der Seitenmauer, die von Kletterpflanzen überwuchert ist. Wenn man nicht genau hinsieht, läuft man fast daran vorbei. Sie ist nie verschlossen, und dahinter liegen Holzbretter, die normalerweise bei diesem sumpfigen Boden auch sinnvoll sind, nicht jedoch in diesem Sommer. Im Moment ist dort nämlich überhaupt kein Schlamm, nur blasses, trockenes Gras. Ich ziehe die Tür hinter mir zu, jene Tür, die Isabel beim ersten Mal, als sie hierher kam, nicht entdeckte. Edward verbringt heute den ganzen Tag in London. Eigentlich müßte ich auch dort sein, aber ich fahre nicht. Heute morgen bekam ich wegen dieses Rumänienauftrags zwei Anrufe, den einen, um die Termine klarzumachen, und den anderen, um möglichst bald ein Treffen zu vereinbaren. Ursprünglich wollte ich ja weg. Während ich in den Hörer sprach, fühlte ich mich auf einmal wie ein anderer Mensch, entschlossen und selbstbewußt, jemand, der sowohl weiß, wie man ein solches Projekt anzugehen hat, als auch, wie man es hinterher mit den passenden Fotos und Zeichnungen darstellt. Sie drängen auf ein Treffen mit mir. Zuerst muß ich mir allerdings eine konkrete Planung zurechtlegen, bevor mich die Ereignisse vor Ort und dazu noch in einer fremden Sprache überrumpeln.

Ich habe sie abgewimmelt, obwohl ich während des Gesprächs merkte, daß auf der anderen Seite gewisse Zweifel an mir aufkeimten. Vielleicht hatten sie doch nicht so eine gute Wahl getroffen. Ich erzählte ihnen, wie krank meine Schwester sei, daß sie erst seit kurzem das Baby hätte und daß ab nächster Woche ein Kindermädchen käme. Selbst beim Lügen empfand ich es angenehm, Stimmen aus dieser anderen Welt zu hören, während im Hintergrund Telefone klingelten und unser Gespräch von einer Textverarbeitungsanlage abgehört und aufgezeichnet wurde. Ich bekam die übliche Ungeduld von Leuten zu spüren, die sich nicht besonders um persönliche Angelegenheiten scheren. Obwohl es mich störte, war es mir doch auch wieder vertraut, und ich fühlte mich wie zu Hause. All dies wird mich wieder erwarten, wenn das hier vorüber ist.

Wie versprochen benimmt sich Isabel mir gegenüber heute völlig normal. Sie hat nichts verraten. Für das Mittagessen habe ich als Beilage zu der Pizza einen grünen Salat vorbereitet und die Sahnetörtchen für später in den Kühlschrank gestellt. Den ganzen Morgen über zündete sich Isabel eine Zigarette nach der anderen an, während sie mit einer Tasse Kaffee in der anderen Hand ruhelos durch das Haus streifte. Offensichtlich wußte sie ohne Edward nichts mit sich anzufangen.

»Du solltest nicht soviel von diesem Zeug in dich reinkippen«, ermahnte ich sie. In dem kleinen Dorfladen kauft sie immer diesen billigen Pulverkaffee in weißen Dosen, auf denen kein Name steht.

»Jetzt darf ich ja. Wo ich den Kleinen nicht mehr stille«, entgegnete sie, als sei das einzige, was zählt, die Qualität der Babymilch. Schlagartig hat sich einiges verändert. Isabel hat ihn von sich abgenabelt. Da sie sich weigert, ihm die Flasche zu geben, ist Susan fast den ganzen Morgen damit beschäftigt, ihn zu füttern, zu wickeln und wieder zu füttern. Die neue Milch bekommt ihm nicht besonders. Er brüllt, stößt auf, brüllt dann wieder, während gelbe Rinnsale von aufgestoßener Milch an seinem Strampelanzug hinabfließen. Das ganze Haus ist von Zigarettenrauch und Babygeschrei erfüllt. Während Isabel die Glut ausdrückt, stirnrunzelnd nach dem Kleinen horcht und schließlich davongeht, wird sie von Richard beobachtet. Noch sind ihre Brüste riesig und prall und schmerzen zudem. Unentwegt redet sie davon, daß der Arzt ihr etwas gegen die Milch verschreiben soll. Richard dagegen macht ein so sorgenvolles Gesicht, daß ich ihn am liebsten anschreien würde: »Meine Güte, reiß dich vor ihr zusammen!«

Es tut gut, die Tür hinter sich zumachen zu können und dem Ganzen eine Weile zu entgehen. Durch die Hitze ist der Weidengrund aufgesprungen, und überall dort, wo die Herde das Gras weggetrampelt hat, sind kahle Stellen. Noch nie zuvor hat es so viele von diesen winzigen pastellblauen Schmetterlingen gegeben, es müssen Hunderte sein, und Susan meint, es sei eine richtige Schmetterlingsplage. Sie fliegen nicht, sie schweben nur zitternd in der Luft. Mittlerweile ist es noch heißer als am Mittag. Nachdem Tag um Tag ohne eine einzige Wolke oder ein Lüftchen verstreicht, kann man sich überhaupt nichts anderes mehr vorstellen. Die Hitze erzeugt ihre eigene Stille. Genausogut könnten wir auch durch einen Fluß abgeschnitten sein. Während ich über das Feld laufe, fühle ich mich wie ein Pünktchen in einem endlos heißen Sommer. Als hätte man sie ausgesetzt, scheinen die Bäume an unsichtbaren Fäden vom Himmel herunterzuhängen. Auf meinem Weg über das Feld zirpen die Grillen so laut, daß ich mich in einer anderen Landschaft wähne, jedenfalls nicht in England. Weiß und rissig sind die Felder, der Himmel dagegen blendet in intensivem Blau. Von hier aus ist der Fluß noch nicht zu sehen, aber nur noch

zwei weitere Felder, und ich bin da. Welchen Weg Richard wohl nehmen wird? Jedenfalls nicht über die Felder, weil man ihn sonst vom Haus aus sehen kann. Auch mich können sie sehen, wenn sie es darauf anlegen. Sowohl Isabel als auch Susan. Inzwischen habe ich einen größeren Zeichenblock gekauft, den ich mir deutlich sichtbar unter den Arm geklemmt habe. Für jede Gelegenheit eine große, tragbare Ausrede. Von mir aus können sie mir ruhig nachspionieren. Eine mit Pizza vollgefressene Nina, die gerade über die Wasserweiden stapft. Sie braucht eine Ewigkeit. Mein Rücken strafft sich, und zwischen meinen Schulterblättern bildet sich ein Schweißtropfen und rinnt langsam den Rücken hinunter. Die Herde steht dicht gedrängt bei der Hecke, wo wenigstens ein bißchen Schatten ist.
Ich erreiche das Wasser. So habe ich es mir nicht vorgestellt. Weder kühl noch braun, regen sich auch keine Fische oder Schattenreflexe darin. In einer seltsam porzellangrünen Farbe, mit einer breiten Strömung in der Mitte, treibt es ein paar abgerissene Weidenruten und Erlenäste dicht an die Uferböschung. Auch hier gibt es kaum Schutz vor der Sonne. Von der Wasseroberfläche knallt die Hitze direkt in meine Augen. Der Treidelpfad ist sehr schmal, und da das Wasser nur wenig höher steht als das Weideland, gibt es einem das unbehagliche Gefühl, daß alles irgendwie am falschen Platz ist. Stehend beobachte ich, wie das Wasser auf seinem Weg flußabwärts langsam um das Schilf herum dümpelt. Von hier aus sind es nur noch fünf Meilen bis zur Meeresmündung. Außer mit Chemikalien ist es zudem von Abwässern und den Abläufen des umliegenden Farmlands verseucht. Zwar behauptet Richard, die Wasserqualität sei wieder gestiegen, aber niemand plantscht oder schwimmt darin. Selten kommt jemand her. Abgesehen von dem hochgelegenen, freien Pfad, der den Flußbiegungen folgt,

gibt es auch weiter nichts zu sehen. Wie in einem Kinderbuch schlängelt sich der Fluß, irgendwie unrealistisch. Man kann nicht auf den Grund sehen. Irgendwann erwähnte Richard einmal: »Hier ist es ziemlich tief. Sei vorsichtig, die Böschungen sind derart vom Kalk zerfressen, daß man leicht einbricht. Von hier aus unterschätzt man auch die Strömung.« Ich starre auf das Wasser. In diese Giftbrühe möchte ich beileibe nicht fallen. Zwar wäre es zuviel gesagt, daß das Wasser stinkt, dennoch liegt ein eigenartiger metallischer Geruch über dem Fluß. Ich lasse den Blick über die Ufer schweifen, aber ich entdecke kein verborgenes Plätzchen, keine Stelle, an die wir uns ungestört verziehen könnten, um uns die Seele aus dem Leib zu ficken.
Vorsichtig lasse ich mich im Schneidersitz nieder. Ich sehe einem Zweig nach, der mit der Strömung erstaunlich schnell flußabwärts schwimmt. Obwohl es hier mit Sicherheit kein lohnenswertes Motiv gibt, klappe ich den Skizzenblock auf und nehme den Bleistift in die Hand. Außer vielleicht den sich krümmenden und ineinander verhakenden Weidenruten, die sich wie Hände in den Boden graben. Nachdem ich es mir etwas bequemer gemacht habe, drehe ich den Block um und kneife die Augen wegen der Helligkeit zusammen.
Lange Zeit bin ich mit Zeichnen beschäftigt. Mittendrin kommt mir unverhofft der Gedanke, daß ich Richards Kommen bereits abgeschrieben habe. Gut. Ich kämpfe gegen die Versuchung an, aus diesen Wurzeln mehr als Wurzeln zu machen, so daß aus ihnen doch noch Hände werden, die sie eben nicht sind. Wurzeln funktionieren anders. Gerade will ich ein Blatt Papier mit einem mißlungenen Entwurf, das ich abgerissen habe, zusammenknüllen und in meine Hosentasche schieben, als mir eine bessere Idee kommt. Nachdem ich es geglättet habe, falte ich es. Einmal falten, umdre-

hen, nochmals falten. Ein Dreieck. Ein Spitzhut. Ein kleines Boot.
Ich traue mich nicht, die weiße, bröckelnde Böschung hinabzugehen. Also werfe ich das Boot. Da es zu schwer ist, um in der Luft zu segeln, dreht es sich, landet aber erstaunlicherweise kielunten im Wasser und schippert langsam davon. Es verfängt sich kurz in einem Strudel und schlingert herum, bis es dann wieder aufrecht in der Mitte des Flusses weitersegelt. Ich beobachte es, bis es hinter der nächsten Krümmung verschwindet, so daß ich nicht mehr sehen kann, wie es voll Wasser läuft und untergeht.
Während ich ihm immer noch nachstarre, setzt hinter mir plötzlich ein gewaltiger Lärm ein. Zuerst muß ich an riesige Papierbögen denken, die am Himmel zerrissen werden. Ich drehe mich um. Etwas Großes mit viel zu weiten Flügeln taucht vom Fluß her hinter dem nächsten Schilfgebüsch auf. Mühsam schleppt es sich in die Luft, ohne groß an Höhe zu gewinnen. Ähnlich dem menschlichen Traum vom Fliegen, der einen sogar über Hecken springen läßt, gleitet es tief über mir, so tief, daß ich mich auf den Boden ducke und mich auf allen vieren wiederfinde. Schließlich gewinnt es mit riesigen Flügelschlägen an Geschwindigkeit. Langsam, langsamer, als je ein Vogel in meiner Vorstellung hochfliegen konnte, steigt er in den Himmel. Mit seinen breiten, ausgeleierten Flügeln demonstriert er, wieviel harte Arbeit tatsächlich hinter dem Fliegen steckt. Die ganze Zeit über halte ich den Atem an und hoffe, daß er es schafft.
»Ein Reiher! Hast du gesehen?« ruft Richard von der Weide herüber. Er hat tatsächlich denselben Weg wie ich gewählt, so daß ihn jeder beobachten kann. Mit großen Schritten kommt er auf mich zu, während er sich den Schweiß von der Stirn wischt. »Hast du das gesehen? Also gibt es doch noch Fische im Fluß.«

»Kaum zu glauben«, entgegne ich, wobei ich in die giftiggrünen Tiefen schaue.

»O Mann, ist das heiß.« Wie zuvor ich sieht auch er sich um und bemerkt ebenfalls, daß es hier weder Schatten noch Schutz gibt. Offensichtlich hat ihn der Marsch überanstrengt. Plötzlich sehe ich ihn ganz nüchtern, und mir wird klar, daß er mit seinem Gewicht und in seinem Alter nicht mehr zu den Schnellsten zählt. Schwerfällig läßt er sich neben mich sinken, und obwohl ich gerne weiterzeichnen möchte, lege ich den Bleistift zur Seite. Bei dieser Hitze spüre ich nicht das geringste Verlangen, ihn zu berühren. Vermutlich geht es ihm ebenso.

»Manchmal denke ich, daß wir hier am Arsch der Welt leben«, sagt Richard.

»Ich verstehe sehr gut, was du meinst.«

»Aber Isabel liebt diesen Flecken.«

Über das verschmutzte Wasser hinweg starren wir auf die Weiden gegenüber.

»Das ist ja nicht auszuhalten«, stöhnt Richard. »Laß uns ein Stück gehen. Das kann auch nicht schlimmer sein, als hier zu sitzen.«

Im Gänsemarsch laufen wir zu der Flußbiegung. Vor uns liegen weitere Biegungen, die sich zwischen dem flachen Weideland hin zum Meer schlängeln. Ganz weit rechts sieht man einen Betonbunker, vermutlich ein Umspannwerk. Noch weiter hinten schwitzen die Downs, die in dem Hitzedunst kaum zu erkennen sind.

»Willst du noch weitergehen?«

»Eigentlich nicht.«

Er lacht. »Die Hölle, nicht? Was machen wir hier überhaupt?«

»Ich für meinen Teil wollte zeichnen.«

»Aber immer noch besser, als im Haus zu sitzen«, fährt

Richard fort. Ich sehe ihn an. Das hört sich vertraulicher an als alles, was er mir bisher gesagt hat.
»Wie sieht's drinnen aus?«
»Isabel vermißt Edward.«
»Er ist doch erst ein paar Stunden weg.«
»Ich weiß. Aber sie braucht jemanden zum Reden. Es geht ihr im Moment nicht besonders.«
Geflissentlich verschweigen wir beide die Tatsache, daß sie mit keinem von uns spricht.
»Und Susan hat sich aus dem Staub gemacht, um ihrer Mutter bei dieser Jungbauern-Geschichte zu helfen.«
»Was?«
»Ich habe gesagt, daß Susan zur Farm rüber ist. Wieso, warum fragst du?«
»Du meinst jetzt? Ist sie jetzt dort? Sie ist nicht bei Isabel?«
Entgeistert fahre ich herum und starre Richard an. Meine Hände klammern sich um seine Ellbogen. »Willst du etwa sagen, daß Isabel alleine ist?«
»Susan ist nur kurz zur Farm rüber. Um fünf ist sie wieder da. Und Isabel hat den Kleinen, also ist sie nicht wirklich allein.«
»Der Kleine ist bei Isabel?«
»Um Himmels willen, Nina, natürlich ist der Kleine bei Isabel. *Was hast du denn bloß?«*
Unzählige Schweißtropfen stehen mir auf der Stirn.
»Wann ist Susan weg?«
»Keine Ahnung, wahrscheinlich zur selben Zeit wie ich. Ja, ich habe sie weggehen sehen. Nina, was soll das? Isabel geht's gut. Sonst hätte ich sie nicht allein gelassen. Nina! Wo läufst du hin?«
Ich klettere die Uferböschung hinunter in Richtung Weiden.
»Nina!«

»Man darf sie nicht alleine lassen! Jetzt noch nicht!« schreie ich zurück. Isabel und mich trennen drei Felder und der Garten. Ich fange an zu rennen.
Ich bin schneller als Richard. Als ich einen Blick zurückwerfe, sehe ich, daß er mir nachläuft und über den trockenen Boden prescht, allerdings ohne mich einzuholen. Ich muß zuerst dort ankommen, bevor ein anderer es entdeckt. In den Sandalen rutschen meine Füße in ihrem eigenen Schweiß. Obwohl ich bereits nach Luft schnappe, weiß ich, daß ich noch viel weiter laufen kann. Ich klettere über den ersten Zaunübertritt und lasse mich auf der anderen Seite wieder auf den Pfad fallen. Querfeldein ist der schnellste Weg. Falls sie gerade aus dem Fenster blickt und mich im Laufschritt über die Felder heranjagen sieht, wird sie warten. Beunruhigt wird sie dastehen und schauen und sich dabei fragen, was los ist. Während mein Arm in die Höhe schnellt, winke ich wie verrückt einer unsichtbaren Isabel zu. *Ich komme! Bleib, wo du bist, rühr dich nicht vom Fleck. Tu bitte nichts.*

Ich stürze durch die kleine Tür. Stille liegt über dem Garten, der in Hitze und Duft kocht. Die Pfade entlang, wobei Heckenzweige meine Beine streifen, einmal um die Hausseite und hinein in die muffige, dunkle Küche. Keiner da. Die Verandatür steht offen, und das Ticken der Uhr dringt in mein Ohr. Weiter durch den Gang, die Diele, die Treppe hoch mit geräuschlosen, hungrigen Sprüngen. Sie ist da. Sie muß da sein. Aber obwohl ich stehenbleibe und horche, kann ich nicht das geringste hören. Im Haus ist es so still, als hätte jeder aufgehört zu atmen. Plötzlich höre ich sie singen. Mit ihrer schönen Stimme, die zwar dünn, aber lieblich klingt:

»Schlaf, Kindlein, schlaf,
dein Vater hüt die Schaf,
deine Mutter ist in Pommerland,
Pommerland ist abgebrannt,
schlaf, Kindlein, schlaf.«

Ich kenne es nur zu gut. Dieses Lied ist tief in mir verankert, wie sämtliche Lieder, die Isabel mir früher vorgesungen hat. Sie hebt erneut an:

»Schlaf, Kindlein, schlaf.«

Und all jene Sommerabende, an denen Isabel gesungen hat, stürzen über mich herein. Ich atme tief durch. Mir ist ganz heiß, und obwohl ich schweißgebadet bin, zittere ich. Ich höre, wie Isabel sich im Zimmer bewegt, der Stuhl knarrt, ihr leichter Schritt auf den blanken Dielen …
Als ich die Tür öffne, ist das Kinderbett leer.
»Wo ist der Kleine?«
»Der Kleine?« Erstaunt sieht Isabel mich an. Mir fällt auf, daß ihre Wimpernenden weit auseinanderstehen. So klar wie die Flüsse in Märchenbüchern sind ihre Augen. »Er ist natürlich in Susans Zimmer. Gerade eingeschlafen. Geh um Himmels willen bloß nicht rein, sonst weckst du ihn auf. Es hat eine Ewigkeit gedauert, bis ich ihn soweit hatte.«
»Oh, ich dachte, du hast ihm eben vorgesungen.«
»Ich habe nicht gesungen.«
»Natürlich hast du. Ich habe es doch gehört.«
»Was denn? Was soll ich denn gesungen haben?«
Ich verziehe das Gesicht. Ich hasse singen, selbst dann, wenn keiner zuhört. Im Gegensatz zu Isabel konnte ich es noch nie. »Du hast gesungen:

»Schlaf, Kindlein, schlaf.«

Isabel lacht. »Das habe ich schon seit Jahren nicht mehr gesungen, Nin.« Allmählich weicht die Anspannung aus ihrem Gesicht. »Aber wo hast du dich eigentlich rumgetrieben?«

»Unten am Fluß«, erwidere ich rasch. »Ich habe gezeichnet.«

»Ich weiß. Ich habe dich weggehen sehen.«

»Richard auch? Er ist hingegangen, weil er dachte, daß es dort kühler wäre, aber am Fluß war es sogar noch drückender.«

»Ja, ich habe ihn gesehen.« Sie dreht sich zur Seite und zupft an ihrem Kleid herum. »Mist, sieh dir das an. Ich bin schon wieder voller Milch.«

»Es muß doch endlich mal aufhören, oder?«

»Zumindest sagt Susan das. Und sie muß es ja schließlich wissen.«

»O ja.« Belustigt zwinkern wir uns zu.

»Warum bloß hat sie nicht selbst eins«, stöhnt Isabel, »warum zum Geier schafft sie sich keins an?«

»Aus demselben Grund wie ich«, entgegne ich, »sie will keins.«

»Du willst schon, Nin, natürlich willst du«, meint Isabel sanft, während sie die Milch von ihrer Brust abtupft.

»Ich werde gleich mal Tee kochen. Wir haben noch diese Sahnetörtchen im Kühlschrank. Willst du auch eins?«

Isabel sieht auf, aber ihr Blick streift mich nur kurz, verliert sich hinter mir. »Wenn du gleich runtergehst, Nin, tu mir den Gefallen und schau zu dem Kleinen rein. Nur kurz nachsehen, ob alles in Ordnung ist.«

Auf der Haut gefriert mir der Schweiß vom Laufen vorhin. Ich sitze in der Falle, wie vorhin bei ihrem Gesang, eine Falle von Worten, die ich zuvor bereits gehört habe, von Dingen, die schon einmal passiert sind und nie wieder passieren dürfen. Gewiß ist sie sich ihrer Worte bewußt. Unbekümmert und vertraut, so wirken wir auf den ersten Blick. Zwei Schwestern in einem Schlafzimmer. *Wenn du gleich runtergehst, nur kurz nachsehen, ob alles in Ordnung ist. Sieh mal nach dem Kleinen, Nin. Sieh nach dem Kleinen.*

Kapitel 20

Sachte, ganz sachte mache ich Susans Zimmertür auf. Ohne jegliches Geräusch. Die hellen Vorhänge sind zugezogen, und im Raum riecht es nach den neuen Kiefernholzmöbeln und nach schlafendem Baby. Die Wärme läßt sein Gesicht rosig glühen, und seine Faust liegt neben dem Kopf, auf dem die feuchten Haare kleben. Er schläft auf der Seite, und Isabel hat ein zusammengerolltes Handtuch neben ihn gelegt, damit er sich nicht auf das Gesicht drehen kann. Ohne Umweg schleiche ich auf Zehenspitzen zu dem Bettchen. Durch sein Gewicht wird die Matratze leicht eingedrückt. Auf mich macht er einen gesünderen Eindruck als je zuvor. Bereits jetzt verändert er sich, wird fülliger, und diese Faust neben seinem Gesicht wirkt seltsam erwachsen. Friedlich schläft er in dem dunkelgelben Licht, das durch Susans Vorhänge schimmert. In mir zerschlagen sich sämtliche Befürchtungen. Ihm geht's gut, sogar ausgezeichnet. Ich habe mich umsonst verrückt gemacht.

Am unteren Treppenabsatz steht Richard und sieht hoch.

»Was war denn los? Ich konnte nicht mit dir mithalten.«

Aber er hat sich auch keineswegs bemüht. Vermutlich wartet er da unten schon eine geraume Weile, zumal er nicht einmal mehr außer Atem ist. Ich frage mich, warum er mir nicht hochgefolgt ist. Vielleicht wollte er nicht bei Isabel und mir hereinplatzen, aber ich bezweifle es. »Weißt du, sie ist belastbarer, als man denkt«, meint er.

»Ich habe mir Sorgen gemacht, weil sie allein im Haus war. Es war dumm von mir.«

Ich stehe auf der untersten Stufe, so daß sich unsere Augen auf gleicher Höhe befinden.

»Du machst dir über sie viel mehr Gedanken als sie sich über dich«, sagt Richard.

»Ich weiß nicht, wie du auf so was kommst.«

»Weil ich die Dinge von außen betrachte.«

»Da liegst du aber falsch. Isabel war schon immer ...« Aber es fällt mir schwer, die passenden Worte für das zu finden, was Isabel schon immer war.

»Meiner Meinung nach wäre es kein Fehler, wenn du mal von Isabel wegkommst.« Es ist sein völliger Ernst.

»Wie kannst du so was sagen? Sie ist meine Schwester, sie hat sich auch immer um mich gekümmert.«

»Hat sie das wirklich?«

»Richard, was sollen diese ganzen Anspielungen? Immerhin bist du mit Isabel verheiratet. Und sie ist meine Schwester.«

»Es hat überhaupt nichts damit zu tun, was ich für Isabel empfinde. Ich kenne sie sehr, sehr gut. Weitaus besser, als du sie kennst. Ich glaube nicht, daß ihr euch gegenseitig guttut. Isabel weiß sehr genau, was sie will, Nina.«

»Ach, und ich etwa nicht?«

»Nein. Du stehst dir selbst im Weg. Die halbe Zeit verbringst du mit Träumen.«

Aus ihm spricht gerade der Betriebswirt, der Vollblut-Geschäftsmann. Auf mich ist das Objektiv gerichtet und holt mich immer näher heran. Hastig plappere ich drauflos, um ihn abzulenken. »Ich wollte gerade etwas Tee kochen und ihn dann Isabel bringen. Der Kleine schläft, so kann sie sich ausruhen, bis er wieder aufwacht.«

In der Küche eile ich geschäftig hin und her und belade ein

Tablett mit Milch, großen Tassen und Tellern. Aus dem Kühlschrank hole ich drei Sahnetörtchen.
»Willst du auch eins?«
»Für Isabel kannst du dir die Mühe sparen. Sie wird es sowieso nicht essen.«
Nichtsdestotrotz plaziere ich Isabels Törtchen auf einem der Teller. Es ist hoch aufgegangen, luftig und mit weißen und braunen Puderzuckerflöckchen bestreut.
»Gib es mir«, sagt Richard, während er die Hand ausstreckt.
»Ich habe für jeden eins mitgebracht. Deins ist dort in der Tüte.«
»Aber du weißt doch, daß sie nicht –«
»Vielleicht ja doch.«
Nachdem der Kessel gekocht hat, fülle ich das Wasser in die Kanne. Mit einer Hand faßt Richard in meine Kniekehle.
»Verflucht, Richard, ich habe hier kochendes Wasser.«
»Ich weiß. Aber du hast eine ruhige Hand. Ich habe dich nämlich beobachtet.« Über meinen Oberschenkel gleitet seine Hand hoch, hinein in den Aufschlag meiner Shorts. Mit meiner ruhigen Hand stelle ich den Kessel ab, drehe mich aber nicht um. »Ich komme wieder runter«, sage ich. »Es wird nicht lange dauern. Ich bringe das hier nur zu Isabel rauf.«
»Weißt du, sie schläft überhaupt nicht mehr mit mir«, meint Richard.
»Ach was. Und wie ist sie dann schwanger geworden?«
»Das zählt nicht. Sie hat es im voraus berechnet, so daß es direkt beim ersten Versuch geklappt hat.«
»Erspar mir solche Geschichten. Davon will ich nichts wissen.«
»Weil es was Privates ist? Ist es das, was dich stört?«
»Ich störe mich überhaupt nicht daran.«
»Nein, das tust du wirklich nicht, oder? Wenn's nach dir

geht, sind Denken und Reden zwischen uns tabu. Alles hat ausschließlich im Dunkeln stattzufinden. Mag ja sein, daß das für dich in Ordnung ist, für mich aber nicht.«

»Wenn es dir nicht paßt, nimm deine Hand wieder weg.« Sein Griff auf meinem Schenkel verstärkt sich. »Am liebsten würde ich dich jetzt nackt am Herd kochen sehen«, sagt er.

»Vielleicht mit einer winzigen Schürze an?«

»So pervers bin ich nun auch wieder nicht.«

»Was sollte ich dann kochen?«

»Keine Ahnung. Irgendwas. Du würdest einfach nur Sachen kleinhacken und umrühren. Essen probieren. Du schmeckst beim Kochen doch immer ab, stimmt's?«

»Anders kann ich nicht kochen.«

»Also hättest du einen Kochlöffel im Mund.«

»Und du würdest zusehen.«

»O nein, ich würde es nicht dabei belassen.«

»Essen ist wichtig. Du wirst es doch wohl nicht mit anderen Sachen durcheinanderbringen.«

»Aber du würdest es fertigbringen, stimmt's? Du schon, oder etwa nicht?«

Isabels billiges Tablett ist bereits verbogen. So rutscht die Teekanne ständig hin und her, aber ich bringe sie wieder ins Gleichgewicht und stoße die Tür mit dem Knie auf.

»O Nin, Tee, wie lieb. Warte, laß mich zuerst den ganzen Krempel vom Tisch räumen.« Sie hat erneut über einem Brief gesessen. Ich ziehe den anderen Stuhl heran und setze mich ihr gegenüber.

»Du trinkst ihn immer noch ohne Zucker, oder, Nin? Weil es sonst deiner Haut nicht bekommt.«

»Nach der ganzen Rennerei trinke ich ihn heute mal mit Zucker.«

»Ja, ich habe dich gesehen. Was um alles in der Welt war

denn los? Du kamst wie eine Wahnsinnige über das Feld angerast, mit Richard im Nacken. Es sah aus, als würdest du vor seinen Annäherungsversuchen flüchten.« Sie lacht.

»Isabel, weißt du noch, wie du gesagt hast, daß wir über gestern abend nicht mehr reden wollen – also über das, worüber wir uns gestern abend unterhalten haben?«

»Nicht schon wieder«, stöhnt sie. »Ich habe doch gesagt, daß das Thema für mich ein für allemal beendet ist, und dabei bleibt's.« Dieses Mal hört es sich wie eine endgültige Erklärung an und nicht wie etwas, was sie sagt, um mich zu beruhigen.

»Für mich aber nicht. Ich habe mir die ganze Nacht darüber den Kopf zerbrochen.« Während ich mich vorbeuge, zerteile ich die beiden Törtchen mit einem scharfen Messer in acht Viertel. Um zu vermeiden, daß die Sahne aus den Törtchen quillt, schneide ich sehr sorgfältig. Auf dem Tisch tastet Isabel nach ihrer Zigarettenschachtel, klopft ohne hinzusehen eine heraus und zündet sie an. Sobald etwas Eßbares vor ihr steht, greift Isabel automatisch zur Zigarette, die so eine Barriere zwischen ihr und dem Teller bildet. Mit einer Zigarette im Mund wird jeglicher Nahrung der Weg versperrt. Ich schenke uns beiden Tee ein.

»Wieso kannst du die Sache nicht einfach vergessen?« fragt Isabel.

»Gerade eben habe ich nach Antony gesehen. Im Schlaf hat er so ...«

»... friedlich ausgesehen?«

»Nein. Friedlich ist das falsche Wort. Ich weiß nicht, wie ich ihn beschreiben soll. Er war deutlich vorhanden. Kräftig. Hundert Prozent lebendig. Und ich mußte daran denken, daß auch Colin so ausgesehen hat. Er ist jetzt schon so lange tot, daß ich ihn mir gar nicht mehr richtig lebendig vorstellen kann. Aber er war mal lebendig. Und auch er war kräftig.«

Hastig zieht Isabel an ihrer Zigarette. »Und?«
»Und während ich mir dies so durch den Kopf habe gehen lassen, konnte ich nicht glauben, daß ich, selbst wenn ich erst vier Jahre alt war, den Unterschied nicht gemerkt haben soll. Ich meine, zwischen dem, was man mit einer Puppe macht, und dem, was man mit einem Baby machen kann.«
»Aber Colin ist gestorben.« Ich beobachte, wie sich der dunkle Rand der Milch auf ihrem Kleid mit jedem Atemzug rasch hebt und senkt.
»Ja. Aber vielleicht auf eine andere Art.«
»Ich habe es doch gesehen. Ich weiß, daß es so gewesen ist. Immerhin war ich schon sieben.«
»Es könnte auch ein Unfall gewesen sein.«
Isabel stößt einen Seufzer aus und läßt die Schultern hängen. Nachdem sie auf ihre Zigarettenglut hinabgesehen hat, hebt sie wieder den Kopf. »Vielleicht ja, vielleicht war es auch ein Unfall.« Mit gerunzelter Stirn überlegt sie angestrengt. Inzwischen hat sich ihr Gesicht etwas gerötet.
»Ich müßte es doch noch wissen, wenn ich ihn umgebracht hätte«, sage ich. Die Worte kommen aus meinem Mund wie Erbrochenes, und Isabel zuckt zurück.
»Sag doch so was nicht.«
»Aber genau das bedeutet es doch, oder? Falls es kein Unfall war, dann habe ich ihn umgebracht. Was gäbe es sonst für eine Erklärung?«
»Deshalb bist du also zurückgerannt«, entgegnet Isabel. »Du hast gedacht, wenn es Colin so einfach zustoßen konnte, warum dann nicht auch Antony? War es nicht so? Du hast Angst gehabt. Du warst ja auch völlig außer Atem, als du hereingekommen bist.«
Ich sehe sie an. Wieder einmal nimmt Isabel ein Ereignis zum Anlaß, die Wahrheit zu verdrehen, und ich bin machtlos dagegen. »Ja, vermutlich war es deshalb.«

»Aber ich bin mir sicher, was ich gesehen habe, habe ich gesehen«, fährt Isabel fort, wobei sich noch tiefere Falten in ihre Stirn graben.

»Trotzdem ist es nicht allein das, was man sieht, oder? Sondern die Schlüsse, die man aus dem Gesehenen zieht. Man muß die Dinge interpretieren.«

Und da fällt es mir plötzlich wie Schuppen von den Augen. Nicht nur, daß ich es vor mir sehe, ich bin mir plötzlich absolut sicher. Colins Beine haben sich bewegt. Nackte, bläuliche, schwache Beine, die auf der Matratze auf- und abstrampelten, während Isabel über das Kinderbett gebeugt war. *Das habe ich wirklich gesehen.* Oder kann man so etwas einfach erfinden? Konnte ich mir wirklich ein Strampeln vorgaukeln, wo sich doch überhaupt nichts mehr rührte? Ist es möglich, daß ich hinterher unter solchem Schock stand, daß ich nicht nur für immer die Augen davor verschloß, sondern mir darüber hinaus eine andere Szene ausdachte, eine, in der Isabel über das Baby gebeugt stand und dieses noch am Leben war und sich, halb von ihrem Körper verdeckt, verzweifelt wehrte? An dem Kinderbett stand Isabel, während ich sie von der Tür aus beobachtete. Und sie beugte sich hinunter und drückte ihn ins Kissen.

Kann sein, daß ich das alles nur erfunden habe. Zuzutrauen wäre es mir. Wie soll ich nur herausfinden, was Einbildung ist und was nicht? Ich starre meine goldene Schwester an.

»Keine Angst, Nin. Es ist alles in Ordnung.«

Isabel sieht mich an, als ob zwischen uns alles gesagt ist, was zu sagen war. Ich fühle mich wie nach einer verlorenen Schlacht. Nicht nur, daß ich nichts weiß, auch kann ich nicht einmal meinem eigenen Gedächtnis trauen. Isabel dagegen ist sich so sicher.

»Wir sind noch nie besonders glücklich gewesen, weißt du?« sagt sie unvermittelt.

»Was?«
»Ich und Richard. Wir haben schon seit einer Weile Probleme.«
Ich muß mich regelrecht dazu zwingen, mich auf ein anderes Thema einzulassen. »Du und Richard?«
Sie nickt, und ich glaube ihr. Schon immer hat mich Richards und Isabels Geheimrezept brennend interessiert. So konnte es also sein, vorausgesetzt, man hatte den richtigen Partner. In meiner Vorstellung besaßen sie ein vollkommenes Glück, das sie versteckt hielten, um es vor Außenstehenden zu schützen. Sie waren die Erwachsenen, diejenigen, die wußten, wie das Leben so spielt.
»Nein, es lief noch nie besonders gut zwischen uns beiden.« Mit einem hilflosen Achselzucken sieht sie mir direkt in die Augen. »Inzwischen kann ich es kaum ertragen. Ich kann ihn nicht in der Nähe haben.«
Sie drückt die Zigarette aus. »Sind diese Törtchen lecker, Nin?«
»Phantastisch. Und ganz locker, überhaupt nicht schwer.«
Noch zögert Isabel. Aber ich spüre ihr Verlangen, jedoch ohne zu wissen, wonach es sie verlangt. Gab es wirklich einmal eine Zeit, bevor sie sich den Hunger abgewöhnt hatte, in der wir gemeinsam vor einer Bäckerei standen und mit dem Finger auf die Sahneteilchen und Teekuchen und Eclairs zeigten? Gab es wirklich eine Zeit, in der wir beide eifersüchtig darauf achteten, daß die Ananas aus der Dose Scheibe für Scheibe in gleich großen Stücken gerecht in unsere Schüsseln verteilt wurde? »Na los«, ermuntere ich sie. »Gib deinen Gelüsten nach.«
Isabel streckt ihre lange, feingliedrige Hand aus. Sie nimmt sich ein Viertel von den gezuckerten Törtchen und hält es, als wäre es eine Heuschrecke. Mit leichtem Zittern biegt sie das Handgelenk, führt das Törtchen zum Mund, beißt ein

kleines Stück ab und kaut. Nach einer kleinen Weile schluckt sie es angestrengt hinunter.
»In der Tat sehr lecker«, meint sie mit tränenden Augen.
Ich selbst nehme mir noch ein Stück vom Teller. »Gut, daß es das letzte ist. Sonst würde ich mich glatt daran überfressen.«
»Ich beneide dich«, sagt Isabel, »du kannst wenigstens essen, was du willst.«
Gemeinsam trinken wir unseren Tee, und trotz allem sind wir so gelöst wie schon lange nicht mehr. Isabel zündet sich keine weitere Zigarette an. Auf dem Teller liegt ihr Törtchenstück, die Sahne schmilzt inzwischen zu einer gelben Pfütze. Locker liegen die Ärmelaufschläge ihrer weichen, roten Bluse über den schmalen Handgelenken. Am kleinen Finger ihrer rechten Hand dreht sie einen Ring, einen Silberring mit Türkisstein, den sie in Kaschmir gekauft hat, lange bevor sie Richard kennenlernte. Aus dem gleichen Türkis hat sie mir ein Armband mitgebracht, dessen silberne Verbindungsstücke sich schwarz verfärbten, als ich es trug.
»Aber jetzt ist der Kleine da«, platzt Isabel aus einem langen, persönlichen Gedankengang heraus.
»Vielleicht bewirkt er ja Gutes.«
»Leider ist es so, daß Männer ohne Sex nicht leben können.«
Zu Isabel paßt eine derart seltsame Feststellung einerseits überhaupt nicht, andererseits klingt es aber gleichzeitig so sehr nach ihr, daß ich lächeln muß. Isabel errötet.
»Das stimmt allerdings«, pflichte ich ihr bei.
»Ich aber schon, du auch? Also im Prinzip. Es fällt nicht schwer, darauf zu verzichten. Ich weiß noch, daß ich das auch vom Essen gedacht habe. Die Leute meinen immer, ihr Leben würde vom Essen abhängen, und so denken und reden sie von nichts anderem und gehen dafür einkaufen und sitzen dann da und mampfen alles in sich hinein, selbst wenn es gar nicht wirklich nötig war. Die ganze Welt dreht

sich um etwas, auf das man locker verzichten könnte. Ich war immer drauf und dran, allen die Wahrheit ins Gesicht zu schreien.«

»Aber du hast es nicht getan.«

»O nein«, erwidert Isabel, »so was behält man besser für sich, oder denkst du nicht?«

Sie lächelt, ein aufrichtiges, leicht anzügliches Lächeln, das uns zu Verschwörern macht. Ich erinnere mich plötzlich, wie sie mir erzählte, daß die Sonntagsschule Mist sei und daß sie mich für immer von dem Bedürfnis kurierte, mich vor irgend etwas verbeugen zu müssen.

»Du solltest dir um Richard keine Gedanken machen«, tröste ich sie. »Es gibt noch genügend andere Menschen auf der Welt, denen was am Sex liegt.«

»Darauf hoffe ich ja die ganze Zeit.«

»Mach dir keine Gedanken. Er wird schon klarkommen.«

Jedes weitere Wort wäre zuviel. Wir schweben am Rande dessen, was nicht ausgesprochen werden kann, ohne vor oder zurück zu können, so wie wir uns früher in den Geschichten verhedderten, die wir für Rosina und Mandy erfunden hatten. Laufend machten sie irgendwelche Veränderungen durch. Das war ja gerade das Schöne am Puppenspielen. Wenn die Handlung einmal klemmte, radierten wir einfach die Vergangenheit aus. Plötzlich fällt mir auch wieder ein, daß Isabel in einem Sommer beschlossen hatte, Rosina hätte von nun an langes, ebenholzfarbenes Haar.

»Was ist ebenholzfarben?«

»Schwarz.«

»Aber Rosina hat doch blonde Haare.«

»Egal. Jetzt sind sie halt ebenholzfarben«, erwiderte Isabel und nahm die Puppenhaarbürste in die Hand.

»Wirklich?«

»Na klar. Das gehört zum Spiel. Jetzt mußt du sagen: *Willst du Rosinas ebenholzfarbenes Haar bürsten?«*
»Willst du Rosinas ebenholzfarbenes Haar bürsten, Isabel?« fragte ich.
Ich schielte zu der Puppe. Auf ihrem strohigen, feurig gelben Haar meinte ich einen schwachen, schwarzen Schimmer zu entdecken.

»Solange es Richard glücklich macht, soll es mir recht sein«, sagt Isabel.
»Du willst also mit ihm zusammenbleiben.«
»Ja, warum auch nicht?«
»Ja, warum nicht.«

Mit den leeren Tassen und der klappernden Kanne auf dem Tablett gehe ich die Treppe hinab. Es ist halb sechs. Gleich sind die ungestörten Zeiten vorbei: Der früheste Zug, den Edward genommen haben könnte, fährt um fünf Uhr fünfzehn ein. Aber selbst wenn er diesen Zug erwischt haben sollte, kommt er nicht umhin, sich am Bahnhof ein Taxi zu rufen, auf das er voraussichtlich erst eine Weile warten muß. Außerdem ist da noch Susan auf ihrem Rückweg von der Farm her über die Felder. Aber auch das wird sich noch etwas hinziehen.
Über einer Schüssel schneidet Richard gerade Tomaten in Scheiben.
»Du hast sie nicht geschält.«
»Lohnt sich nicht.«
»Das sind eben die kleinen, aber feinen Unterschiede.«
»Mag sein.« Er legt für einen Moment das Messer nieder. »Hat lange gedauert.«
»Wir haben uns unterhalten.«
»Sollen wir in den Garten gehen?«

»Nein.« Mir hängt Isabel im Genick. Tatsächlich hemmt mich ihre Großzügigkeit. »Nein, ich bin nicht –«
»Verstehe.« Fachmännisch, aber mit versteinerter Miene schneidet er weiter die Tomaten klein.
»Tust du eben nicht. Du verstehst nämlich nicht das geringste.« Ich nehme ihm das Messer aus der Hand.
Nicht im Garten, weil der Garten Isabels Platz ist. Aber hier die Küche, mit dem Saft, der von dem Messer tropft, und der sauer werdenden Sahne, ist mein Platz. Sowohl die Tür zum Gang wie auch die Verandatür sind angelehnt. Aber mit Ausnahme der Totenstille des Spätnachmittags sind wir ungestört. Ich ziehe mir mein T-Shirt über den Kopf.
»Was machst du da?«
»Das siehst du doch.«
»Mensch, Nina. Isabel kann jede Minute herunterkommen.«
»Wird sie nicht.«
»Und auf diesem Boden können wir es sowieso vergessen. Sieh dir mal den Dreck an, der da liegt.«
»Wir machen es im Stehen und lehnen uns gegen den Herd.«
»Ist er aus?«
»Natürlich ist er aus.«
Wir pressen uns aneinander. Eigentlich müßten wir uns beeilen, aber mich packt eine wohlige Trägheit. Zu gerne würde ich so tun, als wäre es das erste Mal. Genüßlich einen Knopf nach dem anderen aufmachen und aus dem kleinen genähten Nest schieben. Sein Hemd abstreifen. Mich gegen seine Brust lehnen, in seine Fleischesfülle sinken, mit klopfendem Herzen, als würde ich immer noch über die Felder rennen. Ich schließe die Augen.
Er schubst mich wieder hoch. »Nina, zieh dich wieder an. Da kommt ein Auto.«
Ich bücke mich, lese mein T-Shirt vom Boden auf, ziehe es über, stehe wieder gerade, wobei mir leicht schwindelig

wird. Nachdem der Motor abgestellt ist, hört man leise Stimmen.
»Edward.«
Wir reißen uns voneinander los. Während Richard sich an den Tisch setzt und das Messer in die Hand nimmt, drehe ich den Kaltwasserhahn voll auf, so daß es geräuschvoll heraussprudelt, und stelle einen Kochtopf darunter. Von dem blanken Stahl prallt das Wasser ab und spritzt mich naß. Unterdessen startet der Motor, und man hört Schritte, die auf dem Kies knirschen, innehalten, dann wieder knirschen, an der Küchentür vorbei.
»Er nimmt den Weg durch den Garten.«
Während wir uns gegenseitig anblicken, schiebe ich das Haar mit meiner nassen Hand zurück.
»Er wird so lange hier bleiben, bis ich nach London zurückfahre. Er wird uns nicht allein lassen«, sage ich.
»Glaubst du, er ahnt was?«
»Er weiß es.«
»So, tut er das.« Angespannt starrt Richard vor sich hin. Wahrscheinlich sieht so ein Betriebswirt seiner Klasse aus, wenn er gerade die Wachstumsraten bei niedriger und schwankender Konjunktur errechnet.
»Aber er wird den Mund halten«, beruhige ich ihn. »Außerdem paßt es ihm prima ins Konzept. So hat er Isabel ganz für sich alleine. Stundenlange Gespräche im Schlafzimmer, ohne daß wir ihm in die Quere kommen.«
»Da wäre ich mir nicht so sicher. Für sie würde er alles tun.«
Mir schwirrt der Kopf von all den Dingen, zu denen ich fähig wäre. »Morgen fahre ich nach London zurück«, sage ich in einem Ton, als wäre es schon lange geplant. Jetzt warte ich nur noch darauf, daß sich in seinem unbewegten Gesicht die Pupillen kaum merkbar verkleinern, bei ihm ein untrügliches Zeichen, das seine Enttäuschung verrät.

Kapitel 21

»Ich möchte, daß wir eine kleine Feier machen«, verkündet Isabel. Erstaunt sehen alle sie an: Richard löst den Blick von seinen Unterlagen, Edward sieht vom Fußboden auf, wo er gerade das Mobile zusammenbastelt, das er für den Kleinen in London gekauft hat. Ich war gerade damit beschäftigt, meinen Toast mit Schwarzkirschmarmelade zu bestreichen. Obwohl es erst halb neun ist, ist es schon wieder viel zu heiß, und laut Wettervorhersage soll es heute noch dreiundvierzig Grad werden. Sämtliche Fenster stehen offen. Da es zum Schlafen viel zu drückend war, hat der Kleine von zwei bis vier ununterbrochen gebrüllt. Ich dagegen habe die ganze Zeit nach Regen gelauscht, so wie ich mir zuvor das Rauschen des Meeres vorgestellt hatte. Der Boden ist so hart und gespannt wie eine Trommel. Die ganze Nacht hindurch habe ich nur in kurzen Intervallen geschlafen, um dann schließlich stöhnend aufzuwachen. Heute morgen herrscht gedrückte Stimmung. »Eine Feier?«

»Ja. Wegen der Hitze konnte ich nicht schlafen, und so habe ich die ganze Nacht darüber nachgedacht. Wir sollten schon noch was machen, bevor ihr alle wieder verschwindet. So ein Sommer kommt so schnell nicht wieder, und dazu noch mit euch allen. Und da Susan auch bald weg ist, dachte ich, wir laden sie und Margery ebenfalls ein. Aber sonst niemanden mehr, und schon gar keinen aus London. Nur wir hier.«

Aus der Falte zwischen Isabels Augen ist mittlerweile eine

tiefe Furche geworden. Mit leuchtenden Augen sieht sie uns nacheinander an. Wenn ich Isabel jetzt berührte, würde sie bestimmt Funken sprühen.
»Na, ist das nicht eine gute Idee?«
»Was für eine Feier denn?« fragt Richard.
Zwar ist mir klar, was er meint, doch Isabel antwortet auf eine andere Frage. »Ein Abendessen. Wir können uns draußen auf die Terrasse setzen. Wir tragen einfach den langen Tisch hinaus und hängen für später, wenn es dann dunkel wird, Lampions in die Apfelbäume. Wir haben doch noch dieses weiße Tuch von deiner Mutter, Richard, das Leintuch mit dem Efeumuster. Und den dreifachen Kerzenhalter. Bei diesem Wetter brennen die Kerzen draußen so gut wie drinnen.«
»Das bedeutet jede Menge Arbeit für Nina«, sagt Richard mit einem Seitenblick auf mich. »Der Lachs damals hat dich auch den ganzen Tag gekostet, nicht wahr?«
»Natürlich soll sie nicht alles allein machen müssen«, entgegnet Isabel spitz. »Wir machen es gemeinsam. Jeder von uns sucht sich ein Gericht aus, das er dann selbst kocht.«
»Ein Familienfest«, meint Edward. An seinem Ton ist nicht zu erkennen, ob er es nett oder ironisch meint. Obwohl es mir anfangs nicht unbedingt zusagte, freunde ich mich allmählich mit dem Vorschlag an und überlege mir, wie das Ganze aussehen könnte. Ein überfüllter Tisch, auf dem Leintuch unzählige Flaschen und Blumen, die blaue Abenddämmerung und danach die Kerzen. Ein Fest, um sämtlichen Vorfällen hier einen Abschluß zu geben und uns voneinander loszusagen. Ein Fest, das unserer Befangenheit eine klare Form gibt und sie beim Namen nennt. Aber eigentlich wollte ich heute nach Hause fahren, und das bei der Hitze. Bei dem Gedanken an die vielen Einkäufe und an die verstopften Straßen – schließlich drängt jeder darauf,

ans Meer zu kommen –, auf denen der Wagen vor sich hin kochen wird, kribbelt mir jetzt schon die Haut.
Richard geht zum Fenster hinüber. »Sieht nach Gewitter aus«, bemerkt er beiläufig, als hätte dies nichts mit Isabels Vorhaben zu tun.
»Es wird bestimmt nicht regnen. Es hat seit Wochen nicht geregnet«, entgegnet Isabel rasch.
»Aber sieh dir mal die Wolken dort drüben an.«
Es sieht aus, als hätte jemand mit einem Metallstift Linien am Himmel gezogen. Nur minimale Umrisse sind erkennbar, die sich in der Entfernung zusammenknäueln.
»Ach was«, meint Edward. »Es wird nicht regnen, die haben sogar noch höhere Temperaturen für diesen Nachmittag angesagt. Heute wird das Wetter sämtliche Rekorde brechen. Habt ihr gewußt, daß wir seit zweihundert Jahren nicht mehr so einen heißen Sommer hatten?«
»Wir brauchen Regen«, erwidert Richard.
»Das kannst du ja wohl am wenigsten beurteilen. Schließlich hast du dein halbes Leben im Flugzeug verbracht«, stichelt Isabel.
»Du glaubst gar nicht, was man von einem Flieger aus so alles mitbekommt.«
»Wann soll diese Feier also starten?« fragt Edward.
»Ich dachte an heute abend. Von der Zeit her müßte es gut reichen, wenn wir jetzt gleich ausmachen, was wir kochen werden und du dann mit Richard und Nina den Einkauf erledigst. Wahrscheinlich müßt ihr nach Brighton fahren, um alles zu bekommen. Du kannst ja mit Richard schon mal den Tisch und die Stühle heraustragen, damit Susan ihn schmücken kann, während ihr unterwegs seid. Ich hätte gern überall Blumen und Efeu und Rebenblätter. Ich werde solange den Kleinen übernehmen.«
»Traust du dir das auch wirklich schon zu, Isabel? Immerhin

bist du noch immer sehr geschwächt«, meint Richard besorgt. Aber Isabel ist elektrisiert und völlig aufgedreht. »Natürlich schaffe ich das. Zumindest kann ich endlich etwas tun, anstatt die ganze Zeit herumzusitzen und darauf zu warten, daß der Kleine anfängt zu schreien.«

»Ich finde die Idee großartig«, sagt Edward und steht auf. Inzwischen ist das Mobile fertig, und er reckt sich, um es innen an einen Türhaken zu hängen. »Genau so ein Haken fehlt noch an der Decke über dem Kinderbett, Isabel.«

In der Schachtel sind Dutzende von blauen Holzfischen. Einen nach dem anderen holt Edward heraus und fädelt sie an der richtigen Stelle auf. Das Mobile stellt einen Schwarm voller Fische dar.

»Wie viele Fische sind das?« fragt Richard.

»Vierzig.«

»Es wird den halben Raum einnehmen. Er kann dann gar nicht mehr in den Himmel sehen.«

»Es ist zauberhaft«, schwärmt Isabel.

»Er wird wahrscheinlich von Anfang an glauben, daß Fische fliegen können«, sage ich.

»Ist doch egal, oder?«

»Nein, ist es nicht. Was soll er denn für ein Bild von der Welt bekommen?«

»Ein besseres, als wir hatten«, entgegnet Isabel. Mit den Fingern spielt sie an einem leichten, hohlen Fisch herum. Mit jenen Fischen, die wir in unserer Kindheit auf den Planken der Fischerboote herumzappeln sahen, hat dieser hier nichts gemein. Jene damals waren schwer und hatten Muskeln. Wenn man sie hochhob, waren sie ganz glitschig, ihr Blut war hell wie Menschenblut, und ihre Augen schienen einen zu beobachten. An einem guten Tag bekam man eine ganze Einkaufstasche voll Heringe für nur einen Schilling. Wir aßen häufig Hering.

Obwohl das Mobile ein Wirrwarr aus Holz und Fäden ist, arbeitet sich Edward langsam, aber sicher hindurch. Mittlerweile sehen wir ihm alle dabei zu, so wie man eben Leuten zuschaut, die mit den Händen beschäftigt sind. Erneut nimmt Isabel einen Fisch in die Hand. »Da«, sagt Edward, während er den Finger ausstreckt, »zieh den Faden durch den kleinen Haken.« Es ist ein Nylonfaden, der aus meiner Entfernung unsichtbar ist, aber Isabel knüpft nichts mit nichts zusammen, und der Fisch hängt.
»Damit werdet ihr ja nie fertig«, meint Susan, als sie mit Antony hereinkommt, der endlich eingeschlafen ist und dessen Gesicht verquollen und fleckig aussieht.
»Es geht schneller, als man denkt.«
Während Isabel und Edward gemeinsam weiterbasteln, frage ich mich, ob außer mir eigentlich niemand merkt, wie ähnlich sie sich sind. Ich beobachte ihre schlanken Finger und ihre schönen, konzentrierten Gesichter. Ohne weiteres könnten sie als Geschwister durchgehen. Zwischen den beiden bestehen weitaus mehr Gemeinsamkeiten als zwischen Isabel und mir. Neben ihnen sehe ich direkt bäuerlich aus, und Richard ebenso. Auch er beobachtet die beiden, während sie für seinen Sohn das Mobile zusammenbauen.
»Wir basteln das kurz fertig«, sagt Edward, »und dann können wir den heutigen Abend besprechen. Musik darf auf keinen Fall fehlen. Bist du schon fit genug fürs Tanzen?«
»Wenn es ein langsames Stück ist«, antwortet Isabel.
»Was ist heute abend?« fragt Susan.
»Wir machen eine Party«, entgegnet Richard, wobei seine Stimme und sein Gesicht völlig ausdruckslos sind.
»Keine Party, ein richtiges Fest«, verbessert Isabel, den Mund voller Fäden.
»Wo liegt der Unterschied?«
»Eine Party ist was Öffentliches. Wir feiern aber privat.«

»Dann werde ich heute abend heimgehen«, sagt Susan leicht beleidigt.
»Nein, nein, Susan, so war das nicht gemeint. Du bist selbstverständlich mit von der Partie. Du mußt dabei sein. Ich bitte dich, ohne dich wird uns etwas fehlen.«
Flehend streckt Isabel die Hand nach Susan aus, die sofort dahinschmilzt. Sie wird kommen, keine Frage, und ihre Mutter ebenfalls. Jetzt müssen wir uns nur noch überlegen, was wir heute abend kochen sollen.
»Sechs Gänge«, schlägt Isabel vor.
»Aber wir können nicht einfach so kunterbunt etwas zusammenstellen. Die Gerichte sollten schon aufeinander abgestimmt sein.« Im Grunde ist das so selbstverständlich, daß man es überhaupt nicht erwähnen müßte.
»Ach was, es sind doch jeweils verschiedene Gänge«, sagt Isabel und dreht mir ihr stures, hübsches Gesicht zu, ohne mich richtig anzublicken. Leider kann ich nicht in Worte fassen, wie ein Mahl zu sein hat, mit Pausen, mit sich ständig wiederholenden, winzigen Gesten und der Wirkung, wenn Geschmack auf Geschmack trifft. Daß dieser sich von der ersten Note an entfalten sollte, um dann wieder schwächer zu werden. Isabel sind solche Dinge gleichgültig. Da Essen für sie eher nebensächlich ist, wird sie kaum auf Farbe oder Beschaffenheit der einzelnen Speisen Wert legen. In Isabels Kopf nimmt Nahrung einen winzig kleinen Platz ein. Sechs Gänge: für jeden einen, Antony nicht mitgezählt. Wieso sollte man ihn auch berücksichtigen? Aber wenn es schon ein Fest geben soll, kann ich mir dafür keinen anderen Anlaß als sein Vorhandensein vorstellen. Ich könnte ja einen Kuchen backen und seinen Namen mit Zuckerguß darauf schreiben.
Bisher ist keiner auf die Idee gekommen, Isabel zu fragen, wozu sie ein Festessen haben will, das sie ja doch nicht

anrührt. In diesem Haus starrt es vor unausgesprochenen Wahrheiten. Jedesmal, wenn wir uns im selben Raum befinden und miteinander reden, klingt es eher wie ein Code als wie eine Unterhaltung. Aber wer hat diesen Code geprägt? Und wer zwingt uns, ihn zu benutzen?

»Wann wolltest du fahren, Nina?« fragt Richard in Anwesenheit aller.

»Eigentlich schon heute, aber so, wie die Dinge stehen, warte ich eben bis morgen.«

»Ich werde dich vermissen, Nin«, sagt Isabel mit einem kurzen, nichtssagenden Lächeln. »Es war sehr schön, dich so lange bei uns zu haben.«

Sie ist ziemlich nervös. Als sie zu fest an dem Nylonfaden zieht, schnellt dieser prompt zurück, aber Edward verknüpft ihn in einem unsichtbaren Knoten, und alles ist wieder in Ordnung. Während Isabel in der Hocke sitzt, reibt sie die schweißnassen Hände unaufhörlich gegeneinander. »Ich krieg es nicht hin, Edward«, jammert sie mit schierer Verzweiflung in der Stimme. Schließlich sammelt sie sich zusehends wieder. »Es strengt die Augen an. Nina, hast du dir schon überlegt, was du für das Essen kochen wirst?«

Zwar habe ich mir noch gar nichts überlegt, aber ich weiß es auch so. »Feigen«, antworte ich.

»Feigen?«

»Ja. Schwarze türkische Feigen. Dafür ist gerade die richtige Zeit. Kürzlich habe ich erst welche gesehen. Ich werde eine riesige Platte voll frischer Feigen zubereiten, von denen sich jeder nach Herzenslust bedienen kann. Wir können sie entweder gleich zu Beginn oder auch erst am Ende essen. Egal, was danach aufgetischt wird, sie verderben keinen Geschmack. Dazu mache ich dann etwas Schlagsahne, obwohl ich persönlich sie lieber pur esse.«

»Du wirst also gar nichts kochen?«

»Isabel, ich schwöre dir, sie werden phantastisch schmecken. Besser als alles, was ich kochen könnte. Vielleicht mache ich auch noch was anderes, aber das soll eine Überraschung werden.«

»Ah!« Sie atmet erleichtert auf. »Also kochst du doch was.«

Ihr bedeuten die Feigen nichts. Weder ihre Verpackung in weißem Papier noch die dünne, flaumige Haut einer jeden Frucht, noch die Art, wie die Samen langsam aus den Rissen im Fleisch hervorquellen, und auch nicht die fleischige Dicke unten am Stengel. Als Dubrovnik noch nicht unter Beschuß stand, kaufte ich dort einmal Feigen auf dem Markt. Die Marktfrau hatte sie auf Blättern ausgelegt, und wenn man genau hinsah, konnte man winzige Risse erkennen, wie ein verrücktes Zuckergußmuster, weil die Frucht so reif war, daß sie aufplatzte. Jeden Morgen aß ich Feigen und Orangen und trank dazu schwarzen Kaffee, und so stellte ich fest, daß keine Feige einer anderen in der Farbe gleicht. Es gibt schwarze und dunkelviolette, aber sie haben auch immer etwas Grünes an sich, und wenn die Haut dünner wird, kann man das goldbraune Fleisch durchschimmern sehen.

Ich sehe, wie Richard schluckt.

»Und was ist mit euch?«

»Ich werde eine Fischsuppe machen«, antwortet Edward. »In Brighton kenne ich übrigens einen guten Fischhändler. Garnelensuppe mit Knoblauch und Koriander. Am längsten wird die Fischbouillon brauchen.«

Wir beide wissen, daß die Fischbouillon keineswegs große Arbeit macht, aber Edward ist schon den ganzen Morgen dabei, Punkte zu sammeln. »Ich wollte auch schon immer mal diesen galizischen Fischeintopf ausprobieren«, grübelt er laut, »aber um den Fisch zu kochen, muß man Olivenöl und Wasser erhitzen, wobei es auf die exakte Temperatur ankommt – wenn die Mischung nicht stimmt, fällt der ganze Fisch auseinander.«

»Mach die Suppe.«

»Ich weiß jetzt, was ich mitbringen kann«, sagt Susan. »Meine Mutter hat doch diese Eismaschine, und für die Jungbauern hat sie Unmengen von Dosen gefüllt – die liegen jetzt alle in der Tiefkühltruhe. Da ist Stachelbeer-Krokanteis und Eierlikör und Himbeere. Ich werde mir von allem was in einen Gefrierbeutel packen und mitbringen.«

»Ich wollte einen Obstsalat machen«, sagt Isabel.

Dies ist eine Tradition, die Isabel von meiner Mutter übernommen hat. Ein Gemantsche aus Dosenpfirsichen und Cocktailkirschen in einem farblosen Sirup, dem mit einem Viertelpfund grüner Trauben und ein paar in Scheiben geschnittenen Orangen ein wenig Leben eingehaucht wird. Manchmal kam es vor, daß meine Mutter in einem Anfall von Übermut ein Glas Cognac hinzufügte, um den Geschmack von Metall und Zucker etwas zu verfeinern. Aber immer nur den billigen Cognac. Leichtsinnigkeiten brachte sie nicht über sich. Aber da Isabel zum Einkauf nicht mitkommt, werde ich wohl auf ein altes Rezept mit Mango, Pfirsichstücken mit frischer Limone und Ingwersirup zurückgreifen.

»Willst du nur bestimmtes Obst haben, oder sollen wir das kaufen, was sich gerade anbietet?«

»Ach, kauft irgendwas«, meint Isabel. »Ich habe noch jede Menge Dosen. Ich meine, daß irgendwo sogar noch eine Dose Litschis herumsteht.«

»Sieht aus, als würde der Hauptgang an mir hängenbleiben«, sagt Richard.

»Ich weiß, was du machen kannst. Erstens paßt es wunderbar zu all dem anderen Zeug, und zweitens ist es überhaupt nicht schwierig«, sage ich. »Und zwar Pfannengemüse mit

Couscous-Schichten dazwischen und dazu Ziegenkäse. Dafür nehmen wir Auberginen, rote Paprika, Zucchini und Perlzwiebeln. Hört sich ein bißchen chaotisch an, schmeckt aber sehr lecker. Als Beilage könntest du Tabule-Salat machen und Ziegenkäsewürfel in Blätterteig backen.«

»Um Himmels willen, Nina.«

Isabel lacht. »Das hast du nun davon, Richard.«

»Also, hör zu. Du mußt nur folgendes beachten: den Couscous nicht kochen, sondern nur im Sud zehn Minuten ziehen lassen. Das ist besser. Die Brühe findest du im Kühlschrank, und wenn sie aufgekocht ist, kannst du noch ein paar kleingehackte Minzblätter hinzugeben, aber hinterher dann wieder abgießen. Der Couscous darf nur einen Hauch davon abbekommen. Die Paprika müssen auf großer Flamme angebraten werden. Sobald sie diesen schwarzen, klebrigen Geschmack abgeben, der beinahe wie Karamel schmeckt, sind sie süß genug. Und das holt dann auch die Süße aus den Zwiebeln. Der Rest ist ein Kinderspiel: den Blätterteig und den Käse holen wir beim Griechen. Der hat immer frische Ware. Und dazu diese fetten, weichen Oliven.«

»Ein Kinderspiel«, sagt Richard.

»Kein Problem, ich helf dir. Laß mich nur kurz Olivenöl aufschreiben. Dieses Zeug, das ich aus dem Dorf habe, kann man vergessen. Und Brot.« Ich kritzle auf die Rückseite eines Umschlags. »Käse. Champagner. Wie viele Flaschen? Geht auf meine Rechnung.«

»Kommt überhaupt nicht in Frage«, fährt Richard dazwischen. »Du hast schon genug bezahlt, Nina.«

»Also steck deine Geldbörse weg«, sagt Isabel.

Wir lächeln uns zu. Wie richtige Schwestern es tun, die wir ja im Grunde nicht sind. Für einen Augenblick ist Edward der Freund der Familie, der ein Vermögen für ein Babyspielzeug ausgegeben hat, wobei er ganz inoffiziell der Onkel des Kleinen ist. Richard ist der stolze Vater, der losgeht, um Champagner zu kaufen und damit die Stirn seines Erstgeborenen zu benetzen. Isabel ist die junge Mutter, die eine schlimme Zeit hinter sich hat, aber sich bereits auf dem Wege der Besserung befindet. Und ich bin die Tante, Schwägerin, Schwester, Freundin. Die Köchin. Was immer man will.

»So«, meint Edward, »geschafft.« Vorsichtig hebt er das fertige Mobile von dem Haken an der Tür. Während er das Gestell hält, wo sich die beiden Holzstangen kreuzen, tippt er es sanft an. Zitternd schweben die Fische in Stellung. Nachdem die Drähte zuerst noch ein wenig hin- und herschwingen und die Fäden auf- und abhüpfen, so daß die Fische herumzucken, gleiten sie danach dann aber sanft durch die Luft. Isabel klatscht in die Hände.

»Edward, das ist wirklich traumhaft schön. Ich hätte nie gedacht, daß es so schön wird.«

Wieder klingt ihre Stimme unangemessen überschwenglich, wie zuvor, als sie Susan anflehte zu kommen, aber Edward scheint es gar nicht zu bemerken. Lächelnd gibt er dem Mobile erneut einen kleinen Stups mit dem Finger, woraufhin sich sämtliche Fische drehen. Wenn ihre hölzernen Flossen sich berühren, ertönt ein leises, klapperndes Geräusch. Versunken betrachtet Edward das Spielzeug, voller Stolz.

»Antony wird begeistert sein«, sagt er, als würde Antony schon eigene Vorlieben entwickeln.

»Laßt uns langsam aufbrechen«, drängt Richard und steht auf. »Ist die Einkaufsliste schon fertig?«

»Es ist doch unnötig, daß wir alle drei fahren. Ich bleibe bei dir, Isabel«, sagt Edward. Aber Isabel lehnt sich im Stuhl zurück und schließt die Augen. »Geh ruhig. Du mußt doch den ganzen Kram für deine Fischsuppe besorgen.«

»Ich kann ihnen doch alles aufschreiben und dableiben. Du willst doch sicher nicht allein sein.«
»Ich werde nicht allein sein. Susan ist doch hier. Wirklich, Edward, mir wär's lieber, wenn du mitfährst. Seit du hier bist, kommst du wegen mir überhaupt nicht mehr an die frische Luft. Ihr könnt ja in der Stadt zusammen Mittag essen, und ich werde mich ein paar Stündchen hinlegen, sonst könnt ihr mich hinterher an die Geier verfüttern. Susan wird in der Zeit den Tisch schmücken, und danach kann sie sich um Antony kümmern, oder, Susan?«
»Wenn du dich hinlegen willst, kann ich ihn auch gleich mit nach draußen nehmen, während ich den Tisch herrichte. Er macht ja keine Umstände. Ach ja, ich müßte noch meine Mutter anrufen, wegen heute abend.«
»Ich mach das schon«, entgegnet Isabel.
»Also, laß uns mit dem Tisch anfangen, Edward«, sagt Richard. Selbst jetzt klingt es grimmig und sehr maskulin. Nachdem sie sich erhoben haben, stehen sie sich unmittelbar gegenüber, zwei Männer, die sich zwar nicht riechen können, aber daran gewöhnt sind, miteinander auszukommen. Nun, da sie sich von Angesicht zu Angesicht wiederfinden, begreife ich erst, wie groß die gegenseitige Abneigung ist. Ihre Körper verraten es. Wie zwei Boxer begeben sie sich in Stellung, und unter Richards Armen sind bereits Schweißflecken, obwohl sie den Tisch noch gar nicht hochgehoben haben. Langsam tragen sie ihn zusammen hinaus.
»Was für Blumen soll ich pflücken?« fragt Susan.
»Welche du willst«, antwortet Isabel. »Pflück von allem ein bißchen.«
Sie sagt es ganz beiläufig, und Susan nickt, da sie nicht die geringste Ahnung hat, daß dies unmöglich Isabels Ernst sein kann. Normalerweise haßt es Isabel geradezu, irgendwelche Blumen für das Haus zu pflücken, obwohl sie dann

doch widerwillig nachgibt und ein paar Rosen auf den Tisch stellt, wenn Besuch kommt. Isabel würde es sofort merken, wenn man in ihrem Beet zwei weißen Flammenblumen die Köpfe abschneiden würde. Sie weiß sogar, welche Rose bei Berührung ihre Blütenblätter bereits abwirft.

»Schneide die violetten Dahlien. Die japanischen Anemonen sind diesen Sommer besonders früh dran, weil es so heiß ist. Zusammen mit den Dahlien sehen sie sehr hübsch aus«, trägt sie Susan auf. Violette Dahlien sind sehr selten. In keinem anderen Garten habe ich ihre winzigen Samtblüten bisher gesehen. Sie haben bronzefarbene Blätter, und Isabel hat sie massenweise vor einem Salbeibusch angepflanzt. Noch nie wurden sie zum Schmücken abgeschnitten.

»Wo finde ich sie?« fragt Susan.

»Am Kirschbaum vorbei, hinten in dem Beet links an der Mauer. Aber laß nur, ich kümmere mich selbst darum. Trotzdem kannst du dir aus dem Garten nehmen, was du willst, Susan. Pflücke, was dir gefällt«, wiederholt Isabel, während ihre verschleierten Augen in meine Richtung blicken. Ihre Hand baumelt neben der ausgebreiteten Steppdecke, auf die Susan den Kleinen gelegt hat. Obwohl sie ihn nicht richtig berührt, fehlt höchstens ein Zentimeter, um mit den Fingern über seine Lippen zu streifen.

Kapitel 22

Ich folge Isabel hinaus in den Garten. Fröhlich geht sie ein Stück vor mir und schwingt die Gartenschere in ihrer rechten Hand hin und her. In dem Morgenlicht sehen ihre braungebrannten Arme ganz seidig aus. Am liebsten würde ich ihren Schritt zügeln, um all die wunderbaren, ständig wiederkehrenden Schattendreiecke, die sie beim Gehen auf dem Boden hinterläßt, zu zeichnen. Man käme im Moment nie auf den Gedanken, daß sie vor irgend etwas Angst haben könnte. Gebückt streift sie unter einem niedrig hängenden Apfelbaumast hindurch und hält ihn hoch, während sie auf mich wartet.

»Verfolgst du mich?«

»Nein, ich will nur –«

»Es geht mir schon wieder besser. Mir fehlt überhaupt nichts.« Sie blickt zum Himmel hoch. »Es wird kein Gewitter geben; sieh dir das strahlende Blau an.«

Überall auf dem Weg krabbeln fliegende Ameisen, die ihre Flügel hinter sich herschleifen. Man könnte meinen, daß irgendwo jemand in ein Nest getreten ist.

»Warum fliegen sie eigentlich nicht?«

»Das dauert noch. Es ist wie mit den Anemonen, alles ist dieses Jahr zu früh dran. Und sieh dir mal die Äpfel an.« Als sie an dem Ast rüttelt, fallen gleich fünf oder sechs noch unreife Äpfel herunter.

»Ich kann nicht anders, ich muß sie einfach tottrampeln.«

Mich ekelt es vor den Ameisen. Ihre langen, flugähnlichen Körper scheinen weder zum Gehen noch zum Fliegen gemacht zu sein, völlig nutzlos.
»Ich muß nachher noch einen Kessel mit kochendem Wasser rausbringen und über das Nest kippen, sonst krabbeln sie mir demnächst in die Küche«, sagt Isabel.
»Du wirst doch nicht wirklich diese Dahlien abschneiden, oder?«
»Wieso nicht? In einer hohen Vase, zusammen mit den Anemonen werden sie prächtig zur Geltung kommen. Es sind so viele, daß wir locker drei oder vier Vasen voll auf den Tisch stellen können.« Sie geht weiter, vorbei an dem Kirschbaum, und da steht auch schon der Salbeibusch, um dessen lilafarbene Blüten unzählige Bienen schwirren, und davor wachsen die zarten, violetten Dahlien.
»Ich habe gar nicht gewußt, daß sie schon so früh blühen«, sagt Isabel. Vom Weg aus betrachtet sie das Blumenmeer.
»Schneide sie nicht ab. Sie sehen so schön aus.«
»Hast du vorgehabt, sie zu zeichnen?«
»Keine schlechte Idee. Sie sind wirklich herrlich.«
»Aber daraus wird eh nichts«, meint Isabel. »Wann willst du dir denn die Zeit dafür nehmen? Du hast ja auch noch andere Dinge zu erledigen.« Sie hakt die Gartenschere auf, beugt sich nach vorne und kappt einen Blumenstiel nach dem anderen. Zunächst schneidet sie sie noch ziemlich weit unten ab, aber anstatt sie aufzusammeln, läßt sie sie einfach auf dem Boden liegen. Da manche von ihnen beim Hinunterfallen zwischen den anderen hängenbleiben, kommt es vor, daß sie zweimal denselben Stiel stutzt. Nacheinander trudeln sie nach unten und bleiben dort dicht an dicht liegen. Ich bücke mich und versuche, sie aufzulesen.
»Vorsicht. Ich schneide doch noch.« Hastig ziehe ich die Hand zurück, als Isabels stählerne Gartenscherenklingen

um einen hohen, bronzefarbenen Stiel zuschnappen. »So«, sagt sie, »das dürfte reichen.« Aber die Dahlien wachsen so üppig, daß immer noch ein paar Dutzend übrig sind. Mit dem Fuß schiebt Isabel die geschnittenen Dahlien zur Seite, damit sie besser an den Pflanzenstock herankommt. Während sie sich noch weiter hineinlehnt, schnippelt sie mit schnellen, abgehackten Schnitten nach und nach sämtliche winzigen Blumenköpfe ab.

»Nicht! Isabel, nicht!«

Unbeirrt schneidet sie weiter. Wie Samtknöpfe plumpsen die Dahlienköpfe auf den trockenen Boden und auf den Weg. Schnipp, schnipp, schnipp, schnipp. Nicht mehr lange, und die Zweige der großen Dahlienpflanze werden ohne Blüten völlig nackt dastehen.

»So«, meint Isabel. Sie ist etwas außer Atem. Erschöpft steht sie da, während die Gartenschere neben ihr herunterbaumelt. Wie durch ein Metallgitter brennt die Sonne auf uns nieder. Über uns ertönt ein Brummen, das ich zuerst für einen Insektenschwarm, dann für Donner halte, aber als wir beide gleichzeitig den Kopf heben, sehen wir, daß es das Propellerflugzeug ist, dessen langer, schwarz-silberner Wimpel hinterherweht. Er ist mit Mond und Sternen bestickt.

Besuchen Sie Damianos Wunderland, steht dort, größer und immer größer, als das Flugzeug so niedrig wie noch nie zuvor über uns hinwegfliegt.

»Er verschwendet nur seine Zeit«, sagt Isabel. »Von uns geht sowieso keiner hin.«

Über unseren Köpfen kreist mit dumpfem Geräusch die stotternde Maschine. Nachdem das Flugzeug wieder ein bißchen höher gestiegen ist, fliegt es über die Wasserweiden davon und zieht sein Spruchband hinterher.

»Warum hast du das getan?« frage ich Isabel und berühre mit der Fußspitze die Blumen.

»Damit Susan genug zum Schmücken hat.« Gebückt sammelt sie die langen Stiele auf. »Mußt du denn nicht langsam los? Richard und Edward warten bestimmt schon auf dich.«
»Izzy, was ist eigentlich los?« Mit ausdrucksloser Miene und hängenden Schultern sieht sie aus, als spiele sie die Rolle einer alten Frau. »So kann ich dich nicht allein lassen.«
»Mit mir ist alles in Ordnung, Nina.« Als hätte sie die Silben einstudiert, spuckt sie die Worte aus.
»Das bezweifle ich. Sei nicht so zu mir. Ich bin es, Nin. Deine Schwester. Ich möchte doch nur, daß du ...«
Mit einer Hand reibt sich Isabel über das Gesicht, hin und her, wobei sie so fest drückt, daß die Knöchel ihrer Finger weiß hervortreten. Als sie den Mund aufmacht, scheint sie selbst wie weggewischt, es ist eine neue Stimme, die da erklingt. Oder vielleicht doch nicht neu. Sie kommt mir sehr vertraut vor, wie etwas, das ich schon einmal gehört habe. Es ist eine hohe, liebliche Stimme, bei der sich mir die Härchen an den Armen aufstellen. Die Stimme eines Kindes. »Ist es das, was du willst, Nin? Kein Problem. Ich verspreche es.«
Während ich sie anstarre, tröpfelt die Stimme in die Stille hinein. Ich bin mir nicht sicher, ob sie sich meiner Gegenwart überhaupt noch bewußt ist. Jetzt senkt sie den Blick, richtet ihn auf die Gartenschere und danach wieder auf mich. Sie hat sich wieder im Griff. »Ich bin so erschlagen, ich könnte im Stehen einschlafen. Ich muß mich nachher einfach noch ein wenig hinlegen, damit ich heute abend wieder einigermaßen fit bin.«
Ich befeuchte die Lippen. »Geh du nur ins Bett. Ich werde Susan sagen, daß du dich ausruhen mußt und daß sie solange auf den Kleinen aufpassen soll. Übrigens, wozu eigentlich der ganze Aufwand mit dem Essen? Jeder hätte Verständnis, wenn –«
»Ich bestehe aber darauf.« Mit ihrem angedeuteten Lächeln

sieht sie meinem Vater unglaublich ähnlich. Eine Sekunde lang nehme ich sie überhaupt nicht wahr, sondern habe eher das Gefühl, als sähe ich sie durch den Körper eines Geistes hindurch.

»Laß nur«, winkt sie ab. »Ich sag Susan selbst Bescheid. Los jetzt, geh endlich. Wahrscheinlich sitzen sie schon im Wagen. Du weißt ja, was dir blüht, wenn du sie warten läßt.«

Vage grinsen Isabel und ich uns an, und dann bückt sie sich wieder, um weiter Blumen aufzulesen. Sie stopft sich eine doppelte Handvoll Knospen in den Arm, die jetzt schon zusammenfallen. Die Hälfte davon plumpst wieder auf den Boden. Je häufiger sie die Blumen anfaßt, um so schlimmer sehen sie aus.

»Was soll ich denn jetzt damit machen?« fragt sie mich.

»Laß sie einfach liegen. Oder schmeiß sie weg. Um Himmels willen, Isabel, es ist doch kein Verbrechen, Blumen zu schneiden. Es sind doch bloß ein paar blöde Dahlien, auch wenn du sie selbst gepflanzt hast. *Ist doch scheißegal.*«

Sie nickt. Schlaff läßt sie die Arme nach unten sinken, wobei die Dahlienköpfe aus ihren Händen quellen.

»Susan hat hier im Garten noch genügend Auswahl«, tröste ich sie. Und tatsächlich, sie läßt sie liegen. In ihrem Gesicht meine ich, Erleichterung bemerkt zu haben. Ohne eine Berührung, ohne ein Abschiedswort geht sie langsam auf dem Pfad zum Haus zurück, und ich schaue ihr nach.

Kapitel 23

In Brighton ist die Hölle los.
»Wir hätten doch zu dem Einkaufszentrum außerhalb der Stadt fahren sollen«, meint Richard.
Inzwischen drehen wir schon die dritte Runde um den Block in der Hoffnung, daß einer wegfährt. Sechs Wagen vor uns ist auch bereits der Abschleppwagen zu sehen, der gerade einen Audi am Haken hat.
»Oh, du bist ein Goldstück«, säuselt Richard, als endlich ein kräftiger Mittsechziger seinen blankpolierten Honda rückwärts aus einer Lücke setzt. »Hast du das Parkkärtchen, Nin?« Ich nicke, kratze Datum und Uhrzeit ab und lege den Schein hinter die Windschutzscheibe. »Wenn wir uns trennen, sparen wir erheblich Zeit«, sagt Richard bestimmt. »Dein Fischladen ist gleich dort drüben, Edward, links über die Straße, dann die zweite rechts, direkt bei der Kneipe an der Ecke.«
»Ich weiß.«
»Wie lange wirst du brauchen? Eine Stunde?«
»Ungefähr. Und ihr kauft zusammen ein.«
»Müssen wir ja. Außer Nina weiß keiner, was ich für das Essen, das ich kochen soll, besorgen muß.«
Mein Platz ist definitiv in der ersten Reihe, und mit Genugtuung blicke ich Edward hinterher, der mit seinem Einkaufsnetz davongeht.
»Meine Güte, hier ist es ja noch schwüler. Müssen wir wirk-

lich diesen blöden Einkauf machen, oder können wir auch einen trinken gehen?«

»Wir können schon einen trinken gehen, aber dann müssen wir ein bißchen mogeln und den ganzen Kram direkt bei Waitrose holen, während Edward sich solange auf der Suche nach frischem Koriander die Füße wundläuft.«

»Gleich da drüben ist eine nette Kneipe.«

Am Ende der Straße liegt das Meer wie eine Mauer da, ölig und schweigend. Vor der Kneipe stehen ein paar Tische mitten in der Sonne auf dem engen Bürgersteig. Um jeden Tisch drängen sich dicht an dicht acht Stühle, und es stinkt nach Sonnenöl und Bier.

»Laß uns reingehen.«

Drinnen ist es dunkel und nur halbvoll. Damit ein bißchen Luft hereinkommt, steht die Hintertür offen, und man sieht ein Stück Hof in gleißendem Licht, in dem ein paar Tische mit Sonnenschirmen aufgestellt sind. Aber drinnen ist es doch angenehmer. Auf der anderen Seite hebt ein alter Mann teilnahmslos den Kopf und starrt danach wieder in sein Glas Bier, während wir uns einen Tisch in der Ecke aussuchen.

Richard schiebt sich neben mich auf die Bank. »Hoffentlich bekommst du von dem Gin keine Kopfschmerzen.«

»Die habe ich schon. Vielleicht vertreibt er sie ja.«

Während ich mich zurücklehne, merke ich, wie der Gin meinen Körper durchströmt. Auf nüchternen Magen hat er eine fatale Wirkung. Ich rücke etwas näher an Richard heran, bis sich unsere Schenkel berühren, die wir jetzt gegeneinander pressen.

»Ich würde es jetzt am liebsten auf dieser Bank mit dir machen«, sagt er.

»Tja, ganze dreißig Minuten und kein Plätzchen, wohin man sich verziehen könnte.«

Er lacht. »Ich glaube, du bist die erste, die so was von Brighton behauptet. Draußen kommt man alle hundert Meter an mindestens zehn Hotels vorbei.«
»Ich glaube nicht, daß Edward gerne wartet.«
»Ach, scheiß auf Edward. Du hast doch gesagt, daß er es weiß.«
Aber uns beiden ist klar, daß nichts dergleichen geschehen wird.
»Stell dir mal vor, was für einen Reibach die machen könnten, wenn sie stundenweise Strandhütten vermieten würden«, sagt Richard. »Ich habe schon öfters gedacht, daß hier einige lukrative Möglichkeiten brachliegen.«
Langsam trinke ich den Gin aus. Richard bestellt uns weitere Getränke, gesalzene Erdnüsse, Chips und zwei Soleier auf einem Teller.
»Willst du noch was?«
»Dann komm ich nicht mehr hoch.«
»Du kannst dich gerne hinlegen. Wenn wir an den Strand gehen und uns direkt vor die Promenade setzen, wird uns keiner beachten. Die sehen ja doch alle nur aufs Meer.«
»Spinnst du? Am Strand wimmelt es von französischen Austauschstudenten. Die werden sich wohl kaum für das Wasser interessieren, oder glaubst du wirklich?«
»Ich kann ja ein Handtuch kaufen, und wir legen uns darunter. Ein großes natürlich.«
»Ja, das wär ein Bild für die Götter.« Ich muß an ein weißes Strandlaken denken, das sich ausbeult und hin- und herzuckt wie ein wildgewordenes Pferd. Daraus wird aber nichts, zumindest jetzt nicht. Aber später, wenn es dunkel ist, alles aufgegessen ist und die Kerzen erloschen sind. Wenn auf dem Tisch nur noch das Wachs und die Krümel und die verwelkten Blumen liegen. Dann werden wir in den Garten gehen – sobald die Party vorüber ist.

»Weißt du, es war mein Ernst, als ich dir erzählt habe, daß sie nicht mehr mit mir schläft.«
»Wie oft soll ich dir noch sagen, daß mich solche Geschichten nicht interessieren.«
»Immer wieder habe ich nachgebohrt, um den wahren Grund dafür zu erfahren. Eigentlich müßte ich ja genügend Verstand besitzen, um zu wissen, daß man gerade das nicht tun sollte. Schließlich habe ich sie soweit gebracht, daß sie mir gestanden hat, sie hätte mich nur geheiratet, weil ich so anders war als die Männer, die sie vor mir hatte. Sie wollte mal was Neues ausprobieren. Aber das ist gründlich in die Hose gegangen, weil sie nur die Männer attraktiv findet, die für sie nicht taugen. Die törnen sie an. Ich wollte es zuerst gar nicht glauben, weil wir die ersten drei Jahre im Bett sehr viel Spaß miteinander gehabt haben. Dann hat sie allerdings zugegeben, daß sich der Spaß bei ihr wohl eher in Grenzen gehalten hat, obwohl sie sich bemüht hat, aber es wollte einfach nicht klappen. Vielleicht hat sie nur so getan, um mich glücklich zu machen. Sie hat gesagt, daß sie mich liebt.«
»Warum erzählst du mir das alles?«
»Ich möchte, daß du es weißt.«
»Weil du sie immer noch liebst, und weil du dir wünschst, daß sie –«
»Nein. Das ist vorbei.«
Mit festem Griff zieht er meine Hand zu sich und schließt die Finger um mein Handgelenk.
»Sie hat ja recht«, sage ich, »die Typen, die sie vorher gehabt hat, kann man wirklich alle vergessen – zumindest die meisten. Wenn sie von dem einen genug hatte, ist sie direkt an den nächsten geraten, der keinen Deut besser war.«
»Das ist nichts Ungewöhnliches.«
»Und dann hat sie dich getroffen und konnte sich immer noch nicht entscheiden.«

»Ja, das stimmt. Es war ein ständiges Auf und Ab«, entgegnet Richard. Plötzlich fliegt die Eingangstür auf, und eine Blondine in einem engen roten Kleid späht in das Dunkel hinein. Der Alte auf der anderen Seite sieht von seiner Zeitung auf, erblickt sie, legt die Zeitung nieder und erhebt sich langsam und bedächtig. Auf ihren hohen Riemchenpumps stöckelt sie zu ihm hinüber, schließt die Augen und öffnet den Mund. Während sie sich küssen, kneift er ihr mit der Hand in den Hintern.

»Ich liebe Brighton«, schwärme ich.

»Wirklich?«

»Eine wundervolle Stadt. Man hat das Gefühl, daß man tun und lassen kann, was man will, ohne daß es die Leute kümmert. Alles ist möglich. Und das Meer erinnert mich an einen Grundbesitzer, der sich jeden Moment sein Land zurückholen wird. Sieh nur, wie es dort am Ende der Straße daliegt und lauert.«

»Ist mir nicht aufgefallen.«

»Weil du die halbe Zeit blind durch die Gegend rennst«, erwidere ich erbost, obwohl es gar nicht so gemeint ist.

»Aber als ich das letzte Mal hier war, habe ich doch immerhin die Farbe der Strandhüttentüren bemerkt«, rechtfertigt er sich, nimmt meine Hand zwischen die seinen und streichelt sie. »Dieses Blau hier ist einmalig, findest du nicht? Laß uns eine Strandhütte kaufen, Nina. Ich werde mich nach dem Preis erkundigen. Dann kannst du immer von London aus hierher fahren, und wir kochen uns Tee und machen die Tür hinter uns zu und treiben es miteinander, und hinterher flitze ich kurz raus und kauf dir ein Eis. Das wär doch was für dich.«

»Hör mal, es ist schon fast eine Stunde um, und wir haben noch nichts eingekauft.«

»Ach, vergiß das Essen. Vergiß einfach alles.« Er preßt sich gegen mich, und seine Haut glüht unter dem dünnen, weißen Hemd. »Du mußt nur wollen. Wir müssen nicht zurück.«

Wir müssen nicht zurück. Wir könnten uns in einem Hotel einquartieren, nicht in eins der exklusiven am Meer, sondern in ein günstigeres in einer der Seitenstraßen. Wenn wir es nicht übertreiben, könnten wir wochenlang von meiner Kreditkarte leben. Außerdem sind da noch die ganzen Scheckkarten in Richards Brieftasche, zusammen mit all den Doktortiteln und Diplomen. Auf dem Kiesstrand könnten wir dann immer frühstücken oder picknicken. Ich würde mir einen Badeanzug kaufen. Und abends würden wir dann von einem Italiener zum nächsten schlendern, bis wir unser Lieblingsrestaurant entdeckt hätten. Wir würden beobachten, wie nachts die Lichter am Pier angehen und dem Dunkel etwas Märchenhaftes verleihen. Mit Zehnpencestücken würde ich den Spielautomaten mit dem Pferderennen füttern, und wir würden für ein Pfund vier frische Donuts kaufen und sie alle auf einmal aufessen. Beim Blick nach unten, zwischen die Pierplanken, sähen wir in einiger Entfernung das dicke, salzige, grüne Wasser. Und den Schleim auf dem Metall der hohen, furchterregenden Pfeiler. Wir hielten Händchen. Jeden Tag würden wir am Ende des Piers stehen und dem Langstreckenschwimmverein beim Brustschwimmen zusehen. Um Mitternacht säßen wir in den Pavillongärten und beobachteten die japanischen Touristen dabei, wie sie britische Sandwiches verschlingen. Auch könnten wir einmal einen Tagesausflug nach Dieppe machen und vom Strand aus Steine ins Meer werfen, in trauter Zweisamkeit, bevor wir zurückkämen, die Hände voll mit aneinanderklirrenden Flaschen.

Keinen Fuß würden wir nach draußen setzen, während ein brütend heißer Tag nach dem anderen verginge. Haut an

Haut lägen wir auf dem ungemachten Bett, wobei die Sonne ihren Weg von der einen Seite des schmutzigen Fensters zu der anderen zurücklegte. Nur dann und wann gingen wir auf den Flur in das kleine Bad mit dem Schild, auf dem stände, daß wir die Räumlichkeiten doch bitte so verlassen möchten, wie wir sie vorzufinden wünschen. An dem Badewannenrand würde ein langes Haar kleben, und es läge der Geruch von »Harpic« in der Luft. Beim Rasieren würde Richard vor sich hin pfeifen, und sein Pfeifen würde sich die Treppe hoch bis zu mir schlängeln. Sehnsüchtig läge ich dann solange da, und zwar so, wie er es gerne sähe. Noch ein Gin, und es ist wirklich soweit. Ich lehne mich an die Wand, und unter dem Tisch fährt Richard mir sanft über den Bauch. Als er meinen Nabel ertastet, durchzuckt mich ein heftiger, elektrisierender Schmerz bis hin zum Rückgrat. Warum wagen wir es nicht einfach? Direkt anrufen und nach und nach sämtliche Fäden kappen.

Aber wir werden es schön bleiben lassen. Schließlich ist da Isabel, Isabel, Isabel. Überallhin hat sie ihre Fühler ausgestreckt, und ich kann sie nicht ausreißen. *Für mich warst du immer unschuldig, Nin. Ich würde dir alles verzeihen. Ich liebe dich.* Auf der Bank gegenüber erinnert mich die Farbe der tief in dem Kunstleder steckenden Knöpfe an die violetten Dahlien. »Wir müssen für das Essen einkaufen«, sage ich.

»Ja, leider.« Gähnend streckt er sich, wobei er sich kurz gehenläßt und sich schüttelt. »O Gott, ich kann das Gewitter in meinem Schädel spüren.«

Doch als wir hinausgehen, ist es weder kühler, noch hat es sich draußen verfinstert. Ganz weit oben hebt sich deutlich eine einzelne kleine Wolke vom Himmel ab.

Kapitel 24

Oben an der Windschutzscheibe klebt eine sauber gefaltete Nachricht. Ein kleiner Umschlag, auf dem *Richard und Nina* steht. Ich falte ihn auseinander. Auf der Innenseite ist zu lesen: *Habe von 13.15 bis 14.05 Uhr gewartet. Nehme den Zug nach Lewes und dann das Taxi. Treffen uns dann zu Hause.* Woher nur hat er diesen Umschlag? Schleppt er so etwas immer mit sich herum? Währenddessen reißt Richard gerade einen anderen Briefumschlag auf, allerdings einen amtlichen. Ein Strafzettel. Rechts auf der Windschutzscheibe prangt ein leuchtend gelber Aufkleber mit der Aufschrift: *Freigegeben zum Abschleppen.* In diesem Augenblick kommt auch schon der Abschleppwagen vom oberen Ende der Straße rückwärts auf uns zu.

»Schnell, steig ein.«

Nachdem wir unsere vier Tragetüten auf den Rücksitz geworfen haben, springen wir in den Wagen. Dumpf brummend und schlingernd bahnt sich der Abschleppwagen seinen Weg durch die geparkten Autoreihen. »Die müssen hier jede Menge Kohle machen. Wehe, du versperrst mir den Weg, du Arschloch, wage es bloß nicht.« Richard reißt das Lenkrad herum und schießt rückwärts aus der Lücke. »Wetten, daß dieser Vollidiot von Edward ihnen den Tip gegeben hat«, sagt er, während wir davonbrausen. »Was hat er denn geschrieben?«

»Ihr könnt mich mal! Das wird euch noch leid tun!«

Richard lacht. »Na warte, Bürschchen.«
»Verarscht, er hat den Zug genommen.«
»Egal, wir werden vor ihm zurück sein. Wir könnten ihn am Bahnhof abholen.«
»Oder wir könnten ihn am Bahnhof schmoren lassen, dann muß er das Taxi berappen und vielleicht noch die ganze Auffahrt mitsamt den Tüten hochlatschen.«
»Hm, einverstanden. Hör mal, hier in der Gegend ist ein Laden, wo wir den Champagner bekommen. Haben wir sonst auch wirklich nichts vergessen?«
»Nein, wir müßten alles haben.«
»Ich bin nicht gerade scharf auf dieses Festessen.«
»Es wird bestimmt allen schmecken. Ich würde dich doch nichts kochen lassen, was ungenießbar ist.«
»Ich rede nicht vom Essen.«
Wir erreichen die Umgehungsstraße und haben sämtliche Scheiben heruntergedreht, so daß die heiße Luft um den Wagen wabert und wir schreien müssen, um uns zu verständigen. Plötzlich hält Richard an. Zuvor ist mir bereits aufgefallen, daß er fährt, als könnte der Beifahrer seine Gedanken lesen.
»Bin in einer Minute zurück.«
Mein Blick folgt ihm, als er das Weingeschäft betritt. Dahinter kann man immer noch das Meer erkennen. Ein schwaches Glitzern, wie Metallspäne. Aber die Straßen sind breit und leer, von der Hitze betäubt. In dieser Glut könnte man glatt ersticken, es ist schlimmer denn je, sogar die Schatten der Bäume verschwimmen. Inzwischen ist aus dem Blau am Himmel ein Gelb geworden. Richard hat recht, es wird ein Gewitter geben, auch wenn es noch ein paar Tage dauern kann. Stumpf und verwelkt hängen die Blätter nach unten und dürsten nach Regen.
In diesem Moment kommt Richard wieder aus dem Laden

und balanciert die Kiste auf den Knien, als er sich umdreht, um die Tür zu schließen. Aber auf den Verkäufer hat der Batzen Geld, den Richard dort ausgegeben hat, einen so starken Eindruck gemacht, daß er ihm hinterherläuft. Er hilft ihm, die Kiste in den Kofferraum zu packen, sagt »Mein Herr« und »Auf Wiedersehen« und sieht uns beim Wegfahren nach, wobei er die Kette eines Kunststoffblindenhundes zurechtrückt. Richard wirft mir einen Mars-Riegel in den Schoß. Er fühlt sich kalt und fest an.

»Als Ersatz fürs Mittagessen. Kommt aus dem Kühlschrank, dürfte also in Ordnung sein.«

»Tut mir leid, Richard, besser nicht, nach all dem Gin.«

Leider ist die Benommenheit durch den Gin einem stechenden, übelkeitserregenden Schmerz in meinem Magen gewichen. Hätte ich doch bloß etwas zu mir genommen. In mir liefern sich die eingelegten Eier, Chips und der Alkohol eine Schlacht. Vor uns hüpft und schlängelt sich die Straße. Auf dem Hinweg ist er mit Sicherheit nicht so gerast. Die Häuser liegen bereits hinter uns, und wir fahren an weißen Feldern, staubigen Hecken und einem Radfahrer vorbei, der auf dem Radweg die Straße entlangkriecht.

»Richard, kannst du mal anhalten?«

Er wirft mir einen kurzen Blick zu. »Eine halbe Meile weiter ist ein Parkplatz.«

»Gut.«

Als wir halten, brechen die plötzliche Ruhe und Stille wie eine Flutwelle über mir zusammen. Mühsam schleppe ich mich aus dem Wagen, hin zu dem verdörrten Gras an der Böschung. Neben einem Brennesselnest falle ich auf die Knie und muß würgen, aber es kommt nichts hoch. Also verharre ich ganz still und atme tief ein und aus. Ich werde mich nicht übergeben. Mit gesenktem Kopf hole ich gleichmäßig Luft.

»Hier«, sagt Richard, »wisch dir das Gesicht damit ab.«
Es ist ein Baby-Feuchttuch. Zusammen mit all dem anderen Zeug haben wir eine Packung davon vorhin im Supermarkt gekauft. Es ist kühl und feucht und riecht in aller Unschuld nach Babylotion. Nachdem ich mir den Schweiß von Gesicht und Nacken gewischt habe, setze ich mich wieder in den Wagen. Obwohl nur fünfzig Yards weiter der Verkehr brummt, sind wir hier doch relativ verborgen.
»Geht's wieder?«
»Ja. War einfach ein bißchen zuviel Gin.«
»Und dazu die ganze Aufregung«, meint er, »vergiß nicht die Aufregung.«
»Na ja, das wohl weniger.« Durch eine Lücke in der Hecke erspähe ich einen kleinen, rechteckigen Ausschnitt von der Landschaft. Zwei Felder, ein Haus, eine Hecke. Es wirkt wie das perfekte und vollkommene Leben anderer Leute.
»Wonach schaust du?«
»Da durch, das Haus dort.«
»Würdest du gerne in so einem Haus leben?«
»Ich habe überlegt, wie ich es wohl zeichnen würde.«
»Aber du hast deinen Skizzenblock nicht dabei, oder?«
»Doch, in meiner Tasche.«
»Darf ich mal einen Blick darauf werfen?«
»Nur zu. Mit diesem Brummschädel kann ich sowieso nicht zeichnen.«
Er klappt den Block auf und blättert ein paar Seiten durch. Der Kohlkopf, die Kirschbaumrinde, ein Küken in dem riesigen Kielwasser der Mutter. Wieder Kohl. Als ich sehe, wie er sich versteift, weiß ich, welche Seiten er gerade vor sich hat.
»Ich wußte gar nicht, daß du so viel gezeichnet hast.«
Flüchtig blättert er durch. Zehn, fünfzehn, zwanzig. Auch ich bin überrascht, da ich beim Zeichnen selbst überhaupt nicht gemerkt habe, daß ich so fleißig war.

»Sind die alle von ihm?«
»Du meinst Antony? Nein, nicht alle.«
Da ist Antony auf Susans Arm. Ein strampelnder Antony auf einer Decke im Garten. Ein vor Kolik sich krümmender Antony, dessen Gesicht vor Zorn und Schmerzen verzerrt ist. Dann in der Badewanne, während Susan ihn mit den Fingern im Nacken aufrecht hält und seine Beine schlaff herunterhängen, als hätte ihn das warme Wasser überrascht. Es muß sich sehr heimelig anfühlen. Dann wiederum an der Flasche klebend, wobei sein ganzer Lebenssaft durch diesen Nuckel fließt. Und dann noch ein Bild, auf dem er seinen feuchten, verschwitzten, unerschütterlichen Schlaf schläft.
»Kennt Isabel die schon?«
»Nein.«
Er blättert weiter. Wieder hält er inne, betrachtet diese neuen Bilder genauer und blättert dann schnell ein paar Seiten zurück, um zu vergleichen. Danach blickt er mich an.
»Auf denen hier sieht er anders aus. Irgendwie größer, oder? Schau dir mal die Beine an. Außerdem hat Antony nicht so viele Haare.«
»Das soll auch nicht Antony sein.«
»So, wer dann? Es ist dasselbe Baby. Sieh dir die Form der Augen an. Und auch die Hände, überhaupt kein Unterschied.«
»Es ist ein größeres Baby, da hast du recht. Dieses Baby ist auch älter als Antony. Nämlich drei Monate alt. Keine Ahnung, wer das sein könnte? Weißt du es wirklich nicht?«
»Warum fragst du? Müßte ich es etwa kennen?«
»Du hast es nie gesehen.«
»Meine Güte, Nina, was soll das? Ein Baby, na und? Ein stinknormales Baby. Für mich sieht es wie Antony aus, auch wenn du behauptest, daß er es nicht ist.«
»Es ist Antonys Onkel.«

Diesen überraschten Blick kann er unmöglich vortäuschen. »Du meinst Steve? Hast du mit einem Foto von ihm als Vorlage gearbeitet?«

Mir war gänzlich entfallen, daß Richard ebenfalls einen Bruder hat. »Nein, nicht dein Bruder. Meiner. Der von mir und Isabel.«

Eine kurze Pause. »Oh. Jetzt verstehe ich.«

»Du hast von ihm gewußt, oder?«

»Ja, aber ich hatte es vergessen. Isabel hat einmal erwähnt, daß ihr einen Bruder hattet. Aber er ist doch gestorben, oder?«

»Ja.«

»Dann hast du also ein Foto von ihm genommen. Erstaunlich. Er sieht wirklich wie Antony aus.«

»Ich habe ohne Foto gearbeitet, rein aus dem Gedächtnis heraus.«

»Aber du warst doch noch ganz klein. Isabel war ja gerade mal – acht oder so?«

»Sieben.«

»Dann kannst du ja erst vier gewesen sein.«

»Tja, ich habe eben ein gutes Gedächtnis.«

Erneut sieht sich Richard die Zeichnungen an, dieses Mal allerdings intensiver. »Jetzt sehe ich erst, daß er andere Kleider trägt als Antony. Auch von der Machart her anders.«

»Er hat unsere Babykleider aufgetragen. Meine Mutter hat sie mit blauen Bändern umsäumt. Damals war das Geld zu knapp, um neue Sachen zu kaufen.«

»Ja, ich kann die Bänder erkennen. Du hast sie mitgezeichnet.«

Nachdenklich studiert er den Skizzenblock. »Also wirklich außergewöhnlich, Nina. Kannst du dich tatsächlich noch an alle Einzelheiten erinnern?«

»Ja.«

»Ich hatte ja keine Ahnung, daß du auch solche Zeichnungen gemacht hast. Isabel wird begeistert sein. Wir müssen sie unbedingt rahmen lassen.«

»Es sind doch nur Skizzen.«

»Geht es dir jetzt wieder besser?«

»Ja, wunderbar. Laß uns weiterfahren.«

Richard steht auf und läßt seinen Blick über die Landschaft schweifen. »Von hier aus kann man meilenweit sehen. Ich hatte doch recht, sieh dir mal an, was sich da hinten gerade zusammenbraut. Es wird ein verdammt heftiges Gewitter geben.«

»Noch ist es ziemlich weit weg.«

»Bis heute abend wird es uns erreicht haben«, sagt er mit Genugtuung, »dann bleibt mir das Kochen vielleicht doch noch erspart. Wir können ja den Champagner trinken und die Blitze beobachten.«

»Komm jetzt.« Trotz der Hitze zittere ich ein wenig. Bei Übelkeit friert man leicht. Ich fühle mich, als könnte ich nicht richtig atmen, als wäre die Luft ganz zäh und keineswegs gasförmig. »Richard, wir sollten uns beeilen.«

»Keine Panik. Edward müßte noch immer im Zug sitzen. Wir werden auf jeden Fall vor ihm da sein.«

»Wir sind eine Ewigkeit weg gewesen. Es hat alles länger gedauert als geplant.«

»Nun, wenigstens wir beide kennen den Grund.«

Er lächelt noch immer, als ich bereits nach dem Türgriff fasse und so kräftig an dem Gurt ziehe, daß er sich verklemmt. Richard läßt sich Zeit. Mit der Landschaft im Rücken genießt er die letzten Sonnenstrahlen vor dem aufziehenden Gewitter. Hinter ihm tobt der Himmel. Über einem Baum flackert kurz ein kleiner Blitz, während es in einem anderen Teil des Bildes bereits in Strömen gießt.

Kapitel 25

Wir nehmen den Weg durch den Garten. Es scheint, als wäre Susan gerade erst mit dem Tischschmücken fertig geworden und durch die Verandatür nach drinnen gegangen. In ordentlichen Falten hängt das schwere Leintuch herunter, und Susan hat vier Vasen mit den violetten Dahlien und den weißen japanischen Anemonen gefüllt und sie entlang der Tischmitte verteilt. Um die Kerzenleuchter hat sie kunstvoll Efeu arrangiert. Neben jedem Teller steht eine winzige Vase mit Rosmarin oder Lavendel. Alles ist sehr sorgfältig und penibel angeordnet. Allerdings steht in der Mitte des Tisches zwischen den Kerzenhaltern eine große Obstschüssel, die mir völlig neu ist. Sie ist knallgelb.

»Die ist gerade richtig für die Feigen. Unten werde ich sie mit etwas Papier ausstopfen, damit die Schüssel hinterher auch voll wirkt.«

Auf den Holzdielen nähern sich Schritte, und Susan kommt heraus, den Arm voller Sonnenblumen.

»Ah, da seid ihr ja.« Sie strahlt uns an, als wäre sie unsere Tochter. »Sieht schön aus, nicht?« Vor Hitze und Zufriedenheit ist ihr Gesicht feuerrot.

»Ein Meisterwerk.«

Die Hälfte der Sonnenblumen läßt Susan auf einen Gartenstuhl fallen, und ihre goldenen Gesichter drehen sich, während sie dort liegen, als versuchten sie, durch die Stuhlleisten etwas Sonne zu erhaschen.

»Ich kümmere mich gleich darum. Habt ihr alles erledigt? Wo ist Edward?«

»Er hat den Zug genommen und müßte auch bald eintreffen. Der ganze Kram liegt noch im Wagen.«

»Dann laßt es uns mal reinbringen.«

Über dem Garten liegt vollkommene Stille. Unsere Worte scheinen nicht mehr Sinn zu machen als das Klopfen der Vogelschnäbel. Wozu soll das alles gut sein? Der Tisch, das Essen, die runden, der Sonne zugekehrten Sonnenblumenköpfe? Was für eine Komödie spielen wir hier eigentlich? Es gibt keinen Grund zum Feiern.

»Schläft Isabel noch?«

»O nein«, entgegnet Susan, »sie konnte nicht schlafen, also ist sie ein bißchen spazierengegangen.«

»Was soll das heißen?«

Susan streift sich das Haar hinter die Ohren zurück. »Nun, sie ist vorhin runtergekommen und hat gemeint, daß sie nicht schlafen kann, und ich war mit meinen Vorbereitungen noch nicht weit gekommen, wegen dem Kleinen. Nach dem Füttern wollte und wollte er nicht einschlafen. Deshalb hat Isabel vorgeschlagen, ein paar Stunden mit ihm rauszugehen, damit wir in Ruhe alles für das Fest herrichten können.«

Als wäre dies alles ein schlechter Witz, erwacht Richard als erster aus seiner Starre. »Sie ist mit ihm rausgegangen? Unmöglich. Sie ist doch noch gar nicht in der Lage, lange durch die Gegend zu laufen.«

»Sie ist ja auch nicht zu Fuß unterwegs. Sie hat bei der Tankstelle angerufen und ein Taxi bestellt. Das sollte sie zum Gap runterbringen. Sie hat gemeint, dort wäre es etwas kühler, und außerdem hat der Kleine noch nie das Meer gesehen. Es sind ja nur fünf Meilen.«

Obwohl Susan unsere entsetzten Blicke registriert haben

muß, plappert sie eifrig weiter: »Sie hat gesagt, daß sie das Taxi für den ganzen Nachmittag mieten würde, um damit wieder zurückzufahren. Sie hat alles dabei, die Tasche mit dem Wickelzeug und die Fläschchen. Ich habe alles für sie eingepackt und drei Fläschchen dazugesteckt.«

Richard und ich wechseln einen kurzen Blick. »Wieso bist du nicht mitgegangen, Susan?«

»Wie denn? Hier war ja jede Menge zu tun.«

Susan trifft keine Schuld. Mit hochrotem Gesicht steht sie aufrecht da und umklammert die Blumen. Sie hat ihr Bestes getan, was will man mehr?

»Seit wann ist sie weg?«

»Kurz nach zwölf. In der Zwischenzeit habe ich das alles hier erledigt.«

In der Hoffnung, daß wir ihr Werk erneut würdigen, kann sie nicht widerstehen, nochmals einen flüchtigen Blick auf den Tisch zu werfen. Verzweifelt wehre ich mich gegen das Gefühl, daß die Luft zu zäh zum Atmen ist. Wieder und wieder balle ich die Hände zu Fäusten, um mich zu beruhigen, und mein Herz schlägt hart gegen die Rippen. Aber das ist bei mir nichts Ungewöhnliches vor einem Gewitter, da atmosphärische Störungen mich immer irgendwie ängstigen. Es gibt nichts, worüber man sich im Moment sorgen müßte. Isabel hat sich lediglich etwas Abwechslung gegönnt, ein bißchen frische Meeresluft. Aber irgendwie wollen diese phrasenhaften Überlegungen dieses Mal nicht funktionieren. In einer halben Stunde schon wird sie wieder auf dem Nachhauseweg sein, und Antony wird wahrscheinlich tief und fest in seinem Kindersitz schlummern. Vermutlich hat er nicht einmal mitbekommen, daß er einen Ausflug gemacht hat. Und sie wird uns mit ihrem zaghaften, entrückten Lächeln entgegenkommen und völlig überrascht tun, daß wir überhaupt auf die Idee gekommen sind,

uns Sorgen zu machen. Weshalb muß ich immer nur aus allem so ein Drama machen?
Seit Wochen ist Isabel nicht mehr draußen gewesen, nicht einmal im Garten. Und dann plötzlich dieses Festessen, aus heiterem Himmel. Eine fixe Idee, eine Feier. Sie hat uns den Ball zugeworfen, und wir haben uns wie die Irren draufgestürzt. *Du erledigst mit Richard und Nina den Einkauf. Wahrscheinlich müßt ihr nach Brighton fahren, um alles zu bekommen.* Und dann, kaum sind wir aus dem Haus, fährt sie mit einem Taxi an den Strand, fünf Meilen weit, eine Entfernung, die sie schon seit Monaten nicht mehr auf sich genommen hat. Weil sie eine Luftveränderung braucht. Susan sieht mich an.
»Was hältst du davon?« fragt Richard mich, als hätte er Susans Anwesenheit völlig vergessen.
»Gute Frage. Eigentlich müßte sie demnächst wieder aufkreuzen, wenn sie nur zum Gap runter ist. Mit dem Kleinen zusammen wird sie bestimmt nicht das Gewitter abwarten.«
»Bestimmt nicht.«
Ich kann den Blick nicht von den Sonnenblumen losreißen. Wo hat Susan die nur alle her, und warum hat sie sie überhaupt gepflückt, wo sie doch in der freien Natur viel schöner aussehen? Ihre zottelige Brillanz quillt über die Stuhlkante. Wo will Susan sie auch hineinstellen? Keine der Vasen hier ist groß genug. Fragend sieht Richard mich an. Erwartet er etwa von mir irgendwelche klugen Vorschläge? Susan läßt uns beide nicht aus den Augen.
»Ich glaube, ich hole mal ein bißchen Wasser für die Sonnenblumen«, meint sie schließlich, während sie sich langsam von uns entfernt.
»Warte.«
Die Nervosität steigt. Der mit Blumen übersäte, festlich ge-

schmückte Tisch scheint zu spotten: *Ein Fest? Sollte hier tatsächlich ein Fest stattfinden?*

»Ich denke, wir sollten einfach mal runterfahren«, schlage ich vor.

»Und nach ihr sehen. Ja, klingt vernünftig. Wahrscheinlich wird sie die Anstrengung unterschätzt haben, so beim ersten Mal alleine draußen.« Wie verantwortungsbewußt wir doch tun. So erwachsen. Dann plötzlich trifft es mich wie ein Wellenschlag, daß das Haus menschenleer ist. Ginge ich jetzt darin umher und sähe hinter sämtlichen Türen nach, würde ich vergeblich nach meiner Schwester suchen.

»O gut«, sagt Susan erleichtert, »in diesem Fall werde ich schon mal die Gläser und Teller in der Küche aufstellen. Meine Mutter bringt das Eis mit, wenn sie kommt. Ich habe sie für acht bestellt, war das in Ordnung?« Sie macht eine kurze Pause, aber niemand antwortet. »Wahrscheinlich wird euch Isabel auf der Fahrt entgegenkommen. Sie hat sich das Taxi von Mickey Nye genommen, den roten Sierra von der Tankstelle.« Sie lächelt. Um Susan könnte man eine saubere, wasserfeste Linie ziehen. Während es unsere Aufgabe ist, alles zu klären, erledigt sie ihre Arbeit so gut wie immer.

»Wenn Edward kommt, richte ihm aus, daß wir Isabel entgegenfahren«, trage ich ihr auf. Im Umdrehen nickt sie und geht steif in das Haus zurück.

»Es gibt eigentlich keinen Grund zur Sorge«, meint Richard, als wir in den Wagen steigen. »Aber mir ist auch nicht ganz wohl in der Haut, wenn Isabel da unten allein herumhängt. Es wird zuviel für sie.« Während wir unsere Gurtschnallen einrasten lassen, werfe ich ihm wortlos einen kurzen Blick zu.

Nachdem in meiner Straße einmal einem Mann die Kehle durchgeschnitten worden war, meldete ich mich zu einem

Selbstverteidigungskurs an. *Die meisten Leute geraten nur deshalb in Schwierigkeiten, weil sie verlernt haben, auf ihre Instinkte zu achten,* meinte der Trainer damals. *Hinterher erzählen sie einem immer wieder, daß sie ein unangenehmes Gefühl beschlichen hat, als sie mit einer bestimmten Person in einem Raum saßen. Dennoch haben sie dieses Unbehagen unterdrückt, weil diese Person ein Freund war, der Gasmann oder sonstwer. Ihr müßt lernen, auf eure innere Stimme zu hören. Euer Körper kann euch alles mögliche mitteilen, ihr müßt ihn nur lassen. Also, wenn ihr das Gefühl habt, ihr müßt jemandem aus dem Weg gehen, dann tut es. Und zwar schnell.*

Ich bin schon fast krank vor Angst. Sie hält mich so fest umklammert, daß ich spüre, wie sie aus meinen Poren rinnt, wie Schweiß. Langsam steckt Richard den Schlüssel in das Zündschloß, fummelt an seinem Außenspiegel herum und startet dann endlich den Wagen, und erst als wir bereits die Hälfte der Auffahrt zurückgelegt haben, fällt mir ein, daß hinten noch die ganzen Lebensmittel liegen. Aber ich halte den Mund in der Hoffnung, daß er das Knistern der Tüten nicht hört. Zwar werden die Lebensmittel bei dieser Hitze mit Sicherheit verderben, aber nun ist es zu spät, umzukehren. Am Ende des Weges biegt Richard links statt rechts ab.

»Du fährst in die falsche Richtung.«

»Ich weiß, ich will nur noch kurz bei der Tankstelle vorbeischauen.«

»Dort wird sie nicht sein. Er wird sie auf direktem Weg zum Haus zurückfahren. Sieh mal, das kostet uns weitere zehn Minuten, wir vergeuden nur Zeit.«

»Mensch, Nina, beruhige dich. Ich will ja nur Janice fragen, ob Mickey ihr gesagt hat, wann er zurück sein wollte.«

Von der Straße biegen wir in den staubigen Hof ab, und noch bevor der Wagen hält, haben wir ihn bereits gesehen.

Den hellroten Sierra, der drüben auf der Auffahrt zur Waschstraße steht. Schneller als ich springt Richard aus dem Auto und geht zu Janice in das Kassenhäuschen hinüber: »Janice, ist Mickey in der Nähe?«

Mit ihrem verhärmten Gesicht, das von einer zotteligen Koboldfrisur umrahmt wird, sieht sie wie ein Kind aus, das so tut, als führe es einen eigenen Laden. »Er muß irgendwo da hinten stecken, wir haben gerade einen Espace zur Inspektion da.«

Mickey Nye hat den Wagen aufgebockt und rollt gerade einen der Reifen zur Seite.

»Ah, Mr. Carrington, wie geht's?«

»Danke, gut, Mickey. Ich wollte nur wissen, wann Sie meine Frau am Gap abgesetzt haben?«

»Hm, das muß schon ein paar Stunden her sein. So um halb zwölf, ja, das haut hin. Sie hat gesagt, daß Sie sie später wieder abholen.«

»Ja, wir sind schon auf dem Weg. Das ist übrigens Isabels Schwester, Nina Close.«

»Hallo, sehr erfreut.« Er grinst Richard an. »Wie Sie mir gesagt haben, man würde nie darauf kommen. Für Schwestern sehen Sie sich nicht besonders ähnlich, oder?«

»Haben Sie sie direkt am Strand abgesetzt?«

»Nein, neben dem Café. Die machen dort immer sehr leckeren Sahnetee, und außerdem wollte sie ohne Buggy nicht so weit gehen. Trotzdem ist sie da gut aufgehoben, obwohl das Wetter heute abend umschlagen soll, und so wie's aussieht, wird es nicht mehr lange dauern.«

»Ja, Sie haben recht, ich will Isabel vorher wieder im Haus haben.«

Holpernd rollt der Wagen zur Straße zurück, wobei die Reifen Staub und Steine aufwirbeln. Als ich mich umdrehe, sehe ich, wie Mickey Nye uns mit dem Schraubenschlüssel

in der Hand hinterherstarrt wie ein verschwiegener Zeuge.
»Warum bloß erzählt sie, daß ich sie abhole?« wundert sich Richard.
»Ein Taxi für den ganzen Nachmittag kostet eine gute Stange Geld. Vielleicht war ihr das vorher nicht ganz klar, bis sie ihn gefragt hat.«
»Wie kann sie ihm nur erzählen, daß ich sie holen komme. Wir hätten wahrscheinlich den ganzen Nachmittag zu Hause auf sie gewartet.«
»Sie hätte bestimmt angerufen.«
Natürlich hätte sie angerufen. Dessen bin ich mir so sicher, daß ich über das Motorengeräusch hinweg beinahe das Telefon klingeln höre, das wieder und wieder in dem verlassenen Haus schellt. Vor meinem geistigen Auge sehe ich Isabel in der alten, roten Telefonzelle am Gap, mit dem Rücken an die Tür gelehnt, um etwas Luft hineinzulassen, während ihr Haar über den Hörer fließt. Sie hält sich das andere Ohr zu, weil die Kinder am Eiswagen, der immer in der Nähe der Telefonzelle steht, einen ziemlichen Lärm veranstalten. Unaufhörlich klingelt es. Sie hängt wieder auf, starrt einen Augenblick vor sich hin und wählt erneut. Sechs, sieben, acht Klingelzeichen. Während Susan gerade weiter den Garten plündert, fliegen wir hier auf der wolkenverhangenen Straße entlang, um so schnell wie möglich zu Isabel zu gelangen. Isabels Gesicht kann ich mir nicht vorstellen. Nur ihre Hand, die den Hörer umklammert, und ihren Fuß, mit dem sie den Kleinen in dem Kindersitz hin- und herschaukelt, damit er nicht aufwacht und zu brüllen anfängt.
Es sind nur fünf Meilen. Gegen die Windschutzscheibe knallen Mücken und hinterlassen winzige Blutflecken. Als Richard das Radio andreht, spucken die Lautsprecher Cello-Musik aus, die zum Gähnen langweilig und schnulzig ist, während wir auf der schmalen Fahrbahn entlangrasen. Und

als wir um eine Kurve flitzen, kommt uns mitten auf der Straße ein Traktor im Schneckentempo entgegen. Der Fahrer hat Kopfhörer auf. Während er weiter auf uns zurollt, gibt er uns das Zeichen zurückzusetzen.

»War da nicht irgendwo ein Tor, Nina? Irgendwas, wo wir durchkommen?«

»Nicht, daß ich wüßte.«

Wir fahren rückwärts, wobei sich die Reifen in die Erde am Straßenrand fressen, aber es reicht immer noch nicht. Wir müssen immer weiter zurück.

»Himmel, hier wird er doch endlich mal vorbeikommen. Ich sitze ja schon fast mitten in der verdammten Hecke.«

Mit traumähnlicher Langsamkeit tuckert der Traktor näher. Darauf sitzt ein Junge, ein rotgesichtiger Bursche mit Kaugummi im Mund. Stur nimmt er die gesamte Straßenbreite ein.

»Dieses dumme Arschloch hat links so viel Platz wie auf einem Fußballfeld.«

Der Traktor reißt den Außenspiegel mit, biegt ihn nach vorne, bis er von selbst wieder zurückschnellt und das Glas dabei in tausend Stücke zersplittert. Durch das Rückfenster sehe ich den ohrengeschützten Kopf des Jungen im Takt seiner Kopfhörer-Musik hin- und herwackeln, und dann macht unser Wagen wieder einen Satz nach vorne.

Am Gap gibt es nicht viel zu sehen. Ein Café, daneben ein kleiner Golfplatz, ein paar Schaukeln und vier durchgehangene Sonnenschirme über Plastiktischen. Harter, weißer Kies bedeckt den Strand, und das Meer ist grau und flach wie ein Brett. Mir schmerzen die Augen von der Helligkeit. Neben dem Café stellen wir den Wagen ab und gehen über die Sraße zum Strand. Uns folgt der heiße Gestank von Fritierfett. Dort steht der Eiswagen, und daneben die Telefonzelle, verwaist. Auf Matten, die über dem Kies ausgebreitet sind, sitzen die Strandbesucher in kleinen, leisen Grüppchen. Es sieht aus, als warteten sie auf etwas, das noch nicht eingetroffen ist. In dem ruhigen Wasser schieben ein paar Kinder Surfbretter vor sich her. Es ist eine dieser leblosen Strandszenen, die ich schon zum tausendsten Mal erlebe. Der Tag hatte seinen Höhepunkt schon einige Stunden zuvor und weicht jetzt allmählich dem Abend. Es ist still, geradezu unheimlich still. Wo steckt sie bloß? Ich laufe einige Meter auf dem Kies entlang, der unter meinen wegrutschenden Füßen knirscht.

»Du gehst da lang. Ich gehe runter zum Wasser.« Richard läuft mir hinterher.

»Nein, Nina, hier ist sie bestimmt nicht gewesen. Nicht mit dem Kleinen.«

Aber der Angstkloß in meinem Hals schwillt immer mehr an, und ich kämpfe mich durch den schweren Kies, bis ich den Rand des Wellenbrechers erreiche und auf acht Fuß Höhenunterschied hinunterblicke. Grünes, pelziges Gras haftet an dem schwarzen Holz, und die Flut hat unzählige Kieselsteine in riesige Jakobsmuscheln geschwemmt. Ich starre geradewegs auf die Brüste einer Oben-ohne-Sonnenanbeterin, deren Rücken über einem Kieshügel nach oben gewölbt ist und die die Augen geschlossen hat. Hart und dunkel starren mir ihre Brustwarzen entgegen.

»Die packen schon alle zusammen«, sagt Richard. »Laß es uns im Café versuchen.«

Während die Leute ihre Handtücher und Matten zusammenrollen und in ihre Taschen stecken, schauen sie immer wieder besorgt zum Himmel hoch. Neben uns baut eine Familie ihren Windschutz ab. Für einen Augenblick meine ich, Isabel dort bei ihnen liegen zu sehen, das Gesicht den Wolken zugewandt. Als irgendwo ein Baby losschreit, drehe ich mich um, aber es ist nicht Antony. Hier wimmelt es von Babys, sie stecken in Buggys oder in Rucksäcken oder stolpern gerade mit einer Eistüte zwischen den Händen über den Kies.

»Vielleicht sollten wir einmal den ganzen Strand ablaufen.« Das ist schnell geschehen. Sämtliche Urlauber drängen sich auf einem mehrere Meter breiten Streifen, und dahinter sind rote Flaggen, gelbe Masten und Warnschilder. Mir fällt ein, daß Isabel mir einmal erzählt hat, das Schwimmen hinter den Flaggen sei gefährlich. Zwar sieht das Wasser völlig ruhig aus, aber unter der Oberfläche gibt es Strömungen und Klippen. Die meisten wollen es nicht glauben, weil es so harmlos wie eine Badewanne wirkt. Außer einiger wenigen, älteren Spaziergänger ist niemand zu sehen. Wie weit hätte Isabel mit Antony auf dem Arm gehen können? Bestimmt hätte sie es niemals bis hierher geschafft. Immer noch sehe ich Isabels Bild vor mir. Ihren runden Kopf, der weit draußen im Wasser auf- und abschaukelt. Wenn Isabel untertaucht und danach wieder hochkommt, sieht sie bildschön aus mit ihren naß nach unten wallenden Haaren und ihren zusammenklebenden, mit Wasser benetzten Wimpern. Aber wie sollte sie mit dem Kleinen auch schwimmen? Oder dort drüben, diese Frauengestalt, die gerade im Café verschwindet, auf demselben Weg, den wir gekommen sind. Ich könnte schwören, daß sie etwas im Arm hatte. Aber sie trägt ein blaues Kleid und hat zudem einen völlig anderen Gang als Isabel. Der Wind reißt und pickt an der Haut. »Da, Donner«, sagt Richard, »hast du gehört?«

Mittlerweile ist Bewegung in die Leute gekommen, die nun Stühle und Kinder aufsammeln und in auseinandergezogenen Grüppchen zum Parkplatz marschieren. Plötzlich fegt ein heftiger Windstoß über das Meer und bricht die Wasseroberfläche in kleine, ölige Wellen. Hier und da stapfen

Mütter am Wasserrand über den Kies entlang und rufen ihre Kinder zurück.

»Lauren! Rebecca! Ich sage es zum letzten Mal, kommt endlich.«

Angestrengt lausche ich den Rufen, als könnte diejenige dabei sein, die ich suche.

»Paul! *Pa-ul!*«

Die Namen fliegen nur so durch die Gegend. »Hast du das gehört?«

»Was?«

Horchend stehen wir da, während eine weitere Windböe Richards Hemd erfaßt, gegen seinen Körper preßt und dann wieder losläßt. »Was war denn?«

»Ich meine, da hat jemand Isabel gerufen. Warte.«

»Du hast dich wahrscheinlich verhört.«

Er hat recht, vermutlich habe ich mich verhört. Gewiß würde Isabel kaum ihren eigenen Namen schreien, als riefe sie sich selbst von weit draußen zurück, so weit, daß ihre Stimme nur ein dünner Faden im Wind wäre. Isabel ist eine gute Schwimmerin. Früher sind wir immer gemeinsam hinausgeschwommen, auch in gefährlichere Gefilde. Wir wußten, daß uns zu zweit nichts passieren konnte. Unermüdlich hatten wir das Rettungsschwimmen geübt, wobei wir uns abwechselnd ins Schlepptau nahmen. Mit fest geschlossenen Augen hing ich dann meistens im Wasser, während Isabel wie ein Frosch strampelte und mich an Land zog. »Du mußt kämpfen, Nin«, meinte sie dann für gewöhnlich, aber ich tat es nie. Als wir älter waren, unterhielten wir uns stundenlang draußen auf dem Meer, wo uns keiner hören konnte, schwammen auf der Stelle und tauschten zwischen dem leisen Gluckern der Wellen Geheimnisse aus. Das Meer hielt uns oben, und uns war klar, daß wir ohne unser Zutun nicht untergehen konnten.

Inzwischen ist da keine Mutter mehr, die ihre Kinder nicht aus dem Wasser ruft. Ab und zu gibt es einen Klaps auf den Po oder Schreie, wenn die Kinder nicht folgen wollen, aber sobald sie dann zum Himmel hochsehen, rennen sie mit einem Mal so schnell sie können hinterher. Als wir am Strand zurücklaufen, fallen ein oder zwei dicke Regentropfen.

»Sie ist nicht hier.«

»Sie muß aber hier sein. Wo soll sie denn hingegangen sein? Wahrscheinlich hat sie sich irgendwo untergestellt.«

»Da bleibt nur das Café.«

»Vermutlich steckt sie da auch.«

Auf die Parkplatzfläche platschen immer dickere Tropfen, und uns springt der nach einer Trockenperiode typisch beißende Geruch von Regen an. Ganz weit hinten am Meereshorizont räuspert sich der Donner. Mittlerweile kommt er zügig näher. Ein Windstoß weht Chips- und Pommesfrites-Tüten hoch und kegelt sie umher.

Ein letztes Mal schaue ich zurück zum Meer, auf das der Sturm einhackt. Während das Wasser schäumt, bekommen auch die letzten Nachzügler am Strand die Böen zu spüren. Unter ihnen die Frau, die sich unter dem Wellenbrecher gesonnt hat. Inzwischen sind ihre Brüste von einem roten T-Shirt bedeckt, und ihr Haar flattert wild im Wind. Eilig sucht sie dem Gewitter zu entkommen, als sie plötzlich langsamer wird, da irgend etwas hinter uns ihre Aufmerksamkeit erregt hat. Ich drehe mich um. Jetzt sehe auch ich den Streifenwagen, der den Hügel in Richtung Strand hinunterkurvt. Unauffällig und nicht besonders schnell, fährt er ohne Sirene oder Blaulicht.

Richard hat ihn ebenfalls bemerkt. »Wenn etwas passiert wäre, würde er nicht so schleichen«, meint er. Dennoch rennen wir los.

Kapitel 26

Während wir rennen, fallen dicke Tropfen. Mittlerweile hasten alle über den Parkplatz zu ihren Autos oder zu der überdachten Bushaltestelle. Als wir den Eingang des Cafés erreichen, bleiben wir zögernd unter dem Vordach stehen. Richard umklammert mein Handgelenk. »Warte hier, Nina. Laß mich zuerst reingehen.« Aber ich widersetze mich. Was immer uns da drinnen auch erwartet, ich will es ebenso erfahren. Ich betrachte seine grauen Haarsträhnen, sein vom Regen nasses Gesicht und seine Gestalt in den zerknitterten Kleidern, in denen er jetzt keine gute Figur mehr macht. Am liebsten würde ich mich in ihm verkriechen oder ihn in mir verbergen. Wir stehen so eng zusammen, daß ich höre, wie er nach Luft schnappt, um etwas zu sagen, es dann aber doch für sich behält.

»Was meinst du, was passiert ist?« frage ich ihn. »Wo kann sie sein?«

»Wenn sie nicht im Café ist, werde ich eine Vermißtenanzeige aufgeben«, antwortet Richard, während er die Hand ausstreckt, um mir eine feuchte Strähne vom Mund wegzuziehen. Seine Hände sind kalt.

»So«, meint er wie eine Mutter. Er wühlt in seiner Hose, zieht ein großes Taschentuch aus Baumwolle heraus und wischt mir damit das Gesicht ab. »Schon besser. Meinst du, du bist jetzt soweit, um da reinzugehen?«

Hinter uns hält gerade der Streifenwagen auf dem Parkplatz.

Wir hören das doppelte dumpfe Geräusch der Wagentüren und dann zwei Paar Schritte, die beinahe im selben Takt sind. Im Gegensatz zu den anderen rennen sie nicht durch den Regen. Mit gesenkten Köpfen gehen sie voran, wobei die Polizistin eine Hand nach oben führt, als ein Windstoß an ihrer Mütze zerrt.
Nachdem Richard die Eingangstür aufgestoßen hat, gehen wir hinein. Im Café ist eine Frau, die mit dem Rücken zu uns sitzt. Sie trägt ein blaues Kleid und hat einen kleinen Jungen bei sich, der auf einem Stuhl hockt, der viel zu hoch für ihn ist. Als die Tür aufgeht, dreht er sich neugierig um und sieht uns mit müden und ernsten Augen an. In den Armen der Frau liegt ein Säugling, der in ein gelbes Tuch gehüllt ist. Ich starre auf das Tuch, das ich zwei Monate vor Antonys Geburt bei Forever Baby gekauft habe. Es ist in einem zarten Gelbton gehalten, eigelb-ähnlich, und damals gefiel es mir weitaus besser als all die anderen Pastelltöne der Tücher in der Auslage.
Alles, bloß kein Pink oder Blau, Nina. Gelb wäre ganz hübsch.
Über die Stuhllehne gebeugt, unterhält sich eine andere Frau in einer geblümten Schürze mit derjenigen, die das Baby hält. Als wäre dies ein Krankenhaus, stellt sie eine weiße Teetasse vor ihr auf den Tisch. Wieder öffnet sich die Eingangstür, und hinter uns stehen die beiden Polizisten in ihren schwarzen Uniformen wie in einem bösen Traum. Die Polizistin ist zu stark geschminkt. In diesem Licht wirkt ihr Gesicht nahezu gelb. Draußen gröhlt der Donner, und ein Regenschauer schlägt gegen die Fenster.
»Die Frau dort«, flüstere ich Richard zu. »Sieh mal das Baby in ihrem Arm.«
Alles dreht sich um die Frau mit dem Säugling. Inzwischen sind die Beamten bei ihr, und die Polizistin geht in die Hocke, so daß sie mit dem Baby auf Augenhöhe ist. Um sein

Gesicht zu sehen, zieht sie eine Ecke des Tuches weg. Mit einem Schlag ist die Szene hell erleuchtet und erstarrt, als wäre ein riesiges Flutlicht angegangen. Als hätte Gott mit einem Finger auf uns gezeigt, sind sämtliche Gesichter von einem hellen Schein umrahmt.

Aber es war nur ein Blitz, nichts weiter. Erwartungsvoll liegt ein Summen in der Luft. Wie üblich zähle ich, bis der Donner rollt. Jetzt ist er noch drei Meilen entfernt und kommt schnell näher. Richard hat nichts bemerkt, weil er auf den Polizisten geachtet hat, nicht auf das Baby. Aber ich habe es gesehen.

Ich bahne mir einen Weg durch die Leute hin zu dem Tisch, bleibe neben der Frau stehen und starre auf das Baby hinunter. Stirnrunzelnd sieht die Polizistin auf. Ich strecke die Hand aus und ziehe die Tuchfalte ganz aus Antonys Gesicht. Er schläft wie ein Stein. Mit einem Finger berühre ich seine warme Stirn und spüre das Blut in seiner Fontanelle pochen. Die Polizistin richtet sich mit einer Bemerkung an mich, aber ich höre nicht hin. »Das Baby«, frage ich. »Woher haben Sie das Baby?«

Mein Blick wandert von einem zum anderen, zu der Frau und wieder zu dem Kind zurück. Ich verstehe überhaupt nichts mehr. Ich sehe das gelbe Tuch mit den Satinfransen, das Tuch, das ich gekauft und Isabel geschickt habe. Mit Sicherheit hat diese Frau es zusammen mit dem Baby gestohlen, und deshalb wird sie auch jetzt von der Polizei befragt. Es soll ja schon Frauen gegeben haben, die, während die Mütter mit geschlossenen Augen die Sonne am Strand genossen, deren Babys geklaut haben.

»Sie hat das Kind meiner Schwester entführt«, sage ich laut. Richard berührt den Arm des Polizisten, und der Menschenkreis öffnet sich wie ein Mund und nimmt uns auf. Während der Beamte Richard zuhört und sich Notizen macht, weichen die Gesichter immer weiter von uns zurück. Ich nehme Antony aus den Armen der Frau. Auf seinem Tuch ist ein feuchter Fleck.

»Er braucht eine frische Windel«, sage ich.

»Ich wollte ihn nicht aufwecken«, entgegnet die Frau. Während die Cafébesitzerin die Thekenklappe hochhält, schlüpfen wir alle nacheinander durch. Dahinter ist eine Tür mit der Aufschrift *Privat*, die zu einem kleinen Raum führt. Zuerst gehen Richard und ich hinein, dann die Polizisten und zuletzt die Frau mit ihrem kleinen Jungen.

»Wo ist Isabel? Wo ist meine Frau?« fragt Richard.

»Wir wissen noch nicht genau, was passiert ist, Sir«, antwortet die Polizistin. »Können Sie bestätigen, daß dies hier Ihr Kind ist?«

Richard sieht auf den Kleinen. Nachdem er die Satinecke des Tuches berührt hat, streicht er dem schlafenden Baby über die Wange. »Ja«, sagt er. »Ich möchte jetzt endlich erfahren, was los ist.«

»Wir wissen es nicht.«

Wir befinden uns in einem kleinen Raum, an dessen Wände Schürzen hängen. Außer einem weißen Plastiktisch steht dort noch ein Stuhl, der ein wackliges Bein hat. Ich setze mich. »Ich bringe Ihnen etwas Tee«, meint die Wirtin. Der Kleine macht den Eindruck, als wäre er an meinem Arm festgewachsen. »Also gut«, sagt der Polizist, während er sein Notizbuch zückt, »das ist also Ihr Kind, Sir. Aber Ihre Frau ist nicht bei Ihnen. Und dies ist ...?«

»Natürlich ist meine Frau nicht bei mir. Deswegen suchen wir sie ja. Dies hier ist meine Schwägerin, die Schwester meiner Frau.« Es klingt so förmlich.

»Wir müssen Ihnen diese Fragen stellen«, meint die Beamtin entschuldigend. »Vielleicht ist sie ja bereits wieder zu Hause. Frauen tun manchmal seltsame Dinge kurz nach der

Geburt. Sie werden vergeßlich. Wir hatten schon einmal einen Fall, bei dem eine Frau ihr Kind im Supermarkt vergessen hat. Hinterher hat sich herausgestellt, daß ihr erst, als sie wieder zu Hause war, bewußt wurde, daß sie ein Baby hat.«

»So was sieht meiner Schwester überhaupt nicht ähnlich«, sage ich.

»Sie glauben ja gar nicht, was so alles passiert«, entgegnet die Polizistin.

Ich zähle mich nicht zu den Gaffern. Wenn ich auf Reisen gehe und der Krankenwagen sich durch den Menschenauflauf am Bahnhof zwängt und zwei Männer mit einer Bahre auf den Zug zurennen, sehe ich grundsätzlich weg. Das hat mich meine Mutter gelehrt. Es schickt sich nicht, Menschen zu beobachten, die gerade aus einem Leben in ein anderes gerissen werden. Meine Mutter bemerkte unsere Sensationslust und sah, wie neugierig Isabel und ich waren. Damals fanden wir unser Leben wohl nicht aufregend genug. Aber mittlerweile bin ich neunundzwanzig, und Isabel ist zweiunddreißig, und es ist schon lange her, daß wir die Mauer der Vergangenheit durchbrochen haben, hinter der sich die Kreise von Chaos und Trauer verbergen. Niemand sonst betritt den kleinen Raum hinter dem Café. Außer mir stehen alle, bis die Wirtin schließlich weitere Plastikstühle hereinbringt, die aneinander stoßen, als sich die anderen um den Tisch setzen. Da es hier kein Fenster gibt, können wir das Gewitter auch nicht sehen, aber über unseren Köpfen grollt der Donner, und der Regen prasselt auf das Dach. Als dann die Frau, die Antony im Arm gehalten hat, uns und den Polizisten ihre Geschichte erzählt, vergesse ich das Gewitter für lange Zeit.

Kapitel 27

Was dort in dem Hinterzimmer des Cafés begann, dauert immer noch fort. Nach und nach lassen sich die Bruchstücke ihrer Erzählung zusammenpuzzeln. Von Zeit zu Zeit wird ein neues Detail aufgeworfen, so daß wir alles Bisherige wieder umwerfen müssen. Gegen ein Uhr dreißig hatte Isabel ihr grüngestreiftes Handtuch über der neuen Strandmatte ausgebreitet und sich in der Nähe von Mrs. Patricia Newsome an den Strand gelegt, die den Tag mit ihrem vierjährigen Sohn Lewis am Gap verbrachte. Obwohl es genügend Platz gab, war Pat Newsome aufgefallen, daß sie keinen großen Abstand gewählt hatte, was vielleicht daran lag, daß sie völlig allein mit einem kleinen Baby war. Zuvor hatte Isabel ihren Obulus an Mickey Nye draußen vor dem Oasis Café entrichtet, hatte eine Tube Sonnencreme mit Lichtschutzfaktor fünfundzwanzig und eine japanische Strandmatte gekauft und die Straße zum Strand überquert. Der Fahrer eines VW-Kombis erinnert sich noch, daß er bremsen mußte, da sie offenbar Schwierigkeiten hatte, mit dem Kindersitz und der Babytasche in der einen Hand, der Strandmatte und ihrer Handtasche in der anderen über die Straße zu gehen. Sie bewegte sich sehr langsam.

Als der Kleine zu schreien begann, hatte Isabel ihm das Fläschchen gegeben. Währenddessen war sie mit Pat ins Gespräch gekommen. Zuerst hatten sie sich miteinander bekannt gemacht.

»Ich bin Pat, und das hier ist Lewis, sag hallo zu der Frau, Lewis. Er ist ein bißchen schüchtern.«

»Hallo, Lewis, ich bin Nina.«

In diesem Punkt ist sich Pat ziemlich sicher. Sie erinnert sich, daß sie im Geiste Nina ihrer Wunschliste für Mädchennamen zugefügt hatte: Pat ist bereits mit ihrem zweiten Kind im sechsten Monat schwanger, und sie wünscht sich ein Mädchen. Nina hatte ihr als Zweitname sofort gefallen. Ich kenne beinahe jedes Wort, das Pat und Isabel an diesem Nachmittag gewechselt haben: zumindest bilde ich mir das ein. Manchmal kommt es mir so vor, als verschweige oder übersehe Pat etwas, was vielleicht lediglich ein weiteres Detail sein könnte, gleichzeitig aber auch der Schlüssel zu allem. Aber je länger ich in Pats klares, blasses, schwangeres Gesicht schaue, desto weniger kann ich glauben, daß sie absichtlich etwas vor uns verbirgt.

»Ich bin Nina«, sage ich, während ich mit dem Baby im Arm dasitze, »es war Isabel, mit der Sie gesprochen haben.«

»Was soll das heißen?«

»Mein Name ist Nina. Sie heißt Isabel. Sie hat meinen Namen als den ihren ausgegeben.«

»Warum sollte sie so etwas tun?«

»Keine Ahnung. Vielleicht mußte sie an mich denken.«

»Sie stehen sich wohl sehr nahe«, meint Pat, »das merke ich. Dies hier muß ja alles furchtbar für Sie sein.« Als sie mich mit ihren grauen Augen anstarrt, wird mir klar, daß sie Nina von der geistigen Namensliste für ihr Kind gestrichen hat. Jedoch kann Pat mir nicht die Stunden zurückgeben, die sie mit Isabel verbracht hat.

»Was hat sie für einen Eindruck auf Sie gemacht, als Sie sich unterhalten haben?«

»Na ja, sie wirkte ein bißchen müde. Schon als sie sich hingesetzt hat, ist mir aufgefallen, daß sie nicht so gut aussah, aber andererseits, so kurz nach einer Geburt. Sie hat mir erzählt, daß sie das erste Mal mit ihm draußen sei. Wir haben uns dann über Fahrstunden unterhalten, weil sie dann öfters rauskäme. Sie war sehr nett zu Lewis.«

Als wir Kinder waren, drehten Isabel und ich uns immer neugierig um, wenn irgendwo ein Unfall passiert war. Wir wollten unbedingt in diesen Kreis gelangen, in dem sich etwas tut. Unserer Meinung nach hatten wir nämlich noch nie etwas Bedeutendes erlebt. Aber vielleicht dachte auch ich nur so, und Isabel wußte es besser.

»Es muß wohl so gegen halb zwei gewesen sein«, erzählt Pat weiter. »Oder nein, es war ein bißchen später, weil wir unser Picknick schon ausgepackt hatten, nicht wahr, Lewis? Während sie dem Kleinen die Flasche gegeben hat, sind wir ins Gespräch gekommen. So was passiert ja automatisch, wenn man Kinder hat. Lewis war ganz fasziniert davon, wie winzig das Baby ist. Immer wieder hat er gefragt, ob das Baby eine Sandburg bauen kann, ob es schwimmen kann. Da sie keine Thermoskanne dabei hatte, hat sie mich gebeten, auf den Kleinen aufzupassen, während sie sich einen Kaffee holen wollte. Sie hat dann auch gleich einen Lutscher für Lewis mitgebracht.«

Verständnislos sieht der kleine Junge von einem zum anderen. »Frau hat mir einen Lollie gegeben«, plappert er.

»Ja, sie war sehr nett, nicht? Also, wir haben ein bißchen geplaudert, und wie gesagt, hat sie gemeint, daß sie das erste Mal mit dem Kleinen draußen sei. Ich habe ihr dann erzählt, daß ich damals eine panische Angst gehabt hatte, als ich Lewis das erste Mal mit nach draußen genommen habe. Damals war meine größte Sorge, daß ich irgendwo aufgehalten werden würde und ihm dann vor aller Leute Augen die Brust geben müßte.«

»Ich stille Colin nicht«, hatte sie darauf entgegnet.

Richard verzieht keine Miene. Als hätte er sie nicht richtig verstanden, schaut er etwas begriffsstutzig drein und beugt sich vor. Vielleicht hat er ja inzwischen schon wieder vergessen, wer Colin war. Unterdessen macht sich die Polizistin ständig Notizen. Als ich das Gesicht des kleinen Jungen betrachte, wird mir plötzlich klar, daß er Isabel gesehen, vielleicht sogar berührt hat. Er ist ein Teil jener Stunden, die wir nach und nach zu rekonstruieren versuchen. Isabel hatte ihm zugelächelt und hallo gesagt. Außerdem hat sie ihm einen Lutscher gegeben und sich danach etwas gesonnt, bevor die Wolken kamen. Zwar hatte sie erwähnt, daß sie die Windel des Kleinen wechseln müßte, dann aber doch darauf verzichtet, obgleich Pat gesehen hatte, daß sie alles mitgebracht hatte. Der Kleine war nur naß, nicht schmutzig. »Wir haben einfach ein bißchen getratscht. Nichts Besonderes. Über Babys hauptsächlich. Da sie so blaß war, habe ich sie gefragt, ob sie nach Hause möchte, weil ich ihr anbieten wollte, sie zu fahren. Ich habe gewußt, daß sie mit dem Taxi gekommen war, aber hier unten am Gap sind sie nicht so einfach zu kriegen, und schon gar nicht in der Hochsaison. Aber sie hat gemeint, daß ihr Mann sie abholen würde.«
Meine Schwester hatte einen schwarzen Badeanzug an und sich einen gelben Sarong um die Hüfte geschlungen. Das Gesicht des Kleinen hatte sie mit der Sonnencreme mit Lichtschutzfaktor fünfundzwanzig eingerieben, obwohl es zu jenem Zeitpunkt schon ziemlich bewölkt gewesen war. Pat war auch aufgefallen, daß sie außerordentlich vorsichtig mit dem Kleinen umging und daß sie dabei noch etwas unsicher wirkte. Sie war sehr um ihn besorgt. Sie hatte Pat gefragt, ob sie meine, sie hätte genügend Creme aufgetragen. »Kein Problem, wenn er Ihre Haut geerbt hat«, hatte Pat mit dem Blick auf Isabels zarte, goldene Schultern daraufhin geantwortet. Aber Isabel hatte lediglich den Kopf gehoben,

während sie die Creme verteilte und hatte gemeint: »O nein, er kommt bestimmt nicht nach mir.«
Pat war das sehr seltsam vorgekommen. Isabel schien sich so sicher, als hätte sie in die Zukunft des Kleinen gesehen. Und man sollte eigentlich annehmen, daß eine Frau mit Isabels Aussehen sich wünschen müßte, dies an ihre Kinder weiterzugeben, selbst wenn sie nicht eitel war, was auf Isabel offensichtlich zutraf.
»Ich kann nämlich diese Frauen nicht leiden, die sich wie Models auftakeln und an denen alles perfekt sein muß«, sagt die im sechsten Monat schwangere Patricia Newsome jetzt. Jedoch sei ihr Isabel sympathisch gewesen.
»Sehen Sie mal«, hatte Isabel gesagt und den Kleinen flach auf ihren Unterarmen vorgestreckt, als präsentiere sie ihn Pat auf einem Tablett. Pat hatte entgegnet, das Baby sei hinreißend.
»Finden Sie wirklich?« hatte Isabel gefragt. Nachdem sie den Kleinen lange Zeit betrachtet hatte, hatte sie ihn zum Schlafen hingelegt.
Ungefähr um drei Uhr oder etwas später war Isabel plötzlich aufgestanden und hatte den Kleinen hochgehoben. Pat hatte sich gefragt, ob sie vielleicht ihren Mann entdeckt hätte, der sie abholen kam. Auch war Pat ein wenig neugierig gewesen, wie der Mann dieser Frau wohl aussehen würde. Beim letzten Satz errötet sie leicht und sieht Richard an. »Nur weil sie so anders war«, erklärt sie.
»Was meinen Sie mit anders?« fragt der Polizist, aber Pat wiederholt nur ruhig und bestimmt: »Sie war eben anders.«
Isabel hatte sich vorgenommen, einen kleinen Spaziergang zu machen, um sich ein wenig die Beine zu vertreten.
»Gehen Sie nicht zu weit«, hatte Pat sie gewarnt. Noch immer hat sie keine Erklärung dafür, warum sie ihr diesen Rat gegeben hatte, außer vielleicht, weil Isabel so blaß aussah.

»O nein, keine Bange. Ich will einfach bloß mit dem Kleinen am Strand entlanggehen und ihm das Meer zeigen, und dann hole ich mir im Café noch etwas zu essen. Ich sterbe vor Hunger.«

»Sind Sie sicher, daß Isabel das gesagt hat?«

»Was?«

»›Ich sterbe vor Hunger.‹«

»Ja, sie hat gemeint, daß sie seit dem Frühstück nichts mehr in den Magen bekommen hätte. Ich habe ihr ein belegtes Brötchen angeboten, aber sie wollte lieber etwas Warmes haben. Sie sah wirklich ziemlich blaß aus, und ich hielt es für keine gute Idee, daß sie das Baby den ganzen Weg mitschleppte. Da sie den Kleinen ja schon bei mir gelassen hatte, als sie sich Kaffee geholt hat, habe ich mir gedacht, frag sie einfach mal, ob sie ihn mir noch mal daläßt. Er hat tief geschlummert, also kein Problem für mich. Ich habe zu ihr gesagt: ›Ich kümmere mich um den Kleinen, wenn Sie möchten. Vermutlich sind Sie froh, wenn Sie auch mal eine halbe Stunde für sich haben.‹ Aber sie wollte nicht. Sie hat gesagt: ›Nein, er muß mit mir kommen.‹ Ich konnte das gut nachvollziehen, weil ich anfangs auch nie Lewis irgend jemandem anvertrauen wollte, nicht einmal meiner eigenen Mutter. Und mich hat sie ja nicht einmal richtig gekannt. Also habe ich gesagt: ›Das wäre auch eine tolle Sache für Lewis. Ich versuche nämlich, ihn an Babys zu gewöhnen. Sie würden mir einen großen Gefallen damit tun.‹ Daraufhin hat sie gemeint: ›Ach ja? Meinen Sie wirklich?‹

›Na klar. Sie stecken ihn wieder in seinen Kindersitz, und wir beide werden solange auf ihn aufpassen, nicht, Lewis?‹ Ja, und dann hat sie ihn hineingesetzt und die Sicherheitsgurte festgezogen. Danach hat sie ihm noch die Decke über die Füße gebreitet, obwohl es nicht besonders kalt war. Nachdem sie dort eine Minute lang gekniet hatte, hat sie gefragt: ›Meinen Sie wirklich, ich sollte ihn nicht doch lieber mitnehmen?‹ ›Ich werde ihn bestimmt nicht entführen‹, habe ich scherzhaft geantwortet, ›ich würde sowieso nicht weit kommen.‹ Sie hat gelächelt und ist dann schließlich aufgestanden, hat ihre Geldbörse aus der Babytasche geholt und ist am Strand entlang davongegangen.«

Sie hat gelächelt und ist dann schließlich aufgestanden, hat ihre Geldbörse aus der Babytasche geholt und ist am Strand entlang davongegangen.

»Haben Sie ihr nachgeschaut?«

»Wie bitte?«

»Haben Sie ihr nachgeschaut – als sie am Strand entlang davongegangen ist?«

»Hm, nein, habe ich nicht. Ich hatte ja Lewis, wissen Sie, und den Kleinen.«

»Natürlich.«

Wäre ich dagewesen, ich hätte ihr nachgeschaut. Selbst wenn Isabel sich nicht umgedreht hätte, hätte ich beobachtet, wie sie ihre Füße vorsichtig über die Steine setzt, hätte ihre langen, schönen braunen Beine betrachtet, ihren gelben Sarong, ihren nackten Rücken in dem ausgeschnittenen Badeanzug.

»Wann ist Ihnen dann klargeworden, daß da irgend etwas nicht stimmte?«

Pat wird rot. »Eigentlich gleich, nachdem sie weg war. Ehrlich, das ist nicht so dahergesagt. Irgend etwas war mit ihr. Man konnte spüren, daß sie Hilfe brauchte. Um die Wahrheit zu sagen, war ich ganz schön überrascht, daß man sie in ihrem Zustand überhaupt hat allein rausgehen lassen. Sie hat nicht gerade den Eindruck gemacht, als ob sie gewußt hätte, was sie tat.« Pat sieht Richard und mich an. »Ich weiß nicht, warum ich Ihnen das alles erzähle. Sie kennen sie schließlich besser als ich.«

»Fahren Sie fort.«
»Also, irgend etwas war faul, haben Sie gesagt?«
»Tja, Sir, es würde uns weiterhelfen, wenn Sie uns ein paar Hintergrundinformationen geben könnten«, unterbricht der Polizist. Aber in diesem Moment erscheint die Wirtin an der Tür. Ein Mann hat eine Damengeldbörse bei ihr abgegeben. Darin steht ein Name.

Weiter hinten am Strand hatte er die Geldbörse gefunden, dort, wo immer die rote Fahne flattert. Weder direkt unten am Wasser noch oben an der Straße, sondern ziemlich genau dazwischen hatte sie auf dem Kies gelegen. Das war der Moment, als der Polizeibeamte leise aufstand und hinausging, um ein paar Telefonate zu machen.
In Isabels Geldbörse fehlte nichts. Es befanden sich achtzehn Pfund und zweiundvierzig Pence darin, eine Kreditkarte, eine Scheckkarte, vier Quittungen in einem Seitenfach mit Reißverschluß, ein Fetzen Papier mit einer Telefonnummer und eine winzige Schwarzweiß-Fotografie, die ich schon seit Jahren nicht mehr gesehen hatte. Auf dem Foto war ein kleines Mädchen mit einer Puppe abgelichtet. Sie kniff die Augen vor der Sonne zusammen, und ihre Stirnfransen wurden von dem Seewind nach hinten geblasen. Das war ich, draußen vor unserem Haus in St. Ives. Damals muß ich ungefähr vier gewesen sein. *Nina Close, 6 Channel Terrace, St. Ives, Cornwall, Großbritannien, Welt.* Die Puppe war Rosina, nicht Mandy. Vermutlich hatte Isabel mir erlaubt, sie für das Foto zu halten. Während ich in die Kamera lächle, drücke ich stolz und theatralisch die Puppe an mich.
Viel später habe ich die Telefonnummer einmal ausprobiert, die Isabel auf den Papierfetzen gekritzelt hatte, aber alles, was dabei herauskam, war eine Stimme vom Band, die ständig wiederholte: *Kein Anschluß unter dieser Nummer.*

Kapitel 28

Der Himmel erinnert an einen Schrottplatz. Kreuz und quer werfen Suchlichter, Autoscheinwerfer und Taschenlampen häßliche Muster, die wie aus dem Nichts springen. Vom Hineinsehen brennen meine Augen. Inzwischen ist es zehn Uhr, und die Suche nach Isabel dauert nun schon so lange, daß sie in mir keimt wie eine neue Lebensart, die nie zu Ende gehen wird. Ständig kommen Leute mit Kaffeetassen herein und tauschen flüsternd Botschaften aus. Durch den Kies wühlen sich Reifen. Die meiste Zeit halte ich den Kleinen, außer wenn ich etwas höre und erfahren möchte, was los ist.

Nachdem ich eine Sirene gehört hatte, ging ich nach draußen und sah einen Krankenwagen, der holpernd die Straße entlangfuhr, wobei sein breites, abstehendes Heck langsam hin- und herschaukelte. Auf dem Dach drehte sich ein Blaulicht. Ich begann schon zu rennen, als mich die Polizistin wieder zurückrief. Es war nicht Isabel, sondern einer von der Suchmannschaft, der von einem Wellenbrecher gestürzt war. Er hatte sich das Bein gebrochen, aber sonst fehlte ihm nichts.

Eingepackt in Ölzeug, fuhr Richard in einem der Boote mit hinaus. Obwohl sie ihn wegen der schlechten Wetterverhältnisse zunächst nicht mitkommen lassen wollten, bestand er darauf. Ich beobachtete, wie das Boot auf dem Wasser bei starker Flut hin- und herschlingerte, während das

Gewitter weiter tobte. Als Richard zurückkam, zitterte er am ganzen Körper.
»Dort draußen ist es pechschwarz«, sagte er, »man kann überhaupt nichts erkennnen.« Vor Entsetzen waren seine Augen weit aufgerissen. »Und überall nur Wasser«, fuhr er fort, »unmöglich, dort draußen jemanden zu finden. Die Lichter machen es nur noch schlimmer.« Mit einem Gesicht, als wolle sie sagen, daß er besser nicht mitgefahren wäre, brachte ihm die Polizistin etwas Tee. Da Antony am Quengeln war, steckte ich ihm einen Finger in den Mund, so wie ich es bei Susan immer beobachtet hatte. Er saugte fest daran. Vor drei Abenden war ich noch mit Isabel im Badezimmer gewesen und hatte ihre Büstenhalter und Schlüpfer im Waschbecken ausgewaschen. »Sieh mal, Nin«, hatte sie gemeint und dabei die Haut um ihre Brüste zusammengedrückt, bis Milch in das Badewasser floß wie dünner Rauch. Wir hatten beide zugesehen, wie die Milch sich in dem Wasser verteilte und sich schließlich auflöste.
»Hast du sie probiert?« hatte ich sie gefragt.
»Mm.«
»Wie schmeckt sie?«
»Süß. Ein bißchen wie ein Milchriegel. Du kannst auch mal probieren, wenn du willst.«
Inzwischen hat sich das Gewitter landeinwärts verzogen, hinter die Downs, aber es regnet immer noch in feinen, gleichmäßigen Fäden. Der Hubschrauber ist wieder zurück und taumelt ziemlich tief in der Luft, wobei sein weißer Lichtstrahl über das Wasser gleitet. Die Rotorblätter machen einen Lärm wie ein Rührgerät auf höchster Stufe. Was hier geschieht, ist ein gefundenes Fressen für die Presse, aber wir können es nicht verhindern. Richard geht jetzt bereits zum hundertsten Mal am Wasser auf und ab. Dort drüben sehe ich seine gebeugte Gestalt, die auf dem Kies

entlangstapft und hinter der ein großer Schatten liegt, der von dem Suchlicht herrührt. Ich blicke auf Antony hinunter, der in seinem Kindersitz schläft. Für die nächsten paar Minuten ist er gut versorgt.

Als ich Richard erreiche, bin ich völlig durchnäßt. Ein paar Fuß über der Wassergrenze steht er auf dem Kies. Er macht einen Satz und reißt mich am Arm, so daß der Schmerz mir durch und durch geht.

»Keine Panik, ich bin's bloß.«

»Habe ich dir weh getan? Ich wollte nicht so fest zupacken.«

»Ich hätte mich bemerkbar machen sollen.«

»Bei dem Regen, weißt du –«

»Du hast geglaubt, sie wäre es.«

»Ja.« In seinem Gesicht schimmern Wassertropfen.

»Tut mir leid. Du hast gewartet und gehofft –«

»Hab ich nicht.« Die Worte kommen prompt und feindselig. »Ich habe nicht auf sie gewartet, wenn du das denkst.«

Ich höre, wie die Wellen sich brechen. Der Gezeitenwechsel steht bevor. Das Wasser ist von jener typischen Unbändigkeit besessen, die es immer dann hat, wenn es die Richtung ändert. Bei Ebbe sollte man nie baden gehen. Spränge ich ins Wasser, würde es mich dorthin führen, wo Isabel jetzt ist. Dann hätte ich sie schließlich doch noch gefunden.

»Es ist vorbei«, sagt Richard mit monotoner, endgültig klingender Stimme. »Sie hat getan, was sie wollte.«

»Sie glauben, es war ein Unfall.«

»Lächerlich. Das weißt du so gut wie ich.«

Eine breite Woge stürzt an Land und umspült meine Füße mit weißem Schaum. Es ist kalt. Die letzte große Welle vor dem Gezeitenwechsel. Mir kommt der furchtbare Gedanke, daß er glauben könnte, Isabel hätte sich umgebracht, weil sie über uns Bescheid wußte.

»Es hat sich schon in den letzten Jahren abgezeichnet«, sagt

Richard. So laut ist das harte, dumpfe Pochen meines Herzens, daß ich es beinahe nicht übertönen kann. Hitze durchjagt meinen Körper. »Nun hat sie, was sie wollte«, wiederholt er.
»Niemand will so etwas«, entgegne ich.
»Wenn man alle anderen Möglichkeiten verwirft, bleibt nur eine übrig.«
»Sie hatte doch den Kleinen. Es kann nicht sein, daß sie sich umbringen wollte. Frauen mit Babys begehen nicht so einfach Selbstmord.«
»Gott weiß, warum sie ihn bekommen hat«, erwidert Richard. »Aber sie war ja immer stur wie ein Esel. Immer mußte sie das machen, was sie sich in ihren verdammten Schädel gesetzt hatte. Alles andere war ihr scheißegal.«
Er weint und gibt dabei dieses dumpfe, erschütternde Geräusch von sich, wie Männer seines Schlages es tun, wenn sie heulen.
»Es war nicht deine Schuld«, schreie ich über das Meeresrauschen hinweg. »Es hat nicht das geringste mit dir zu tun.«
Aber er schluchzt weiter, während das zurückweichende Meer die Steine abschleift und der Wind mir ins Gesicht schlägt.

Mit einer Babyflasche in der Hand kommt eine andere Polizistin herein.
»So, bitteschön.« Sie ist sehr mit sich zufrieden. Mir sind die Fläschchen für Antony ausgegangen, so daß sie zu einer fünf Meilen entfernten Apotheke gefahren ist und den Besitzer dazu überredet hat, ihr Babymilch zu verkaufen. Während ich nach dem Geld krame, denke ich darüber nach, wie seltsam es doch ist, mitten in der Nacht einer Polizistin Babymilch abzukaufen. »Hat dieses Café immer so lange geöffnet?« frage ich.

»O ja. Da es hier im Umkreis keine Konkurrenz gibt, machen sie ein Bombengeschäft. Auch Jugendliche kommen immer wieder herein, so daß wir öfters kontrollieren müssen. Vor ein paar Jahren hat es hier etwas Ärger wegen Drogen gegeben. Joe hat übrigens das Fläschchen für Sie ausgekocht, also keine Sorge, es ist steril.«
Sie redet mit mir, als wäre ich Antonys Mutter. Die Milch hat genau die richtige Temperatur, und Antony stöhnt leise in seinem Kindersitz. Zwar ist er noch nicht ganz wach, verspürt aber bereits ein leises Hungergefühl an der Schwelle zum Erwachen. Vielleicht hat ihn auch der Lärm des Hubschraubers gestört. Mehrere Stunden hat sein Nickerchen jetzt gedauert. So lange wie an diesem Abend habe ich ihn noch nie schlafen sehen. Als der Hubschrauber über das Meer in Richtung Café fliegt, schwillt das Surren der Rotorblätter an, und das Gesicht des Kleinen verzieht sich, während er den ersten Schrei von sich gibt. Mir schwirrt durch den Kopf: *Sie suchen nach deiner Mutter. Das hat dich geweckt,* jedoch kann ich es selbst nicht glauben. Während die Beamtin zum Fenster geht und nach oben blickt, streiche ich mit dem Sauger über Antonys Lippen und führe ihn ihm dann in den Mund. Ohne die Augen zu öffnen, fängt er sofort an, gierig zu saugen.
»Wo werden sie jetzt weitermachen? Werden sie es landeinwärts versuchen?«
Zurückhaltend sieht sie mich an. »Das glaube ich nicht.« Sie macht eine Pause. »Für mich sieht es so aus, als würden sie die Suche für heute abend abbrechen, aber ich kann gerne für Sie nachfragen.«
»Aber sie haben sie noch nicht gefunden.«
»Ja, nur in dieser Dunkelheit sucht man nach der berühmten Nadel im Heuhaufen, da nützen auch die ganzen Scheinwerfer nichts.«

»Also werden sie die Suche ganz einstellen.«

»Das habe ich nicht gesagt. Beim ersten Morgenlicht werden sie die Suche wieder aufnehmen, und wenn es sein muß, den ganzen Tag.«

»Aber dann wird es zu spät sein. Sie kann doch unmöglich …«

Mein Kopf ist völlig leer. Ich muß an Isabel denken, dort draußen in der strömenden Dunkelheit. Nach dem Gewitter hat es sich merklich abgekühlt, und auch im Meer wird es jetzt kälter sein. Die Wellen schlagen auf den Strand ein, was bedeutet, daß es weiter draußen nur noch rauher zugeht. Selbst eine ausdauernde Schwimmerin wie Isabel würde in Schwierigkeiten geraten. »Wenn sie tatsächlich im Wasser ist, sehe ich schwarz«, meint die Polizistin. »Aber davon können wir nicht unbedingt ausgehen.«

»Wie meinen Sie das?«

»Es passiert immer wieder, daß Menschen weglaufen. Eine Kurzschlußreaktion. Sie suchen sich draußen ein Versteck. Was glauben Sie, wie oft vermißte Personen wieder auftauchen.«

»Aber niemand hat sie gesehen. Wo könnte sie denn hingegangen sein?«

Vielleicht ist sie ja doch so weit am Strand entlanggelaufen, wie keiner von uns ihr zugetraut hätte. Womöglich hat sie in den Kalksteinklippen einen Spalt entdeckt, dessen Überhang ihr Schutz vor dem Sturm geboten hat. Kann doch sein, daß sie dort immer noch zusammengekauert sitzt und abwartet. Die Polizistin gibt keine Antwort. Da sie schon seit Stunden hier ist, wird sie inzwischen auch müde sein. Automatisch findet sie die richtigen Worte, obwohl ihre Augen verraten, daß sie lieber woanders wäre.

»Es scheint ihm ja prima zu schmecken«, sagt sie.

Auf ihre Bemerkung hin frage ich: »Haben Sie Kinder?«

»Eins. Einen kleinen Jungen von zwei Jahren.« Bei dem Gedanken an ihr Kind lächelt sie beinahe, wird aber sofort wieder ernst. Sie glauben immer noch, daß Isabel verunglückt ist. Zumindest erzählen sie uns das. Es war heiß, und so entschloß sie sich, eine Runde zu schwimmen. Mittlerweile wissen sie auch, daß sie nicht im Café war, nachdem sie von Pat weggegangen ist. Niemand hat sie im Café oder im Laden oder auf dem Parkplatz gesehen. Die Busse und die ortsansässigen Taxiunternehmer wurden überprüft. Nichts. Vielleicht dachte sie, während sie bei der drückenden Hitze kurz vor dem Gewitter am Strand entlangspazierte, daß ihr eine kleine Abkühlung guttäte. Sie hat die Gefahr unterschätzt und ist hinter die Flaggen hinausgeschwommen. Isabel, die bis zu ihrem achtzehnten Lebensjahr in St. Ives gelebt hat, war nicht bewußt, was eine rote Fahne bedeutet. Da sich an diesem Teil des Strandes nur selten Leute aufhalten, ist es nicht weiter verwunderlich, daß niemand sie gesehen hat. Von dem Riff ist sie dann ins Wasser geklettert und hat den Boden unter den Füßen verloren. Es gibt dort immer Unterströmung. Da sie nach der Geburt immer noch sehr schwach war, konnte sie leicht in Not geraten. Das ist die polizeiliche Version.

»Sie war eine ausdauernde Schwimmerin«, entgegne ich. »Isabel hat mit zehn Jahren ihr goldenes Schwimmabzeichen gemacht. Wir sind am Meer aufgewachsen.« Ich habe Angst davor, daß sie zu früh aufgeben werden, während Isabel immer noch kämpft, wobei ihr Haar sich bei jedem Zug um sie herum auf der Oberfläche ausbreitet, rauf und runter, mit nassem Gesicht, den Kopf aber immer noch über Wasser. Das Salzwasser wird sie oben halten. Anstatt in Panik auszubrechen, wird sie einfach weiterschwimmen. Ich muß dieses Bild von einer schwimmenden Isabel aufrechterhalten, sonst gibt sie auf. Sonst geht sie unter und versucht noch, einen letzten Schrei auszustoßen, bevor sie ertrinkt.

Richard kommt herein und setzt sich neben mich. Inzwischen ist seine Miene völlig ausdruckslos und beinahe friedlich. Es ist so still, daß wir das Pfeifen der Luft hören, die der Flasche entweicht, an der Antony nuckelt. Dann meint Richard: »Dort draußen ist nichts, Nina. Sie sagen, wir sollen heimgehen. Sobald es hell wird, machen sie weiter.«
Sie brechen ab. Sie werden die Lichter ausschalten, und die flüssige Nachtschwärze des Meeres wird alles überschwemmen. Wahrscheinlich ist auch der Hubschrauber wieder gelandet. Alle werden sich auf den Nachhauseweg begeben, ihren Frauen oder Männern von dem Ereignis berichten, anschließend einen Drink zu sich nehmen und über irgendein anderes Thema reden.
»Laß uns noch ein bißchen warten«, bitte ich ihn.
»Zu Hause sind Sie besser aufgehoben«, meint die Polizistin, »wir geben Ihnen sofort Bescheid, sobald wir etwas hören. Sie könnten ein heißes Bad und was Trockenes zum Anziehen vertragen.« Obwohl sie mich schon mehrmals gebeten hat, sie Elaine zu nennen, vergesse ich es immer wieder. Zwar findet sie stets die passenden Worte, aber ihre Stimme klingt doch müde, und sie möchte auch endlich nach Hause und ihre Sorgen mit der Uniform abstreifen. Sie hat genug von uns. Ich wende mich Richard zu: »Aber wir müssen warten, Richard, weil Isabel …« Es widerstrebt mir, dies in Gegenwart der Polizistin zu äußern, doch diese bleibt stur auf ihrem Platz sitzen. Sie spitzt die Ohren. Schließlich wurde sie lange dafür ausgebildet, auf solche Details zu achten.
»… Isabel würde sich bei den ganzen Lichtern und dem Krach nie raustrauen. Du weißt, wie sehr es ihr zuwider

wäre. Sie würde warten, bis es wieder völlig dunkel ist. Vielleicht ist sie ja irgendwo eingeschlafen. Du weißt ja, wie erschöpft sie war.«
Als es an der Tür klopft, steht die Beamtin auf. »Bin gleich zurück«, sagt sie.
»Nina«, sagt Richard, »wir müssen nach Hause. Susan und Edward sitzen bestimmt schon wie auf glühenden Kohlen.«
»Ach herrje. Die hatte ich glatt vergessen.«
»Ja, ich weiß, aber sie warten jetzt schon seit Stunden. Edward wäre hergekommen, wenn ich ihm nicht aufgetragen hätte, im Haus zu bleiben, falls Isabel sich telefonisch meldet.«
Wieder öffnet sich die Tür, und die Polizistin kommt mit einem anderen Kollegen zurück, den wir noch nicht gesehen haben. Er nickt und setzt sich uns gegenüber an den Tisch.
»Es tut mir leid. Aber auf unseren Aufruf bei dem Lokalsender hin, den wir vor ein paar Stunden geschaltet haben, haben wir einen Anruf bekommen, und ich befürchte, es sind keine guten Neuigkeiten.« Er macht eine Pause, und die Luft verdickt sich, als fülle sie sich mit Wasser. Aus dem Aschenbecher klaube ich eine Zigarettenkippe und reiße das Papier in kleine Stücke. In goldenen Fäden fällt der Tabak heraus. Der Polizist sieht zuerst Richard an und dann mich, wobei sein großes vernarbtes Gesicht ganz nahe kommt, als er sich vorbeugt. Mich beschleicht das höchst merkwürdige Gefühl, daß ich diesen Polizisten gut kenne, daß ich vor langer Zeit einmal mit ihm im Bett war, aber ich kann mich nicht richtig erinnern. In der Luft liegt eine unerträgliche sexuelle Spannung. Am liebsten würde ich ihm den Mund mit meinen Lippen verschließen.
»Es hat sich ein Herr gemeldet, der Ihre Frau anhand der Beschreibung wiedererkannt hat. Er hat gemeint, daß eine Frau, auf die die Beschreibung zutrifft, hinaus in das Wasser

gegangen ist, dort, wo die roten Flaggen stehen. Sie ist immer weiter hinausgewatet, und obwohl er eigentlich gerade im Begriff war, den Strand zu verlassen, ist er zurückgerannt, um sie zu warnen, daß das Schwimmen dort gefährlich sei. Auf ihn hat sie einen elenden Eindruck gemacht. Sie hat erwidert, daß er sich keine Sorgen zu machen brauche, sie würde die Küste kennen, und ihr könne nichts passieren. Sie wollte ...« Der Polizist räuspert sich.

»Was?« Über meine Haut streifen Schauer des Entsetzens. Was hatte Isabel gesagt?

»Sie wollte sich abkühlen. Er hat ihr dann irgendwas davon erzählt, daß er von dem heißen Wetter genug hätte, und sie hat ihm zugestimmt und gemeint, sie sei froh, wenn es endlich vorüber wäre.«

»Hat sie sonst noch was gesagt?« fragt Richard.

»Nein, laut der Aussage war das alles, Sir. Nur ein kurzes Gespräch über das Wetter. Aber als er wieder oben am Strand war, hat er sich noch einmal umgedreht, und sie hat immer noch im Wasser gestanden und auf das Meer hinausgesehen. Dieses Bild hat sich ihm wohl eingeprägt. Und als er dann die Suchmeldung gehört hat, hat er sofort angerufen.«

Um Isabels Schenkel schwappt das ölige Meer. Außer ihr ist niemand im Wasser. Wegen des Kieshügels und des Wellenbrechers ist sie vom Hauptstrand aus nicht zu sehen. Von der Anhöhe des Strandes aus beobachtet sie der Mann. Mit einem einfachen Fingerzeig könnte er ihr Bild auslöschen, aber es bleibt in seinem Gedächtnis haften. Er sieht den tiefen Rückenausschnitt ihres schwarzen Badeanzugs, ihren gelben Sarong, der naß an ihr herunterhängt, wobei der vollgesogene Stoff an ihr zieht. Mit Ausnahme von Isabel ist alles grau, horizontal und still.

»Manchmal erfinden die Leute solche Geschichten«, meint Richard schroff, »um sich wichtig zu machen.«

»Es tut mir leid, Sir. Aber es gibt keinen Zweifel, daß es Ihre Frau war, mit der er gesprochen hat. Er hat uns Einzelheiten geschildert, die in unserer Suchmeldung nicht erwähnt worden sind. Es tut mir sehr leid.«

Er lehnt sich wieder zurück, und ich weiß, daß er das Ganze in Gedanken gerade nachvollzieht. Sobald der Mann außer Sicht war, hat sie sich wohl bewegt. Vermutlich ist sie immer tiefer und tiefer in das bleierne Wasser gewatet. Vielleicht hat sie daran gedacht, wie anders es im Vergleich zu dem lila-türkisen Meer war, an dem wir aufgewachsen sind, vielleicht hat sie aber auch gar nichts gedacht. Ich weiß, wie es ist, wenn man irgendwann einen Punkt erreicht, an dem man gar nichts mehr denkt. Und dann hörte die Kiesbank plötzlich auf, und sie ging auf Wasser. Sie ging immer weiter, bis ihr das Wasser über den Kopf reichte. Aber Ertrinken ist gar nicht so einfach, und Isabel wußte das. Vielleicht meinte sie ja dies damit, als sie dem Mann gegenüber erwähnte, daß sie froh sei, wenn es endlich vorüber wäre.

Kapitel 29

Hier stehe ich nun in Isabels Garten. Zwar hat der Regen inzwischen aufgehört, aber alles ist naß und beugt sich dem Gewicht des Wassers. Irgendwie riecht es leicht nach Rauch, wie der Duft von Chrysanthemen. Auf dem Pfad entlang schlendere ich zu dem Kirschbaum. Ein kleiner, trüber Mond spendet mir genügend Licht, um den Weg zu erkennen. Hinter mir scheint es hell aus allen Fenstern des Hauses. Während sie auf unsere Rückkehr wartete, hatte Susan sämtliche Lichter angemacht.

Edward ist fort. Als Richard ihm erzählte, daß die Suche abgebrochen worden ist, meinte er nur: »Ich fahre hin.« Eigentlich hätte ich erwartet, daß Richard versuchen würde, es ihm wieder auszureden, aber er tat es nicht. Statt dessen sagte er: »Ich bringe dich.«

»Mach dir keine Umstände. Ich nehme ein Taxi«, entgegnete Edward.

»Aber du mußt vorher noch etwas essen«, sagte Susan. »Du siehst ja hundeelend aus.« Margery war hier und hat eine Suppe gekocht. Jegliche Spur von Isabels Fest ist inzwischen entfernt worden: der Tisch, das Tuch, die Blumen. Neben dem Herd liegt ein zusammengesunkener schwarzer Müllsack. Als ich ihn aufhob, wog er fast gar nichts. Er war mit Sonnenblumen, japanischen Anemonen und dunklen Dahlien vollgestopft. Die Lebensmittel, die wir in Brighton gekauft haben, hatte ich bereits unten am Gap in eine öffentliche Mülltonne geworfen. Darunter all die Feigen, mehr als ich je zuvor besorgt hatte, mit ihrem vollendeten Fruchtfleisch, umgeben von der samtenen Haut. In der Hektik hatten wir sie sowieso nur hinten in den Wagen geworfen, so daß sie bereits ganz matschig waren, die Farbe verblaßt und die Samen herausgequollen.

Margery ist der perfekte Krisenmanager. Für Kriege und Belagerungen ist sie wie geschaffen, aber nicht für Jungbauern. Im Haus geht es zu wie in einem Generalhauptquartier, wobei Margery das Telefon überwacht. Als sie aus der Küche mit einem Tablett herauskam, um uns starken Kaffee zu bringen, warf sie uns allen einen prüfenden Blick zu, Edward, Richard und mir. »Ich werde ein Taxi rufen«, sagte Edward und verschwand in der Diele. Ich hörte, wie er oben umherlief, und als er herunterkam, hatte er seine Tasche dabei. »Das Taxi kommt in einer Viertelstunde«, meinte er.

»Aber was willst du denn dort? Du kannst dich nirgendwo reinsetzen. Das Café ist inzwischen dicht.«

»Ich werde warten. In ein paar Stunden geht ja dann die Sonne auf.«

Er wollte nah bei Isabel sein, dort, wo sie zuletzt gewesen war, und er wollte uns nicht dabeihaben. »Richard«, begann er, unterbrach sich dann aber wieder.

»Was?«

»Ich möchte in Isabels Zimmer.«

»Isabels Zimmer?«

»Ja.«

»Ja, klar, wenn dir danach ist.« *Wieso fragst du überhaupt?* hing stumm in der Luft. Schließlich hatte Edward den ganzen Abend im Haus verbracht. Er hätte sich stundenlang in Isabels Zimmer aufhalten können, wenn er gewollt hätte.

»Die Tür ist verschlossen.«

»Unmöglich. Sie schließt sie nie ab.«

»Ich habe es versucht. Und den Schlüssel kann ich nicht finden.«
»Ich wußte nicht einmal, daß es überhaupt einen gibt.«
Aber es gibt einen. Es war Susan, die ihn schließlich fand. Sie sah auf dem Türsturz nach und bemerkte etwas Metallenes. »Da ist er!«
Er paßte und ließ sich drehen, und die Tür ging auf. Dort stand das Bett, das sie mit Richard teilte und auf dem die Laken ganz glatt gezogen waren. Bevor er kam, schlief sie allein darin. Es ist schon immer Isabels Zimmer gewesen. Die Luft war von ihrem Geruch erfüllt: ihrem Körper, ihrem Parfüm, ihren Kleidern. Über einem Stuhl lag achtlos ihr Nachthemd hingeworfen. Das Fenster stand weit offen und ließ die kühle Nachtluft herein, und auf dem Fensterbrett war ein feuchter Fleck, wo es hereingeregnet hatte. Obwohl kein Tag verstrich, an dem sie nicht erwähnte, daß der Garten Regen bräuchte, hatte sie doch nicht damit gerechnet. Ich sah auf den Fleck auf dem Fensterbrett. Er zeugte von Sorglosigkeit, davon, daß der Regen einfach so darauf fallen konnte wie auf ein nach oben gewandtes Gesicht.
»Ich bleibe ein bißchen hier, wenn ihr nichts dagegen habt«, meinte Edward, »bis das Taxi kommt.« Er wollte allein sein. Rückwärts verließen wir langsam den Raum, und als die Tür sich schloß, wurde mir klar, daß dies wahrscheinlich Edwards letzter Aufenthalt in diesem Haus sein würde, nachdem er es zuvor immer wieder besucht und darin Tage und Wochen verbracht hatte. Wozu sollte er auch weiterhin herkommen? Dieses Haus war unweigerlich mit Isabel verbunden. Wir zogen die Tür zu und ließen Edward, der in der Mitte von Isabels Zimmer stand, allein zurück.
Ohne ein Wort und mit verschlossener Miene kam er zehn Minuten später wieder herunter. Mit laufendem Motor wartete das Taxi bereits oben in der Auffahrt.

»Wir kommen später nach«, sagte Richard, und Edward nickte, blieb aber stumm. Susan weinte. Wir standen alle in der Diele und lauschten dem Taxi, das wendete und die Auffahrt hinabfuhr, und dann kam Margery und meinte, sie hätte Rührei mit Schinken gemacht, und das beste wäre jetzt, zu essen und danach ins Bett zu gehen. Morgen würde es einen langen Tag geben.

Aber inzwischen ist heute, und dieser lange Tag dauert immer noch an. Meine Kleider sind bereits völlig durchnäßt, weil ich ständig die triefenden Blätter streife. Jetzt stehe ich bei den Dahlien. Mit den Händen fahre ich über die stoppeligen Stengel, an denen Isabel die Gartenschere angesetzt hatte, um die Blumen abzuschneiden. Ich gehe weiter. Die feuchte Luft bringt all die Düfte zur Geltung. Ich schlendere an Jasmin und an Tabakpflanzen vorüber. Überall nimmt man den Geruch von Regen auf ausgetrockneter Erde wahr, und um mich herum gluckst und raschelt es im Garten. Wieder stelle ich mir vor, ich könnte den Fluß hören, aber ich höre nichts. Wenn ich an der Mauer hochklettern und mich darauf stellen würde, sähe ich vielleicht seinen Schimmer, der sich zu dem fünf Meilen entfernten Meer hin zieht. Auf der Bank nehme ich Platz und lausche den Regentropfen, die um mich herum von den Blättern perlen und auf den Boden tropfen.

Ich muß eingeschlafen sein. Plötzlich sitzt Isabel neben mir, in ihrem grünen Gingankleid. Ihre nackten Beine sind dünn und verkratzt, und an den Füßen trägt sie ein Paar ausgelatschte Sandalen.

»Du bist wieder da«, sage ich, und vor Erleichterung macht mein Herz einen Sprung.

»Sei nicht albern, Nin, ich bin nur vorausgegangen, um zu sehen, ob du es schaffen kannst. Ich sehe kein Problem für dich. Na los.« Sie nimmt meine Hand und führt mich um eine vorstehende Klippe. Wir gehen auf festem, feuchtem Sand, und eine Welle schwappt in unsere Sandalen, dann noch eine. »Schnell, das Wasser steigt schon«, meint Isabel. »Wir müssen uns beeilen.«

Wieder ist es passiert. Während wir um die Landspitze gelaufen und von Stein zu Stein gewatet und gehüpft sind, haben wir darüber völlig die Zeit vergessen. Hinter jeder Felsenpfütze stoßen wir auf eine weitere, und wieder eine. Mit Treibholz stochern wir in den kleinen, weißen Sandbuchten herum und verzieren unsere Burgen mit Muscheln und rotem Seetang. Und jetzt kommt die Flut herein, und wir werden es nicht mehr rechtzeitig zurück schaffen. Uns bleibt nur der Weg über die Klippen. Es gibt keinen Grund, sich zu fürchten, weil wir zuvor schon öfters in so eine Lage geraten waren, und hier sind die Klippen auch nicht höher als weiter unten an der Küste. Mit meinen vier Jahren klettere ich wie eine Krabbe. Aber so weit haben wir uns noch nie entfernt.

»Hier«, sagt Isabel, »wir müssen diese Stufen hochklettern.«

Für mich sehen sie nicht wie Stufen aus. Sie sind zu groß. Sie sind hoch und hart und verlaufen in steilem Zickzack am Felsen entlang nach oben.

»Eine Schmugglertreppe«, klärt mich Isabel auf.

»Wirklich, Isabel?«

»Ja, das sieht man doch an den Haken im Felsen. An denen dort drüben haben sie die Schmuggelware hochgehievt.«

Direkt über meinem Kopf befindet sich der unterste Haken. Ich greife hoch, berühre das rostige Eisen und lasse dann abrupt wieder los. Von hinten spritzt mir eine Welle die Beine naß, fast hoch bis zu den Knien. Von den Stufen, die ganz rutschig sind, hängt Seetang wie grünes Haar.

»Los jetzt, Nin, trödel nicht herum. Ich geh voran.«

»Isabel! Ich schaffe diese Stufe nicht.«
»Natürlich schaffst du das. Hier. Stütz dich mit dem Knie dort ab – schau, so – und versuche, meine Hand zu greifen.«
»Ich will nicht, Isabel. Laß uns den Weg zurückgehen, auf dem wir gekommen sind.«
»Das geht nicht. Die Flut steigt zu schnell.«
»Wir könnten schwimmen. Ich kann doch jetzt schwimmen, Isabel, oder?«
»Sei nicht so dumm, Nin, bei dieser Flut ist Schwimmen unmöglich. Sieh sie dir doch an.«
Die Flut wirbelt um meine Beine und drängt mich gegen den Felsen. Sie weicht wieder zurück und preßt mich dann erneut dagegen, wobei sie mich beinahe überrollt.
»Schnell jetzt, Nin!«
Sie zerrt mich nach oben, wobei meine Knie über den Felsen schrammen. Eine große Stufe, dann die nächste. »Du mußt dich auch an den Haken festhalten. Halte mit der linken meine Hand, mit der rechten den Haken. So ist's gut.«
»Und wenn wir nicht mehr weiterkommen?«
»Ach was, wir kommen schon weiter. Ich bin hier schon millionenmal hochgeklettert.«
»Wirklich, Isabel?«
Wir klettern weiter. Einmal rutsche ich auf einem Seetangknäuel aus und schlage mir hart den Kopf am Felsen an, aber Isabel zieht mich hoch, bis ich wieder stehe.
»Du mußt dich richtig festhalten, Nin!«
Ich schaue an der Felswand über uns nach oben. Mit den riesigen, rutschigen Stufen und den Eisenhaken, die für meine Hand viel zu groß sind, scheint sie endlos.
»In Ordnung, Nin. Ich hab dich. Sieh, wir sind schon fast oben. Du wartest hier und bewegst dich nicht. Ich krabble hinauf, dann drehe ich mich um und zieh dich hoch. Halt dich gut fest.«

Unter uns reißt das Meer sein gieriges Maul auf, wie unsere Katze, die immer unter dem Nest in dem Fliederbusch in unserem Hinterhof auf- und abschleicht. Ständig habe ich Angst, daß die kleinen Vogelbabys herausfallen.
»Das Meer will, daß wir runterfallen«, sage ich so leise, daß es nicht zu hören ist. Auch Isabel bekommt es nicht mit. Sie klettert bereits weiter. An dieser Stelle sind die Stufen noch viel breiter, für Männerbeine gedacht, nicht für unsere. Mit den Händen zieht sie sich an der Felsklippe hoch. Wild baumeln ihre kräftigen, braunen Beine in der Luft, und schwupps ist sie oben, wobei sie sich die Knie an dem Klippenrand aufschürft. Währenddessen klammere ich mich fest an den Haken, dessen rostige Eisensplitter in meine Handfläche ritzen. Über dem Felsenrand erscheint Isabels Gesicht. Einen Arm hat sie um den nächstgelegenen Haken geschlungen, den anderen streckt sie mir entgegen.
»Na los. Ich helf dir auf dem letzten Stück.«
Sie lächelt. Das Haar weht ihr ins Gesicht, aber sie hat keine Hand frei, um es zurückzustreifen.
»Du kletterst, und ich zieh dich.«
Aber ich kann den Eisenhaken nicht loslassen. Ich starre zu Isabel hoch und dann wieder hinunter auf das lauernde Meer. »Sieh nicht runter, Nin! Sieh mich an!« Aber ich zögere. Isabels Miene verändert sich. »Wenn du da jetzt nicht sofort hochsteigst, Nin, stehe ich wieder auf und lasse dich hier allein zurück.«
Angsterfüllt starre ich sie an. Aus den Knien steht sie auf, dreht mir den Rücken zu und versucht, den nächsten Halt zu erwischen. *»Isabel!«*
»Dann komm endlich. Laß den Haken los und greif nach meiner Hand, dann zieh ich dich hoch. Los jetzt, oder ich geh ohne dich.«
Schluchzend vor Panik, schließe ich die Augen und stürze

mich auf Isabels ausgestreckte Hand. An dem Gestein schürfe ich mir die Beine auf, während sie mich hochzieht, und mit der freien Hand hieve ich mich über den Klippenrand. Ich rolle gegen die Felswand und kauere mich ganz klein zusammen, schotte mich gegen das Meer und gegen Isabel ab. Isabel kniet sich neben mich. »Es ist alles in Ordnung, Nin. Die restlichen Stufen sind einfach. Wir haben's fast geschafft.«

»Du hast gesagt, daß du mich da unten allein zurücklassen wirst.«

»Ich mußte das sagen, sonst wärst du nie nachgekommen. Es war nicht ernst gemeint.«

Eine Minute später höre ich mit Weinen auf, rolle mich wieder auseinander, und wir steigen weiter den Felsen hoch, Isabel voran und ich hinterher, während ich ihre Hand halte.

Ich öffne die Augen. »Isabel«, entfährt es mir. Um mich herum saugen die ausgedörrten Pflanzen den Regen auf. Während ich hier geschlafen habe, drang das Wasser in Isabels Mund, und sie ertrank.

»Sie kann sich nicht lange über Wasser gehalten haben«, sagte Margery, während wir unseren Kaffee tranken, wobei sie es als Trost meinte, »nicht nach so einer Operation. Sie war noch so schwach.« Damit wollte sie ausdrücken, daß Isabel nicht lange leiden mußte. Aber ich kenne das Meer und weiß, daß es nicht so einfach ist. Das Zeitempfinden auf dem Wasser unterscheidet sich von dem zu Land. Ich sehe auf meine Armbanduhr. Jetzt ist es zwei Uhr, und in weniger als drei Stunden wird es hell. Der Morgen wird kommen und mit ihm Edwards versteinerte Miene und die Polizei und die gesamte, brutale Wirklichkeit. Im Weitergehen taste ich mich an den Ästen vorbei, die von dem Regen tief nach unten hängen. Ein Apfel schlägt gegen meine

Wange, und ich wate durch die am Boden liegenden Blumen.
»Nina«, sagt Richard.
»Ich dachte, du wärst schlafen gegangen.«
»Ich konnte nicht. Ich wußte, daß ich dich hier draußen finden würde.«
»Ich habe von Isabel geträumt.«
Sacht berühren sich unsere kalten Hände, umklammern sich schließlich. »Margery ist gegangen, und Susan hat den Kleinen zu sich reingenommen«, sagt Richard. »Heute abend war er so lieb, nicht? Nina, du bist ja völlig durchnäßt.«
»Ist schon in Ordnung.«
Mit den Händen befühlt er meine Bluse, meine Jeans. »Du bist ja patschnaß.«
»Ja. Bis auf die Haut.«
»Du solltest diese Klamotten ausziehen.«
»Du hast ja recht.«
»Nina –«
»Es ist schon gut so, Richard.«
Er zieht mich an sich, und wir schaukeln sanft hin und her, aneinandergeschmiegt, meine nassen Kleider gegen seine. »Ich habe dich überall gesucht«, sagt er. »Ich dachte schon, du wärst weggegangen. Ich habe jeden verdammten Zentimeter im Garten nach dir abgegrast, aber ich konnte dich im Dunkeln nicht finden. Immer wieder im Kreis auf diesen Scheißpfaden, die nirgendwo hinführen. Ein Alptraum.«
»Ich war die ganze Zeit hier draußen.«
»Ich hatte wirklich Angst, du wärst weg.«
Er preßt den Kopf an meine Schulter, und ich spüre seine Lippen, die an meinem Hals saugen und die Haut glühen lassen. Er wird mir einen Knutschfleck machen. Ich löse mich.

»Ich will dich so sehr«, sagt er.
»Ich weiß«, entgegne ich. Ich betrachte seinen zerzausten Kopf, seinen großen heißen Körper, der sich gegen meinen lehnt. Es gibt keine Isabel mehr.
»Wo sollen wir hingehen? Laß uns weggehen, Nina. Laß uns von hier verschwinden.«
»Wir dürfen nicht.«
»Ein Alptraum«, wiederholt er. »Ich habe diesen Scheißgarten schon immer gehaßt.« Auf mir liegt sein Gewicht und drückt mich nieder. »Der Boden ist naß«, sage ich.
»Nina.« Er schlingt beide Arme um mich und hält mich fest, ganz fest.
Wenn jemand stirbt, hat man hinterher immer Lust aufs Vögeln. Von wem stammte das nun wieder? Ach ja, von diesem Amerikaner, mit dem ich einmal gearbeitet habe, Paul, nachdem er von einer Beerdigung kam. *Ich war so geil wie schon lange nicht mehr. Aber da ich niemanden zum Bumsen hatte, habe ich mich mit einer Schüssel Kartoffelchips begnügt.* Ich liege unter Richard, wobei mein Kopf sich in den schlammigen Boden gräbt. Ich winde mich und streife meine Jeans ab, dann hebe ich die Hüften an. Während er sich heiß anfühlt, bin ich eiskalt und friere, als hätte ich lange Zeit draußen im Regen gestanden. Ich kann das Zittern nicht abstellen.
»Ich werde dich wärmen«, sagt er. Er kniet nieder und küßt die Wölbung meines Bauches, saugt und leckt. Über seine Schulter hinweg sehe ich hoch zu den scharfen Umrissen der schwarzen Blätter, zu dem Dunst und dem Mond. Vor Kälte zieht sich in mir alles zusammen, und es schmerzt, als er in mich eindringt.
»Du warst noch nicht soweit«, sagt er hinterher. »Es tut mir leid.«
»Macht nichts.« Über mein nacktes Fleisch ziehe ich die

klammen Jeans hoch, mache den Reißverschluß und den Knopf zu. Wie einen Rahmen legt er beide Hände um mein Gesicht. Sie sind warm, und es ist eine zärtliche Geste, vielleicht die zärtlichste, die je zwischen uns stattgefunden hat. Sie läßt mich beinahe schmelzen.

»Ich bin ein verfluchter Egoist. Du mußt ja gar kein Gefühl mehr in den Zehen haben.«

»Mir geht's gut. Es fühlt sich nur alles so merkwürdig an. Ich glaube, ich könnte etwas Schlaf vertragen. Du wirst mich doch dann wecken, nicht? Du wirst mich nicht einfach hierlassen? Ich will beim ersten Licht des Tages wieder hinfahren.«

»Versprochen.«

»Richard. Ich möchte in Isabels Zimmer schlafen.«

An meiner Wange spüre ich, wie er nach Luft schnappt. »Wieso denn, Nina? Was soll das ganze Getue um Isabels Zimmer? Dort ist nichts.«

»Wolltest du dich dort hinlegen?«

»Nein. Ich werde mir ein paar Stunden unten auf dem Sofa genehmigen.«

»Dann wirst du ja nichts dagegen haben.«

»Wenn es sein muß.«

»Nur für heute nacht.«

Kapitel 30

Richard kommt ins Stolpern, stützt sich mit der Hand an der Wand ab und lehnt sich dagegen. Einfältig und mit vor Erschöpfung stumpfen Augen starrt er auf den Tisch. Wie eine Welle nach der anderen spült es durch ihn hindurch. *Was sie sich in ihren verdammten Schädel gesetzt hat. Alles andere war ihr scheißegal. Wenn sie tatsächlich im Wasser ist, sehe ich schwarz.* Meine goldene Isabel, an der jetzt die Fische knabbern, in der Tiefe versteckt wie Ratten.

»Du kannst jetzt einen Cognac vertragen.«

Aus dem Küchenschrank hole ich die Flasche und zwei Gläser und gehe damit in das Wohnzimmer, wo er mit hängendem Kopf auf dem Sofa sitzt und die Hände vor das Gesicht geschlagen hat.

»Trink das, dann kannst du schlafen.« Bis an den Rand fülle ich sein Glas mit dem hellen, teuren Cognac, den Richard immer von seinen Auslandsreisen mitbringt. Als er diese Flasche in der geschmacklosen Geschenkbox, die in einer Flughafentüte steckte, mit nach Hause brachte, war Isabel noch da. In ihrem Tagebuch notierte sie: *R zurück aus X.* In einem Zug kippt er das Glas hinunter und macht dabei ein so vertrauensvolles Geräusch wie ein Kind, das seine Milch trinkt. Seine Augen sind halb geschlossen.

»Ich schenk dir noch was nach.« Nachdem ich sein Glas aufgefüllt habe, genehmige ich mir auch einen Schluck, aber nur einen kleinen, gerade genug, um mich aufzuwärmen.

Ich bin noch nicht müde.
»Leg dich hin, ich hole dir eine Decke. Bin gleich wieder da.«
In der Diele steht eine Wäschetruhe, in der Isabel Bettzeug aufbewahrt, falls einmal sämtliche Schlafzimmer belegt sind und die Gäste nach unten ausweichen müssen. Ich ziehe eine dicke schwarz-rote Decke und ein Kissen heraus. Als ich wieder zurückkomme, liegt er bereits in voller Länge da, die Augen nur noch zu einem Schlitz geöffnet, und saugt die Luft durch den offenen Mund ein.
»Hier hast du auch ein Kissen. Heb mal den Kopf hoch.«
»O ja, das ist gut«, sagt er mit lauter, fremd klingender Stimme, obwohl er schon fast schläft.
Ich stopfe das Kissen unter seinen Kopf, breite die Decke über die Wölbung seines Körpers, wickle sie an seinen Füßen fest zusammen und betrachte ihn von oben im Stehen. Ich muß den Wecker stellen, wenn wir rechtzeitig bei Morgendämmerung wieder wach sein wollen. Einen Augenblick verharre ich noch, um sicherzugehen, daß er auch wirklich schläft. Er könnte ja anfangen, um sich zu schlagen und nach jemandem zu rufen, der nicht da ist. Sein Mund steht leicht offen, und in seinem Mundwinkel glänzt Speichel. Im Zimmer riecht es nach Cognac, und an den Fenstern schimmern Regentropfen. Richard liegt im Lichtkegel der Lampe, und die gesamte Szenerie erinnert an eine Kneipe mit düsterem, schummrigem Licht bei Regenwetter, in der man sich den ganzen lieben langen Nachmittag die Birne vollkippt. Süß und nutzlos.
Vorher im Garten lag ich wie eine Tote unter ihm, aber jetzt spüre ich meine Knochen. Es hätte eine langsame und perfekte Nummer sein können, aber ich war nicht richtig bei der Sache. Ich beuge mich vor. Der Winkel ist ziemlich ungünstig, und es gelingt mir nicht, mich richtig in Stellung zu bringen. Obwohl er mich spürt, sich etwas bewegt und

stöhnt, ist er weit davon entfernt aufzuwachen. An ihm hängt der Geruch von Cognac, von säuerlichem Angstschweiß, von dem Frittierfett in dem Café, dessen Penetranz wir stundenlang ausgesetzt waren. Ich knie neben dem Sofa und stülpe meine Lippen auf die seinen. Meine Isabel. *Komm schon, Nin, warum mußt du immer so schnell schlappmachen?* Seine Lippen sind voll und warm. Während ich immer näher an ihn heranrücke, verschwimmen vor meinen offenen Augen seine Poren und seine Gesichtszüge, entrücken in ein neues, fremdes Land. Wieder drücke ich meine Lippen auf seinen Mund und gebe ihn dann wieder frei, so daß seine Lippen ihre ehemalige Form wieder annehmen. Pressen und wieder loslassen, pressen und wieder loslassen. Irgendwann fühlt sich mein Mund ganz taub an, wie wenn man seine Finger ineinander verhakt und so lange hin- und herzieht, bis man kein Gefühl mehr darin hat. Ich lasse mich in ihn hineinfallen. Nach einer Weile weiß ich nicht mehr, wo ich aufhöre und er beginnt. Ich versuche, meine Lippen exakt den seinen anzupassen, Form an Form. Er ist wach. Er muß wach sein. Aber ohne sich zu rühren, läßt er alles mit sich machen. Als ich in seinen Mund atme, stelle ich mir vor, wie die Luft in die breiten Verästelungen seiner Lungen hinabströmt, bis sie auf sein Blut trifft. Unter meinem Handballen schlägt langsam und gleichmäßig sein Herz. Er ist doch nicht wach. In einem Kreis bedecke ich die Haut um seine Lippen mit kleinen Küssen, und dann verlasse ich leise, mit nackten Füßen auf den Dielenbrettern, den Raum.

Ich gehe hoch und halte einen Moment vor Isabels Zimmer inne. Ganz vorsichtig nähere ich mich direkt der Tür, lege das Ohr daran und lausche. Nichts. Keiner, der mit seinem einzigartigen Lächeln auf mich wartet, das mir niemand sonst geben kann. Laut spreche ich ihren Namen vor mich hin und höre, wie er töricht in dem Haus widerhallt, das sie von sich abgeworfen hat. Unter mir knarrt eine Diele, als ich mich bewege. Dort drinnen ist niemand. Ich werde gleich wiederkommen.

Zuerst muß ich noch etwas erledigen. Ich schleiche den Korridor entlang bis zu Susans Zimmer.

Auch Susan schläft. Vom Gang aus fällt ein Lichtstreifen durch den Raum und zeigt auf ihren blonden Schopf, der jetzt dunkel unter der Steppdecke hervorschimmert. Sie liegt mit dem Rücken zur Tür und zum Kinderbett. Im Zimmer ist es ganz stickig von Baby- und Frauengeruch. Über dem Kinderbett dreht sich Edwards Mobile, da durch die geöffnete Tür ein leichter Luftzug weht, und die Fische schaukeln am unteren Ende ihrer unsichtbaren Fäden. Irgendwann im Laufe des langen Abends muß Edward hereingekommen sein und es angebracht haben, während er und Susan auf Neuigkeiten warteten. An der Decke hat er einen Haken angeschraubt.

Das Zimmer ist ziemlich klein, vielleicht zweimal so groß wie der Abstellraum über der Treppe in unserem Haus in St. Ives, wo Colin damals schlief. Unter seiner Baumwolldecke schlummert der Kleine in seiner üblichen Seitenlage und preßt sein rundes Bäckchen gegen das Laken. Ganz langsam und leise lasse ich mich hinabsinken, bis ich neben ihm knie, und betrachte ihn durch die Gitterstäbe seines Bettes hindurch.

Früher sagte mein Vater uns vor dem Schlafengehen immer ein Gedicht auf, in das er völlig vernarrt war. Dazu stellte er sich ans Fenster und sah auf die Bucht hinaus, auf die Insel und auf das sich verdunkelnde Meer. Sobald wir im Bett lagen, schickte er sich dann an, auf einen Drink in die Kneipe zu gehen, und wir hörten immer die Zweieinhalb-Schillingstücke in seiner Tasche klimpern. Aber davor leistete er uns eine Weile Gesellschaft, während er durch das Zimmer ging und das Gedicht rezitierte.

Meine Mutter trug ein gelbes Kleid,
lieblich, lieblich, Lieblichkeit.

Komm bald zurück oder nimmermehr.

Zu keiner Zeit besaß meine Mutter ein gelbes Kleid. Gewöhnlich trug sie Overalls, die nach Lehm und Staub rochen, und sie schuftete wie eine Besessene und verdiente mehr Geld als mein Vater. Es blieb ihr nichts anderes übrig. Mit seinen Honoraren konnte er nicht einmal seine Trinkerei finanzieren. Sie war stark. Da die folgende Strophe des Gedichts ziemlich düster war, drückte ich mich immer eng an die warme Isabel:

Finsternis sprach zu den Toten;
Sandt mir ihre finstren Boten.

Komm bald zurück oder nimmermehr.

Mein Vater hatte den Verfasser des Gedichtes gekannt. Gewöhnlich gingen sie in London öfters zusammen einen trinken. Einmal verschaffte er meinem Vater einen Job beim Radio, und wir saßen alle gebannt davor.
»Komm bald zurück oder nimmermehr«, wiederholte mein Vater ein letztes Mal am Schluß des Gedichtes, und seine Stimme ließ den Raum erbeben.
Isabel saß aufrecht im Bett. »Das ist doch doof«, rief sie verächtlich aus und schüttelte das Haar zurück. »*Komm bald zurück oder nimmermehr.* Warum sagt er das immer?« Mein Vater lachte. »Du hast das Feingefühl eines Kleiderständers, Isabel«, meinte er, »wie all die anderen schönen Mädchen,

die ich kenne.« An ihrer Stelle wäre ich völlig niedergeschmettert gewesen, nicht so Isabel.
»Ich kann sowieso das ganze Gedicht nicht leiden«, sagte sie patzig. »Es hört sich so schlüpfrig an, wenn du es vorträgst.« Ich verstand, was sie damit meinte. Wie ein Messer schlüpfte ein solches Gedicht in einen hinein und verursachte Gefühle, gegen die man sich sonst zu wehren suchte.
»Du würdest es natürlich besser machen«, spottete mein Vater. In seiner Stimme schwang immer noch Gutmütigkeit mit, aber das sollte sich bald ändern.
»Na klar. Ich würde einfach das zur Sprache bringen, was ich auch wirklich meine.« Isabel ließ sich wieder flach auf das Kissen fallen.
»Du stellst dir das immer so einfach vor«, sagte mein Vater, »wie du selbst eines Tages herausfinden wirst.«
»Du kannst mich mal«, entgegnete sie. Zu jener Zeit war dies einer unserer Lieblingssprüche, und er verließ uns ohne Gutenachtkuß.

Mit den Händen an den Lippen schnieft der Kleine. Es ist ihr Geruch, den er vermißt, aber sie wird nie wieder kommen, weder heute noch morgen. Wenn er hochsieht, wird da kein Gesicht oder Schatten sein, kein Parfüm. Isabel ist fort, und die Lücke, die sie hinterläßt, wird mit ihm wachsen und von Jahr zu Jahr größer werden. Theoretisch könnte er jetzt auch in ihren Armen liegen, aufgeweicht und mit Blutergüssen von den Felsen, auf einem grauen Küstenstreifen, wo die Flut sie vielleicht hingespült hat. Fest hielte sie ihn umklammert, die Arme unzertrennlich um ihn geschlungen. Bevor sie am Strand entlang davonging, hatte sie Pat Newsome gefragt, ob sie ihn nicht doch besser mitnehmen solle. Sie nannte ihn Colin. Sie muß sich eingebildet haben, daß Colin zurückgekommen war, sich an ihrem Körper labte,

von ihr zehrte. Kein Wunder, daß sie ihn nicht mehr stillen wollte. Was würde er wohl sagen, wenn er später einmal sprechen könnte?
Ich stehe auf und beuge mich über das Bett und das schlafende Kind. Sanft, um ihn nicht zu wecken oder zu erschrecken, berühre ich mit dem Handrücken sein Gesicht. Ich spreize die Finger und spüre den warmen Hauch seines Atems wie eine Feder, die meine Handfläche kitzelt. Sein Gesicht ist noch so winzig. Eine Hand genügt, um es völlig zu bedecken, es auszulöschen. Plötzlich bewegt er den Kopf zur Seite, um den Mund und die Nasenlöcher frei zu bekommen. Wieder lasse ich ganz sachte und behutsam meine Hand heruntersinken. Erneut bewegt er sich. Jetzt verändert er seine Lage ganz und dreht sich unter meiner Hand weg. Mein Vater hatte recht, es ist nicht immer alles so einfach, wie man denkt. Es muß sehr viel Kraft gekostet haben. Colin war nicht nur älter als Antony, sondern auch zäher. Wahrscheinlich hat er lange mit den Beinen auf die Matratze geschlagen. Vielleicht bekam sie auch mittendrin Angst, nahm das Kissen weg, und als sie sah, in welchem Zustand er war, konnte sie nicht mehr zurück. Sie war zu weit gegangen und konnte es nicht mehr ungeschehen machen. Es blieb ihr nichts anderes übrig, als stärker und immer stärker zuzudrücken, bis das Strampeln aufhörte und das Wimmern unter dem Kissen endlich verstummte. Als er dann endlich still war, muß sie ihn dafür gehaßt haben, daß er sich so lange gegen seinen Tod gesträubt hatte. Und vielleicht wollte sie es auch gleichzeitig rückgängig machen und redete sich ein, daß er am Morgen wieder am Leben sein würde.
»Nina! Was tust du da?«
Als ich mich umdrehe, sitzt Susan aufrecht im Bett. Schlaftrunken starrt sie mich an. »Was ist los? Hat er geweint?«

»Nein, alles in Ordnung. Ich wollte nur mal kurz nach ihm sehen.«
»Oh.« Sie ist befangen, mißtrauisch, aus dem Schlaf gerissen und fragt sich vermutlich, ob ich ihr nachspioniere.
»Es tut mir leid, Susan. Es war nicht meine Absicht, dich zu wecken. Ich wollte mich nur vergewissern, daß ihm nichts fehlt. Er ist alles, was mir von ihr geblieben ist.«
Wie erwartet funktioniert es. »Oh, Nina, entschuldige bitte. Es muß sehr schlimm für dich sein. Alle machen sich nur um Richard Sorgen, aber schließlich war sie ja deine Schwester. Ihr habt euch von klein auf gekannt. Willst du ihn rausnehmen? Ich denke nicht, daß er davon aufwachen wird.«
»Nein.«
Mit dem Finger streiche ich dem Kleinen übers Gesicht. Nun, da er sich auf den Rücken gerollt hat, kann ich zum ersten Mal erkennen, daß er Colin doch nicht so ähnlich sieht. Er hat auch viel von Richard. Ich lasse den Finger über seine leicht geöffnete Faust gleiten, und er klammert sofort fest zu, als wäre ich ihm vertraut.
»Ist ja gut, Ant, ich paß auf dich auf«, flüstere ich ihm zu, aber er schlummert tief und macht sich vermutlich eh keine Gedanken darüber. Die ganze Welt hier wird ihn behüten. Aus ihm wird einmal ein großer, stattlicher Mann werden, wie sein Vater, ein aufrichtiger Mann, der nur an das Gute im Leben glaubt, bis ihm das Gegenteil widerfährt. Seine Kindheit wird von Worten verschont bleiben, die in seiner Zimmerecke herumspuken. Beschützend wird Isabels Schatten über seine Entwicklung wachen. Ich werde nichts verraten. Keine Silbe.

Kapitel 31

Dieses Mal nehme ich Isabels Schlüssel vom Sturz, öffne die Tür und mache das Licht an. Da Edward die Vorhänge nicht zugezogen hat, beschleicht mich das nervöse Gefühl, von dem schwarzen, reflektierenden Viereck des Fensters beobachtet zu werden. Aber dort draußen ist keiner, so daß ich die Versuchung bekämpfe, die Gardinen zusammenzuziehen. Soll die Nacht doch hereinschauen, wenn sie will. Die Nacht, in der Isabel verschwunden ist. Auf ihrem Bett zeichnet sich eine Stelle ab, wo ein Körper gelegen hat. Edward. Zuvor waren die Laken ganz straff gezogen, so wie sie sie verlassen hatte. Die achtlos verstreuten Papierblätter, Bücher, Kleider und das Nähzeug, die gewöhnlich Isabels Bett bedecken, sind jetzt weg. Mit seinem langen, leichten Körper hat Edward eine tiefe Delle hinterlassen. Das Gesicht in Isabels Kopfkissen vergraben, hatte er still dagelegen, nachdem er die Tür hinter sich zugesperrt hatte. Für ihn ist alles vorbei. Inzwischen wird er unten am Meer sein und wie zuvor wir angestrengt in die Dunkelheit starren, bis schwarze und weiße Pünktchen vor seinen Augen tanzen, die vor Tränen brennen. Er wird sich immer wieder einbilden, etwas gesehen zu haben. Aber das Meer ist so riesengroß und das Land dagegen so klein.

Edward wird sich nicht schlafen legen. Auch vorher ist er immer wach geblieben, wenn Isabel ihn brauchte, und dann konnte man ihr Stimmengemurmel unter der Tür hindurch hören, Stunde um Stunde. Ich glaubte zu wissen, daß sie bis zum Erbrechen das Thema Edward und Alex, Alex und Edward durchkauten, aber nun bin ich mir da nicht mehr so sicher. Was würde ich dafür geben, jetzt ihren Stimmen zu lauschen und zu hören, was Isabel ihm zu sagen hat. Was hat Isabel ihm überhaupt erzählt? Er stand ihr viel näher, als ich bislang vermutet habe. Er wußte über Dinge Bescheid, von denen niemand sonst eine Ahnung hatte.

Während Richard leicht alkoholisiert mit schweren Atemzügen schläft, wird Edward für Isabel wach bleiben. Außer dem unablässigen Meeresrauschen wird Edward weder etwas hören noch sehen. Nachts kommt einem das Tosen des Meeres stets lauter vor. Es saugt und zerrt an den Felsen, und wenn man genauer hinhört, meint man, es sauge auch an unseren Herzen.

Ich habe jetzt keine Lust, über Edward oder über das, was er sieht, nachzudenken. Dafür ist es nun zu spät. Ich habe meinen Standpunkt und er den seinen, und zwischen uns ist alles gesagt. Außerdem hat er das bessere Los, weil es nichts mehr gibt, was er noch tun könnte oder was er getan haben müßte. Was er konnte, hat er getan. Soll er doch da draußen stehen, soll der Wind ihm Tränen in die Haare wehen. Im Gegensatz zu mir kann er um Isabel trauern.

Neben Isabels Bett ziehe ich eine Schublade nach der anderen auf. Die unterste quillt von Briefen über, die einfach so hineingestopft sind. Die werde ich mir später ansehen. Ich bin mir sicher, daß sie nichts Wichtiges enthalten, sonst würde Isabel sie nicht dort aufbewahren. In der zweiten Schublade ist eine angebrochene Packung mit getrockneten Aprikosen. Nachdem ich die Schublade bereits wieder zugeschoben habe, ziehe ich sie erneut auf. Die Schubladen sind aus dunkler Eiche und klemmen etwas, so daß man sie leicht anheben muß, um sie zu öffnen oder zu schließen.

Die Tatsache, daß ich hier Lebensmittel finde, die in einer Eichenschublade verstaut wurden, erinnert mich an etwas. Aus demselben Holz hatten wir früher eine Anrichte, eine Anrichte aus Eiche, die immer poliert werden mußte, was aber nie geschah. Von den Fingerabdrücken war sie ganz klebrig. Und darin befand sich eine tiefe Schublade. Ich berühre die Packung mit den Aprikosen. Eigentlich müßten sie sich fleischig und feucht anfühlen, aber da die Packung schon zu lange offensteht, sind sie inzwischen ausgetrocknet. Ich schiebe sie in der Schublade weit nach hinten und taste von innen das Holz ab. Ja. In der tiefen Schublade zu Hause wurden auch Lebensmittel aufbewahrt. Darin steckte eine angebrochene Dose mit Colins Milch, von der außer mir niemand wußte. Wahrscheinlich hatte meine Mutter vergessen, daß sie sie dort hineingetan hatte. Um die Dose herum klebte ein mattblaues Papier, das ich mit dem Fingernagel abkratzte, während ich mit dem kleinen gelben Portionierer, der ganz oben auf dem Pulverhaufen lag, die Milch herauslöffelte. Über dem Puder war eine Kruste. Ich durchstach sie und stopfte mir das Milchpulver Löffel für Löffel gierig in den Mund. Es war dick, süß und enttäuschend. Mir war klar, daß es wesentlich besser schmecken würde, wenn ich es in einer Flasche zubereiten könnte, so, wie ich es bei meiner Mutter beobachtet hatte. Jene Flaschen, auf die Colin so wild war. Wenn er sie dann endlich bekam, saugte er so lange, bis auf seiner Stirn Schweiß stand, und sein Babygeruch stach mir ranzig in die Nase, so daß mir davon richtig übel wurde. Ich getraute mich nicht, die Dose aus der Schublade zu nehmen. Gewiß hätte Isabel davon Wind bekommen. Da das Milchpulver an meinem Gaumen und zwischen meinen Zähnen hängenblieb, zehrte ich noch lange, nachdem ich mich auf Zehenspitzen davongeschlichen hatte, von dem Geschmack.

Über dem Dosenrand hing zerfetztes Papier, wie ein Zirkusreifen, durch den ein Hund gesprungen war. Ich drückte den Deckel wieder auf die Dose und versteckte sie in der tiefen Schublade. Immer wieder zog es mich dorthin, zwar nicht täglich, aber sobald ich mich von Isabel wegschleichen konnte, bis der Boden durch die letzten Milchflöckchen schimmerte. Danach ließ ich es bleiben.

Ich durchwühle Isabels Schubladen. Ein leeres Pillendöschen, ein rotes Plastikheft mit Informationen über Schwangerschaftsfürsorge und Mutterschaftsgeld. Ein Prospekt von einer anerkannten Kindertagesstätte. Ein Adreßbuch und ihr Tagebuch. Als Teenager waren wir immer erpicht darauf gewesen, das versteckte Tagebuch der anderen zu entdecken, aber als ich dann das von Isabel gefunden hatte, stand nichts darin, was sich zu lesen lohnte. Dieses hier ist nicht anders. Ich blättere durch Arzttermine, Ankunftszeiten von Zügen, säuberlich geschriebenen Notizen: *E kommt. R in Hongkong, N tagsü.* Das morgige Datum ist rot eingekreist und darunter steht *Heute Geburtstermin,* ist aber wieder durchgestrichen worden. Zu Beginn ihrer Schwangerschaft hatte man ihr im Krankenhaus ein anderes Datum genannt.

Hätte dieser erste Termin gestimmt, wäre Isabel noch am Leben. Dann wäre sie hochschwanger, aber lebend, würde sich schwerfällig bewegen, auf der Bettkante sitzen und weitere Daten eintragen, weitere *Besorgungen.* Aber das Datum ist mit einer schnellen, sauberen Linie durchzogen.

Ihr Nachthemd hängt nicht mehr über dem Stuhl. Ich sehe mich um, kann es aber nirgendwo entdecken. Falls es Edward nicht weggeräumt hat, wird er es vermutlich eingesteckt haben. Es handelt sich um das alte Spitzennachthemd, das Isabel in einem Secondhandladen entdeckt und selbst gefärbt hat. Für Schnäppchen hatte Isabel einen besonderen Riecher, und selten mußte sie sich etwas Neues kaufen. Obwohl die Spitze am Hals eingerissen war, sparte sich Isabel das Flicken. »Es sieht gut aus, so wie es ist.« Und das tat es. Es stand ihr perfekt. Die weiche, deutliche Wölbung ihrer goldbraunen Brüste im Kontrast zu der zerrissenen, kaffeefarbenen Spitze. Aber leider kursiert der Glaube, daß Schönheit allein zum Glücklichsein reicht.

Die Schubladen stehen immer noch offen. Inzwischen habe ich alles durchsucht, und es gibt nichts mehr zum Durchwühlen. Jedoch gleiten meine Hände erneut hinein, tasten das Holz ab und stoßen an die dicken, knisternden Zeitungsschichten, mit denen sie sie ausgekleidet hat. Wie von selbst bewegt sich meine Hand. Einem grabenden Tier gleich, stößt sie immer tiefer, hebt das Zeitungspapier hoch und kratzt auf dem makellosen Holz darunter, das sich rauh anfühlt. Weiter und weiter zwängt sich meine Hand nach hinten. Mit der Zunge fahre ich über den Gaumen, als könnte ich noch immer die verklumpte Milch dort schmecken.

Und ich finde Isabels Geheimversteck. Hervor ziehe ich ein dünnes Stück Pappe, das unter meine Hand rutscht und auf einer Seite glänzt. Ein Foto. Mit der Rückseite nach oben liegt es da, zerknittert, als wäre es schon einmal zerknüllt und dann wieder geglättet worden, weil man sich doch entschloß, es zu behalten. Ich drehe es um.

Eine Schwarzweiß-Fotografie. Gute Arbeit, scharf, deutlich und lebendig. Sie könnte auch erst gestern aufgenommen worden sein. Darauf ist eine Frau abgebildet, meine Mutter, mit dem weichen Knäuel eines Kindes im Arm. An ihrem Kleid fließt ein Tuch herunter, und eine Babyfaust hält einen Wollzipfel umklammert. Meine Mutter sieht direkt den Fotografen an und hebt das Baby etwas hoch, damit man das Gesicht in dem Tuch erkennen kann. Ganz aufrecht, aber entspannt hockt sie da, die typische Sitzhaltung meiner Mutter. Sie sieht mir direkt in die Augen, stolz, zärtlich, triumphierend. Seht her, was ich geschafft habe. Seht, was mir gelungen ist. Sie streckt mir das Baby entgegen, so daß ich sehen kann, wie schön er ist.

Zitternd hole ich tief Luft. Obwohl dies hier meine Mutter ist, ist sie mir doch fremd. Meine Mutter, meine und Isabels Mutter, hat immer anders ausgesehen.

Isabel muß sich das Foto unter den Nagel gerissen, es gestohlen haben. Aber sie hatte es nicht über sich gebracht, es zu zerstören. Nachdem sie es zerknüllt hatte, glättete sie es wieder und versteckte es an einem Ort, wo es ihr nicht mehr unter die Augen kam.

Aber ich denke, sie hat es öfters wieder hervorgeholt. Vermutlich während ihrer Schwangerschaft, als sie deren Verlauf in den Mutterpaß eintrug, den noch keiner weggenommen hat. Als Ant geboren wurde und sie ihn mit nach Hause brachte. Wieder und wieder sah sie sich die Fotografie an und begann allmählich zu begreifen. Im Grunde war es ziemlich einfach, wenn man es genauer betrachtete. Liebe und Hoffnung. Sie sah die beiden, und sie hatte Angst. Als ich den Blick umherschweifen lasse, ist für einen Moment deutlich Isabels Entsetzen in dem leeren Zimmer zu spüren, während meine Mutter in meiner Hand lächelt.

Es ist ein Leichtes, das Foto zu vernichten. An den zerknitterten Falten entlang reiße ich es durch, und dann noch einmal, bis nur noch kleine Schnipsel übrig sind, auf denen nichts mehr zu erkennen ist. Kurzfristig spiele ich mit dem Gedanken, die Schnipsel hinunterzuschlucken. Aber ich bin zu müde, kann nicht mehr klar denken. Statt dessen stecke ich sie wie Konfetti in meine Hosentasche und schließe danach sämtliche Schubladen. Sinnlos, Isabels Briefe durchzugehen. Darin wird nichts von Bedeutung stehen. Ihre einzige Hinterlassenschaft ist die Fotografie, und das genügt auch. Sie wußte, daß ich in ihren Schubladen nachsehen und sie finden würde.

Aber mir ist immer noch schleierhaft, warum sie sich die Mühe gemacht hat, das Zimmer abzuschließen. Hier gibt es nichts, was zu entdecken sich lohnte. Als Colin damals starb, wich unmittelbar danach der Babygeruch aus dem Haus. Am folgenden Morgen klapperte ich auf den blanken Holzstufen die Treppe hinab, und niemand zischte mir zu, daß ich leise sein solle. Schließlich gab es kein Baby mehr, auf dessen Schlaf man Rücksicht nehmen mußte. Jetzt war ich wieder die Jüngste im Haus. Welche Gefühle und Gedanken sie hier auch immer gehegt haben mag, wird ein Rätsel bleiben. Wörter wie Seele und Geist verabscheue ich, schon seit eh und je. Während ich durch das Zimmer gehe, berühre ich Gegenstände: ihre Haarbürste, ihre Bücher, ihre Murmelsammlung in dem hohen, eleganten Gefäß. In den Murmeln sind Farbspiralen, die erst dann zur Geltung kommen, wenn man sie über den Boden kullern läßt. Einige davon sind abgestoßen, Spuren zahlreicher Kämpfe. Auch Richards persönliche Dinge liegen herum, aber ich lasse die Finger davon. Zuerst muß dies hier erledigt werden. Ich nehme ihren Kamm in die Hand und lege ihn wieder hin. Er ist schmutzig, und in den Zinken haben sich lange, braune Haare verfangen. Wahrscheinlich hat sie sich gekämmt, bevor sie losging.

Als dieses Zimmer noch leerstand, kurz nachdem Isabel die Pacht für das Haus übernommen hatte, war ich ganz verliebt darin. Es schien ein gehöriges Stück Arbeit zu werden. Damals besuchte ich sie für ein paar Wochen, um ihr dabei zu helfen, die kahlen Räume zu streichen. Hier drinnen schliefen wir auf zwei Matratzen in Schlafsäcken, Seite an Seite. Da das ganze Haus nach Farbe stank, ließen wir über Nacht die Fenster offen, obwohl es kalt war. Zu Beginn kamen uns die Zimmer noch riesig vor, aber als wir sie strichen, schrumpften sie nach und nach zusammen. Die Farben mischten wir selbst: Unter dem Anstrich neben dem Lichtschalter sind immer noch dunkle Streifen zu erkennen, wo wir ein paar Mischungen ausprobiert hatten, die uns nicht so richtig gefielen. Hinter dem Fenster lag der dschungelartige Garten voller Unkraut und wilder Katzen. »Ist es nicht wunderschön?« fragte Isabel in einem fort, während wir von Raum zu Raum gingen, unsere Schritte widerhallten, wir uns für bestimmte Farben entschieden und die Wände und die Decke mit Zucker-Seifenlauge abwuschen. Dabei trug sie ein paar Jeans, die einmal sehr teuer gewesen waren und um die ich sie immer beneidet hatte, aber jetzt waren sie alt, und sie kleckste sie mit Farbe voll. An einem sonnigen Tag verbrachten wir den halben Morgen damit, den Dreck von den Fenstern zu putzen, bis man wieder hindurchsehen konnte. Mit Ausnahme einiger uralter elektrischer Öfen, die ganze Fontänen von Funken sprühten, gab es weder warmes Wasser noch eine Heizung. An jenem Wochenende schien es jedoch der schönste Ort auf der ganzen Welt zu sein. Ich konnte mir nicht vorstellen, mich jemals wieder woanders oder mit jemand anderem so wohl zu fühlen. Trotzdem ging ich zurück nach London, und Isabel lernte Richard kennen.

Noch einmal streift mein Blick durch das Zimmer, und jetzt weiß ich, warum Isabel die Tür abgesperrt hat. Nicht, um uns auszusperren, sondern um einen Schlußstrich unter das neue Leben zu ziehen, daß damals für sie, ganz allein in diesem Zimmer, begonnen hatte. Ab da hatte sie das leere Haus mit der frischen Farbe an den Wänden, die wie Sonnenschein strahlten, ganz für sich allein, der Pachtvertrag lief auf ihren eigenen Namen, und außerdem war sie meilenweit von unserem Geburtsort entfernt. Lange Zeit kümmerte sie sich nicht darum, Gardinen an die Fenster zu hängen. Es war ein völliger Neuanfang.

Ich mache das Licht aus und gehe zum Fenster. Draußen herrscht ein schwaches Grau, doch als ich zum Mond hochschaue, ist er verschwunden. Das Grau stammt von der Morgendämmerung, und inzwischen ist nicht mehr Isabels Todestag. Je länger ich schaue, um so mehr nehme ich wahr. Bäume, Rasen, Isabels verschlungene Pfade, die Gartenmauer. Wie Katzen springt alles in Position.

Immer wieder vergesse ich, was für einen Krach die Vögel auf dem Land machen, wie sehr sie jeden neuen Tag begrüßen. Der Garten ist völlig durchweicht, aber zwischen dem Grau sprießt bereits etwas Grün. Über den Wasserweiden hängen niedrige, schmutzige Wolken. Die Hitze ist vorüber und mit ihr auch der grelle Sommer. Nun sind wir nicht mehr abgeschnitten, und jeder kann herkommen. Polizisten und Pflegerinnen und Nachbarn mit neugierigen Augen. Jeder wird das Baby sehen wollen, um sich zu vergewissern, daß ihm nichts fehlt. Ich bin jetzt schon so lange auf den Beinen, daß es mir vorkommt, als würde ich in Stücke brechen, wenn ich nicht weiter an dem Anblick durch meine offenen, brennenden Augen festhalte.

Isabels Garten. Von hier oben sind die Umrisse deutlich zu erkennen. Die Pfade schlängeln sich, so wie sie es haben wollte, geheimnisvoll. In diesem Garten kann man sich verirren. Dort sind die Mauern, von denen die Früchte hängen, die Blumen, die das Gewitter verwüstet hat. Noch ist alles grau, aber in wenigen Minuten werden sie wieder Farbe annehmen. Allmählich wird es heller.

Ich weiß noch, wie wild das Unkraut wucherte, als Isabel in das Haus zog. Bis nichts mehr übrig war, hackte sie und schlug klein und verbrannte alles, und dann pflanzte sie den

Garten ihrer Vorstellung. Aber Nesseln, Efeu, Traubenholunder und Unkraut wird man niemals richtig los. Kaum dreht man ihnen den Rücken zu, richten sie sich wieder auf. Von hier oben sehen die Linien von Isabels Pfad wie eine Schrift aus, aber es ist eine Schrift ohne jegliche Bedeutung. Niemals wieder wird sie mit ihren schnellen Händen hierherkommen, graben und pflanzen, Stangen in die aufgelockerte Erde rammen, um die zerdrückten Blumen zu stützen und dem Ganzen einen Sinn zu geben.

Nun scheint das erste Morgenlicht, und die Suche wird wieder aufgenommen. Mit bloßem Auge kann ich förmlich sehen, wie das vollgesogene Gras langsam grüner wird. Zwar habe ich noch nie persönlich einen Polizei-Suchtrupp miterlebt, aber durch meine jahrelange Fernseherfahrung weiß ich, wie so etwas aussieht. Wie jeder andere bin auch ich mit Bildschirmwahrheiten behaftet. Reihen von schwarzen, stämmigen, mit schweren Schritten vorwärts marschierenden Gestalten, vor denen man am liebsten flüchten möchte. Mit Stöcken stochern sie jeden Zentimeter des Bodens ab und markieren ihn mit Klebeband. Auf dem Meer gestaltet sich eine Suchaktion weitaus schwieriger. Einen Körper wird man nicht an derselben Stelle finden, wo er hineingeplumpst ist. Er wird zum Spielball des Meeres, das ihn in sein weiches Maul aufnimmt und ihn dann wieder ausspuckt. Am Gap ist das Wasser ganz schlammig und grün, und man kann nicht auf den Grund sehen. Ich habe keine Ahnung, was mit Menschen geschieht, die am Gap ertrinken. Die sterben und untergehen. Aber die Suchmannschaft wird wohl wissen, wo sie am ehesten nach einer Leiche Ausschau halten muß. Bei hellem Tageslicht, jetzt, da das Gewitter vorüber ist, wird die Polizei mit ihrer Suche besser vorankommen. Vielleicht taucht sie ja Meilen entfernt wieder auf und jagt Kindern, die jetzt noch schlafend im Bett liegen, einen gewaltigen Schrecken ein. Die Rede ist von Isabel. Meiner Schwester Isabel. Wie früher, wenn wir zu lange in der Badewanne waren, wird ihre Haut aufgequollen und durchweicht sein.

»Isabel«, sage ich, aber die Wände bleiben stumm, und im Garten wuchert es weiter, erstickt die Pfade mit Unkraut, bahnt sich seinen Weg durch das Backsteinmauerwerk. Mir kommt der Gedanke, wie hart man doch arbeiten muß, um etwas auf die Beine zu stellen, und ich fühle mich erschöpft. Hinter mir ertönt ein leiser Schrei, dann noch einer. Der Kleine wacht gerade auf. Jedoch ohne mich zu rühren, sehe ich weiter aus dem Fenster. Jenseits der Mauer erstrecken sich im Morgenlicht die flachen und regennassen Wasserweiden und der verborgene Fluß, der zum Meer hinabströmt. Mittlerweile brüllt der Kleine aus Leibeskräften. Dem anschwellenden Geschrei folgt schlagartig ein Augenblick der Stille, und ich muß daran denken, daß es wohl der letzte sein wird. Meine Handflächen brennen, und ich umklammere die Fensterbank, während das Haus stumm und groß hervorragt. Aber dann wird die Stille von einem Ausbruch der Empörung zerrissen. Er mußte nur einmal kurz Luft holen.

Es fällt mir wieder ein. Auf einer langen Treppe, die in den Felsen geschlagen ist, klettere ich empor, und meine Schwester ist vor mir. Sie hält meine Hand und zieht mich hinauf, bis ich sicher neben ihr stehe. Ich bin vier, und sie ist sieben. Ich weiß, daß sie mich nicht loslassen wird, obwohl mein Gesicht tränenüberströmt ist, weil sie mir angedroht hat, sie würde mich zurücklassen, wenn ich nicht endlich hochstiege. Wie bei einem Schluckauf entladen sich die Schluchzer meiner Brust. Isabel dreht den Kopf und sieht nach unten.

»Nur noch ein paar Stufen. Hör auf zu heulen, Nin.«

Aber die Tränen sind noch lange nicht versiegt. »Du hast gesagt, du würdest mich allein zurücklassen.«

Sie beugt sich herunter und berührt mich beinahe mit ihrem kalten, rosigen Gesicht. »Das würde ich nie tun, Nin. Das weißt du doch. Für dich würde ich alles tun.«

Isabels Stimme übertönt das hungrige Meer unter uns. »Wirklich? Würdest du das wirklich?« Ich starre hinauf zu Isabel, die die Welt für mich verändern könnte. In meinem Mund sammelt sich der Geschmack von Milch an. Er klammert sich an meiner Zunge fest und bleibt dort haften. Außer Milch nehme ich noch etwas anderes wahr, ranzigen, übelkeitserregenden Babygestank, der den Geruch des Meeres auslöscht, der einfach alles auslöscht. Überall nur dieser Babygestank. Er dringt in meine Ohren und meinen Mund, bis ich an nichts anderes mehr denken kann. Meine Lippen bewegen sich, und Isabel beugt sich näher, um mich zu verstehen.

»Wirst du wirklich alles für mich tun?«

»Du weißt, daß ich alles tun werde, was du willst«, antwortet sie.

So dicht sind ihre Augen vor mir, daß ich nur noch sie sehe. Ich tauche in ihr klares, unendliches Blau. Mir kommt eine erstaunliche, phantastische Eingebung, die wie ein sauberes Taschentuch all meine Tränen wegwischen wird.

»Isabel«, frage ich, »wenn wir oben sind, kann ich dich dann um etwas bitten?«

Sie nickt, und ihre Wange streift meine Lippen. Hand in Hand steigen wir die endlose Treppe empor.